Les hommes de ma vie

Nadine de Rothschild

Les hommes de ma vie

Albin Michel

Avant-propos

« Pour moi, l'enfer serait un monde sans hommes. »

Nadine de Rothschild

Après avoir évoqué les grandes séductrices qui avaient croisé ma route, les plus belles histoires d'amour à travers les siècles, je me devais tout de même d'évoquer ceux pour lesquels, ou à cause desquels, nous nous donnons tant de mal... les hommes.

Les féministes ont fini par avoir gain de cause. C'est à présent une chose entendue : « La femme est l'avenir de l'homme. » La condition féminine est au centre de toutes les préoccupations. Reconnaissance, indépendance, parité, pouvoir. Les femmes ont obtenu leur bâton de maréchal. Elles contrôlent tout et imposent leurs lois. On les contredit ? Elles se récrient et se posent en victimes. L'homme a intérêt à bien se tenir... Il est là pour faciliter l'épanouissement de la femme. On lui demande juste d'être le mari, le père, ou l'amant idéal au moment qui convient. Et qu'il nous épargne ses états d'âme !

Il est vrai que derrière la réussite d'un homme, il y a toujours une femme. Et dans plusieurs de mes livres, j'en ai montré de beaux exemples. Mais de là à tomber dans l'extrême inverse, à le réduire à un simple accessoire, il y a un pas qu'on est en train de franchir allégrement.

Alors, au risque de déplaire, je reprends le combat, l'œuvre de toute une vie, ma lutte pour... la condition masculine !

Car je persiste à croire que l'homme doit avoir le beau rôle dans le couple, que le bonheur d'une vie repose sur l'amour qu'on lui voue, qu'aussi forte et individualiste que soit la femme, elle aura toujours besoin d'une épaule accueillante, d'une main sensuelle, d'un abandon total.

Qu'on le veuille ou non, dans l'amour, l'homme prend et la femme s'offre.

Féministes de tous les pays, regardez-moi dans les yeux et reconnaissez-le : que serions-nous sans eux ?

Ils nous agacent, ils ont tous les défauts, ils sont désespérants et n'ont aucune manière, ils nous mentent, ils nous trompent, ils sont volages et enfantins, irresponsables et lâches, mais force est de reconnaître qu'on ne peut s'en passer !

On ne veut plus les voir, on les déteste, on jure qu'ils ne nous auront plus, mais quand le téléphone ne sonne pas, nous sommes toutes dans le même état : désespérées.

Avant, la femme aux fourneaux, c'était ce qu'il y avait de pire. Presque une insulte. Aujourd'hui, les plus grosses ventes dans l'édition sont les livres de cuisine, achetés par de jeunes femmes... Alors je pose cette question : pour qui cuisinent-elles ?

Elles ne veulent plus être considérées comme des objets sexuels, mais elles n'ont de cesse d'être le plus sexy possible. String et ventre à l'air. Jeans moulants et poitrine prête à éclater. Pour qui ?

Car où est-il, l'homme, dans tout ça ? Disparu, sans doute en train de faire la vaisselle ou de langer le petit. À moins qu'il ne soit dans l'escalier avec les poubelles.

S'il est légitime de revendiquer le partage des tâches domestiques, il ne faut pas exagérer ou on finira par tuer l'identité de l'homme. Ce qui fait sa singularité et son pouvoir de séduction. Malmené, dénigré, rabaissé, il tremble à l'idée de faire un faux pas et de déclencher la colère de « la femme libérée ». Il a remisé son panache, perdu de sa superbe et mis un mouchoir sur sa libido. D'ailleurs, satisfaire sexuellement une femme est devenu un tel casse-tête qu'il en a perdu toute assurance. Il y a longtemps que plus aucune compagne ne lui a fredonné la chanson de Boris Vian : « Fais-moi mal, Johnny, envoie-moi au ciel, donne-moi des coups, moi j'aime l'amour qui fait boum ! »

Tout le monde s'inquiète du réchauffement de la planète, moi je m'inquiète plus du refroidissement des hommes !

Que reste-t-il aujourd'hui de l'idéal masculin ? Celui qui nous fait voir l'été en hiver et l'hiver en été ? Avant, nous avions Bogart, Delon, Belmondo, pour nous faire rêver et servir de modèles à nos prétendants. Personnellement, j'avais un faible pour Luis Dominguín,

Ali Khan et Hemingway. Maintenant, la virilité est devenue suspecte, vulgaire, voire ringarde. De peur de passer pour un affreux macho, l'homme est devenu l'ombre de lui-même, sans relief, sans odeur et sans saveur.

À l'heure où l'on veut sauver les grands singes d'Afrique, regardons d'abord chez nous et sauvons plutôt cette espèce en voie de disparition !

Ce n'était pas comme ça il y a cinquante ans... Lorsque j'ai fait mes premiers pas dans les cabarets parisiens, les hommes vous couvraient de fleurs, prenaient la commande pour vous au restaurant et, pour les plus fous, vous offraient un joli appartement. On se laissait gentiment entretenir, ce qui ne signifiait pas qu'on était une fille facile ou une geisha prisonnière d'une cage dorée. Cela n'était vrai qu'à partir du moment où l'on n'avait pas l'imagination suffisante pour s'organiser une vie à soi.

Autant l'avouer tout de suite, mais est-ce un secret ?, je dois ma réussite à une certaine force de caractère, une volonté inébranlable, beaucoup de travail (il y a des enfants qui apprennent à vivre plus tôt que les autres), mais aussi surtout aux hommes que j'ai rencontrés sur ma route.

J'en vois certaines qui sourient, alors tuons dès à présent un lieu commun : il ne suffit pas de s'allonger pour réussir ! Au contraire, serais-je tentée de dire. La starlette qui croit décrocher un rôle en répondant aux avances d'un producteur se trompe. Il n'a qu'une idée en tête, la bagatelle, car pour ce qui est de son film, il y regardera à deux fois : c'est son argent qui est en jeu. La passion, l'amour, l'amitié, tous ces beaux sentiments existent, mais le lien le plus indestructible est toujours l'intérêt.

Ou vous êtes faite pour le rôle ou vous ne l'êtes pas. Je ne suis toutefois pas assez hypocrite pour dire que seul mon talent m'a permis de réussir. Un joli décolleté peut faire pencher la balance, mais en aucun cas il ne sera suffisant.

Les hommes qui m'ont aidée n'avaient pas tous que des intentions louables, mais j'ai su les désamorcer. Très tôt, j'ai vu le désir que je suscitais et très vite, j'ai trouvé la façon de le maîtriser, voire de jouer avec. La séduction est un art et il importe d'en posséder toutes les subtilités. S'il y a plusieurs façons d'aimer un homme, il y a surtout plusieurs façons de se faire aimer de lui. La femme qui a compris cela a tout compris. À elle de définir les règles. Plaire, résister, faire durer sont les fondements de la séduction féminine. C'est comme à la pêche à la ligne, vous lancez l'appât, quand vous avez une touche, vous remontez doucement, ensuite vous relâchez à nouveau, et puis hop ! Vous sortez le poisson de l'eau !

On a oublié comment les choses fonctionnaient alors : cela semble certainement aujourd'hui totalement démodé, mais on ne cédait pas, le premier soir, aux avances du monsieur. On se laissait courtiser, désirer, cela pouvait prendre des mois, et pendant ce temps-là le bel inconnu rêvait, doutait, espérait, fantasmait. Des horizons prometteurs s'ouvraient devant lui. C'était comme une politesse, un code de conduite, on faisait croire à l'homme même le plus insignifiant qu'il avait toutes ses chances. Mais si l'on collectionnait les flirts, on avait peu d'aventures. Autres temps, autres mœurs.

S'il y a souvent une femme derrière la réussite d'un homme, j'affirme que l'inverse est aussi vrai. Et ils ont été nombreux dans mon cas.

Les hommes de ma vie ont pris tellement de visages différents que je pourrais dresser un panorama complet de la gent masculine. Car tous ne se ressemblent pas. Producteurs pygmalions aux attentions paternelles, play-boys des champs de courses toujours en quête d'une jolie pouliche, jeunes premiers obsédés par leur reflet dans leur miroir, milliardaires désireux de posséder ce qui ne se possède pas, hommes politiques fascinants par leur pouvoir, intellectuels à l'esprit brillant et au corps sans charme, copains d'un soir, d'un film, d'une tournée, où le rire a plus de vertu que tous les aphrodisiaques.

Ce livre se veut donc un hommage à l'homme, « le vrai », c'est-à-dire pluriel, cruel et tendre, arrogant et protecteur, amant et ami. Ce n'est pas pour autant un catalogue de mes conquêtes. Tant pis si j'en déçois certains...

J'ai gagné mes galons sur les champs de bataille des théâtres et des plateaux de cinéma, dans les dîners en ville et les soirées mondaines, dans le tourbillon de la vie où chaque regard, chaque parole compte. Des victoires obtenues au fil des rencontres, des conversations, qui m'ont ouvert les portes d'un univers que je n'aurais jamais dû connaître, et permis de faire ce parcours inattendu.

C'est l'itinéraire d'une séductrice, certes, mais une séductrice plutôt joueuse, qui voulait juste réussir sa vie et s'en est donné les moyens. Sans cynisme mais avec méthode. Sans stratégie mais avec détermination. Les hommes ont bien sûr servi ce dessein. Et leur manuel d'utilisation est au fond tellement simple : « un sujet, un verbe, un compliment ». Je les ai fait manger dans le creux de ma main. Gentiment et avec le sourire. Il faut toujours sourire à un homme. Il croit alors lire dans vos pensées.

Les Pygmalions

« L'ambition est comme un médicament, il faut en prendre la dose prescrite car elle peut être soit bénéfique, soit nocive. »

Marc Allégret

Les hommes de ma vie ne sont pas forcément ceux qu'on croit. Enfin, mis à part Edmond, bien sûr ! Mais je n'aurais pas fait ce parcours sans un certain nombre de Pygmalions qui m'ont permis de me hisser sur une première marche. Ensuite, je les ai gravies à mon rythme et en toute connaissance de cause.

Tout commence avec le peintre Jean-Gabriel Domergue. J'ai seize ans. Cela fait deux ans que j'ai quitté l'appartement familial de la porte de Champerret, je vis seule dans une chambre de bonne boulevard Gouvion-Saint-Cyr. Avec mon certificat d'études, j'ai tout d'abord trouvé une place chez Neubauer, où je travaille à la chaîne, je pose des pressions sur des housses de sièges de voiture. Puis, j'entre chez un marchand de laine, le travail est plus « propre » et moins astreignant, je défais les ballots et range les pelotes dans l'entrepôt.

Un jour, Christiane, une des vendeuses, me montre une annonce qu'elle a découpée dans le journal : un peintre recherche des modèles. Elle me demande de l'accompagner, elle est très jolie et espère avoir sa chance. Le lendemain matin, nous voilà dans l'autobus qui monte vers l'Étoile et redescend place d'Iéna. Pour moi, une véritable expédition, mon premier voyage dans les beaux quartiers. Je regarde, fascinée, les immeubles que je ne connais pas encore sous le terme d'« haussmanniens », leurs façades imposantes et symétriques, leurs fenêtres gigantesques.

L'adresse du peintre est encore plus impressionnante : des cariatides en décorent les balcons. Nous montons au deuxième étage et sonnons. Un maître d'hôtel nous ouvre la porte, il porte un gilet noir et jaune, comme Nestor dans *Tintin*, et je manque pouffer de rire ! Christiane me foudroie du regard. Nous nous glissons dans le vestibule, très intimidées. Un objet m'intrigue : c'est une chaise à porteurs, j'apprendrai plus tard qu'elle a appartenu à Mme de Pompadour, mais que fait-elle donc là ? Et plus surprenant encore : à l'intérieur, le maître des lieux y a installé... le téléphone !

Après quelques minutes, Jean-Gabriel Domergue apparaît. Il ressemble tout à fait à l'idée que je me fais d'un peintre : une barbichette, un nez busqué, une silhouette un peu voûtée. Il me dévisage et me prie de le suivre, j'entraîne naturellement Christiane, mais il nous arrête : « Non, vous seule, mademoiselle. » Un peu confuse et ravie, j'entre dans un grand salon transformé en atelier. Des toiles sont posées contre les murs, d'autres attendent sur des chevalets. Il me demande de me dévêtir, ce que je fais sans réfléchir, comme si j'étais chez le médecin. D'un coup d'œil rapide, il détaille mon corps, tourne autour de moi, a l'air satisfait : « Vous commencez demain, mon petit. »

Je n'en reviens pas, moi qui pensais avoir un physique ingrat... Mais je corresponds en fait exactement à ce qu'il aime, la Parisienne mi-ingénue, mi-perverse, avec mes yeux en amande, mon nez en trompette et mon petit air mutin, c'est comme si j'étais sortie d'un de ses tableaux. Sans parler de ma jolie poitrine qu'il est le premier à admirer en véritable esthète.

Grâce à lui, je prends conscience de mon physique et comprends très vite que c'est là ma plus belle arme pour affronter la vie. Mais il me faut encore beaucoup apprendre... La première séance de pose se transformera en une véritable humiliation. Il avait été convenu que je poserai de 7 heures à 8 heures, avant d'aller travailler. Le jour dit, je suis tellement angoissée que je me dépêche pour attraper l'autobus et ne pas être en retard. Hélas, je n'ai pas pensé à me laver les cheveux. À peine ai-je fait un pas vers Domergue qu'il me lance : « Il y a toujours un morceau de savon dans une maison », et il me renvoie chez moi ! Quelle gifle !

Je n'oublierai pas la leçon. Le lendemain, impeccable, je me présente à lui et commence mon nouveau travail. Trois fois par semaine durant six mois, je pose ainsi, pour 7 francs de l'heure, ce qui représentait alors une somme, comparée à mon salaire.

Très vite, une réelle affection s'est installée entre nous, affection toute paternelle : Domergue avait soixante ans, autant dire un siècle pour moi ! Et puis, son épouse Odette était là, une artiste elle aussi puisqu'elle faisait de la sculpture, mais contrairement à son mari elle ne m'a jamais demandé de poser ! Était-elle jalouse ? Elle avait dû depuis longtemps se faire une raison. Elle avait soixante-cinq ans !

Ce qui est amusant, c'est que je posais nue, mais Domergue, sur ses toiles, me rhabillait systématiquement d'une petite guêpière. Je ne sais comment il faut l'interpréter... En tout cas, une chose est sûre : quand on me dit : « J'ai un très beau nu de vous », je sais que c'est faux ou que ce n'est pas moi. Il a fait en tout trois tableaux que j'ai rachetés au fil des années. Aujourd'hui, je n'en ai gardé qu'un seul que j'ai accroché dans mon dressing-room à Genève.

« À quinze ans, on veut plaire, à vingt ans, on doit plaire, à quarante ans, on peut plaire, mais ce n'est qu'à trente ans qu'on sait plaire. » C'était le genre de réflexions que me faisait Domergue et, le soir, je les retranscrivais dans mes petits carnets. Il m'avait vite adoptée. Il me disait que mon capital le plus important était mon corps et qu'il fallait que je le soigne. C'était un vrai professeur de maintien. Il m'a appris à me frictionner sous la douche avec un gant de crin, à faire de la gymnastique, chaque matin, fenêtre ouverte, et il m'offrit même une paire d'haltères ! « Ta colonne vertébrale doit tenir tout ton corps. Physiquement et moralement. »

Les séances de pose étaient aussi ponctuées de souvenirs et d'anecdotes. Il me racontait que, quand il était jeune, il avait étudié la peinture avec Toulouse-Lautrec et Degas, qu'il avait commencé une carrière de paysagiste, mais qu'il était vite passé aux femmes, sujet ô combien plus inspirant... Domergue avait créé un type de Parisienne qui était devenu comme une seconde signature et lui avait apporté le succès. Devenu peintre à la mode, il avait quitté son atelier de Montmartre pour s'installer dans les beaux quartiers. Toutes les femmes du monde voulaient qu'il fasse leur portrait. Et pour cause : il les transformait en sublimes lianes au long corps ondulant, même les plus rondes. Sous son pinceau, elles se transformaient en Boldini avec en plus une touche sexy. Bon prince, il disait : « Un portrait révèle chez une femme ce qu'elle ignorait ou méconnaissait en elle. C'est pourquoi les femmes se mettent progressivement à ressembler à leur portrait à défaut que le portrait ne leur ressemble. »

L'argent gagné lui permettait d'acheter des toiles de confrères et de se constituer une très jolie collection : Renoir, Bonnard, Berthe Morisot, Vlaminck. Autant de noms qui à l'époque ne m'évoquaient strictement rien, mais que lui devait envier secrètement... Malgré son succès, il n'était pas dupe sur la pérennité de son œuvre.

Il était aussi intarissable sur la maison qu'il avait fait construire à Cannes, la villa Fiesole. Il y passait une partie de l'année. Au fond, c'était sans doute ça l'œuvre de sa vie : la reproduction d'une demeure toscane, entourée de jardins sublimes, ponctués çà et là des sculptures de son épouse. La vision du bonheur en quelque sorte, pour ce peintre qui n'a immortalisé que des scènes charmantes, légères et gaies. D'ailleurs, c'est là qu'il repose, au côté d'Odette, selon sa volonté. À sa mort en 1962, on l'avait d'abord inhumé au cimetière de Cannes, où il voisinait avec le marquis de Cuevas et où allait le rejoindre cinq ans plus tard Martine Carol... C'était un environnement au fond assez élégant, mais rien de plus symbolique que d'être enterré sur ses terres. J'ai vécu la même situation : Edmond a demandé à reposer au milieu de ses vignes, à Château-Clarke.

Quelquefois, je venais également poser le dimanche, je rencontrais alors ses clientes et amies, comme Florence Gould. J'écoutais tout, ne comprenais pas grand-chose, mais enregistrais le plus possible pour pouvoir encore une fois le retranscrire dans mes carnets. Je plongeais dans un monde luxueux et raffiné, une porte s'entrouvrait, cela devenait accessible...

Je n'avais pas lu un livre, j'écrivais de façon très sommaire, et lui me parlait peinture, littérature, histoire. C'était *My Fair Lady* ! Et sans doute apprenais-je vite. J'ai rencontré récemment sa petite-nièce Nicole qui se souvenait avoir entendu parler de moi : « Mon oncle gardait un très bon souvenir de vous. Il me disait : voilà une jeune femme intelligente. »

En tout cas, c'est lui qui m'engage à tenter ma chance au music-hall et au cinéma. Il m'envoie un beau jour chez Marc Allégret, 11 *bis*, rue Lord-Byron, près de l'Arc de triomphe.

Bien entendu, je ne savais rien de ce Marc Allégret.

Pourtant, en 1949, il était un des metteurs en scène les plus importants du cinéma français. Il tournait deux à trois films par an, connaissait absolument tous les arcanes de la profession, et surtout avait la réputation de savoir déceler les nouveaux talents. Il aimait la jeunesse, il aimait la beauté, nous étions donc faits pour nous rencontrer ! Détail important : il était aussi très séduisant...

Quand je fais sa connaissance, il a quarante-huit ans, mais l'âge n'a aucune importance quand on a le charme. Grand, mince, les cheveux noirs gominés, une très belle bouche sensuelle. Je suis fascinée. Je tombe aussitôt amoureuse de lui, comme une gosse. Mon premier grand amour. Les jeunes filles sont toujours attirées par les hommes de quarante ans. Ils représentent l'expérience, le pouvoir, une certaine aisance, un style de vie qui fait rêver.

Et Marc Allégret avait tout pour plaire. Non seulement cet attrait physique, mais l'univers dans lequel il évoluait était passionnant. J'appris peu à peu son histoire. Fils spirituel d'André Gide qui l'avait pris sous son aile dès l'âge de dix-sept ans, il avait grandi au milieu d'écrivains et d'artistes. À peine sorti de l'adolescence, il rencontrait Paul Valéry, Jean Cocteau, Erik Satie, Pablo Picasso. Il commença par s'orienter vers la photographie, Man Ray était aussi au nombre des proches, puis un documentaire tourné au Congo où il s'était rendu avec Gide décida de sa véritable vocation. En 1932, il obtint un premier succès avec son film

Fanny d'après Marcel Pagnol, et le succès ne le quitta plus.

Il fit en tout près de quatre-vingts films et beaucoup de vedettes peuvent lui dire merci. Grâce à son œil et à sa caméra, Simone Simon, Danièle Delorme, Gérard Philipe, Michèle Morgan, Odette Joyeux, Jean-Pierre Aumont, Jean-Louis Barrault, Micheline Presle, Mylène Demongeot ou encore Brigitte Bardot ont explosé à l'écran.

Irréprochables d'un point de vue technique, ses films étaient toujours romantiques et charmants. Pas très profonds mais sensibles, élégants et légers. C'est ce que le public aimait à l'époque. Jusqu'à l'arrivée de la Nouvelle Vague qui a mis un terme à ce genre.

Hélas, pour l'heure, je dois l'avouer, Marc Allégret n'a rien à me proposer. Il me répète : « L'ambition est comme un médicament, il faut en prendre la dose prescrite, car elle peut être soit bénéfique, soit nocive. » Certes. Mais j'ai bien suivi le traitement et maintenant j'aimerais aussi avoir ma place sous les projecteurs. Pour me faire patienter, il me donne une pièce à travailler, *Mon père avait raison*, de Sacha Guitry. J'apprends consciencieusement mon texte et le débite comme une machine à écrire lors de mes premières auditions. Il y a encore des progrès à faire ! Mais je décroche enfin un rôle dans *Manèges*, avec Bernard Blier et Simone Signoret, et mis en scène par... Yves Allégret, le frère cadet de Marc qui lui aussi faisait des films, mais beaucoup plus noirs et tristes.

Qu'on ne croie pas que j'avais bénéficié d'une

recommandation, j'étais allée seule au casting, car la douce romance avec mon beau réalisateur avait évidemment tourné court. Je m'en remis vite. Je n'étais pas fleur bleue. Et si ce milieu me faisait rêver, j'avais tout de suite décelé les limites du système. Je savais déjà qu'il ne fallait compter que sur soi-même. J'ai toujours tenu les commandes de mon destin.

Pour cela, je devais faire mes preuves et prouver au reste du monde mon talent. Ça commençait mal : ma scène dans le film d'Yves Allégret fut coupée au montage !

Au moins avais-je pu croiser Simone Signoret, en pleine ascension. Un an après, elle tournait *La Ronde* de Max Ophüls, et deux ans plus tard, *Casque d'or*. Elle était alors mariée à Yves Allégret, mais plus pour longtemps : elle allait bientôt le quitter pour Yves Montand. Dans le film, elle joue l'épouse de Bernard Blier, une femme cupide et sans cœur qui ne fait que lui mentir... Faut-il y voir un écho à la vie d'un couple en train de se désunir ? Quant à Jacques Sigurd, l'auteur du scénario, il me faisait gentiment la cour, en vain bien évidemment. J'avais compris.

Mon premier rôle, c'est à Julien Duvivier que je le dois, dans un film intitulé *Au royaume des cieux*. L'histoire ? Dans une institution religieuse, des collégiennes sont surprises par une inondation... Je joue l'une d'entre elles et passe la journée dans l'eau. Ça, c'est un scénario ! Une semaine de tournage aux studios de Billancourt et tous les matins, on renfilait les mêmes vêtements mouillés ! L'horreur ! Mais pas question de se plaindre avec M. Duvivier. Il était, avec Renoir et Carné, l'un des maîtres de cette époque. Auréolé du succès de *Pépé le Moko*, il était entouré d'un profond respect sur le plateau. Les techniciens l'applaudissaient à la fin des prises ! Je n'ai jamais revu ça par la suite.

Pas spécialement chaleureux, il n'invitait pas à la familiarité. Et physiquement, tout le contraire de Marc Allégret : grand et sec comme un coup de trique, grisonnant, sans charme particulier. Je regardais plutôt son jeune assistant, Alexandre Romanoff... Au fond, Julien Duvivien avait une allure de jésuite. D'ailleurs, il avait une prédilection pour les films religieux. Avant mon histoire de jeunes pensionnaires, il avait tourné *Credo ou la tragédie de Lourdes*, *L'Abbé Constantin*, *L'Agonie de Jérusalem*, *La Vie miraculeuse de Thérèse Martin*... Mais l'homme devait avoir tout de même de l'humour, puisque deux ans plus tard il commençait avec Fernandel sa série des Don Camillo !

Je m'amusais plus du côté de Pigalle... Car, parallèlement à ces balbutiements cinématographiques, je commençais une carrière de danseuse. J'étais entrée au cabaret Ève, 7, place Pigalle, j'y voyais un signe du destin, puisque c'est mon chiffre porte-bonheur. L'endroit n'existe plus aujourd'hui, mais il reste à quelques centaines de mètres La Nouvelle Ève, que le même propriétaire, René Bardy, avait ouvert cette année-là.

Bel homme, les cheveux blancs, il régnait sur un harem de filles toutes plus jolies les unes que les autres, mais j'avais très vite fait comprendre à tout le monde que j'étais à part, qu'avec moi il fallait garder ses distances. Je ne me liais pas à mes « consœurs », ne répondais pas aux allusions des techniciens, mieux, sortais mon tricot pendant les pauses ! Un vrai « tue l'amour » !

De toute façon, les rôles étaient bien définis. Deux catégories de femmes travaillaient au cabaret. Il y avait les danseuses qui n'avaient pas le droit de descendre dans la salle, et il y avait les entraîneuses qui étaient là pour faire consommer les spectateurs. On disait qu'elles étaient payées au bouchon, et bien souvent elles vidaient le verre dans le seau à glace quand le client avait le dos tourné. Aujourd'hui, je fais la même chose dans les cocktails avec un mauvais champagne ! J'en arrose copieusement les plantes vertes.

En fait de danseuse, j'étais plutôt ce qu'on appelait à l'époque un « mannequin de cabaret ». J'apparaissais dans différents tableaux, légèrement vêtue. « Magie rose », avec les Dorchester Ladies, « Roucoulades », « Rhapsodie en noir », « Maître Pierre », dans lequel je jouais la fille du meunier, mais aussi « L'Espagne », « La ceinture de Paris », où chaque fille incarnait une ville, Chantilly, Le Bourget, Maisons-Laffitte, Barbizon, moi j'étais Vincennes, ou encore « Les premiers airs de jazz », tableau pour lequel on m'avait baptisée Tchou-Tchin-Tchou... Mon côté asiatique sans doute ? Rien à voir avec le jazz, mais il ne fallait pas chercher d'explication dans ces revues, qui étaient autant de chefs-d'œuvre immortels !

Ce qui ne veut pas dire qu'il n'y avait pas beaucoup de capitaux investis. Une revue, c'était vingt millions de francs, trois douzaines de danseuses, six mois de travail, des costumes conçus par Maggy Rouff, grande couturière d'alors. C'est comme si aujourd'hui Karl Lagerfeld faisait des robes pour Michou !

Je ne passe peut-être pas encore à la postérité, mais la presse me remarque. J'apparais pour la première fois en 1950 dans le magazine *V*. L'article s'intitule « La folle nuit de Paris ». On m'y voit en photos dans plusieurs tableaux du spectacle, avec ce commentaire prémonitoire : « Nadine Tallier est une fameuse maîtresse Pierre. » Puis, les articles s'enchaînent. On me retrouve dans *Paris-Hollywood*, *Paris cocktail*, *C'est Paris*, avec cette légende sous la photo : « Drapée de tissu éponge, elle demeure dans son coin, songe au cours du lendemain chez René Simon. » Hum, hum... J'ai dû y aller huit jours. À mon premier essai d'audition dans Rosine du *Barbier de Séville*, le professeur a tellement ri que je me suis enfuie ! Enfin, je fais la couverture de *Paris sex-appeal* et à la fin de l'année celle de *V*. Bon, d'accord, ce n'est pas encore la une de *Paris Match*, mais c'est un début...

Je n'avais, il faut le dire, pas beaucoup de cordes à mon arc. Mon art de la comédie était limité et, pour ce qui était de la danse, je n'avais pas non plus de réelles dispositions. La maîtresse de ballet avait tenté, une fois, de m'apprendre une chorégraphie sur le

Boléro de Ravel, en vain ! Incapable de prendre le rythme. Je n'avais qu'un joli physique, une très belle poitrine et un air mutin. Ce n'était pas la beauté d'Ava Gardner mais, dans le genre fausse ingénue, je commençais à faire parler de moi. Je sentis vite que c'était ma carte à jouer. Et qu'il fallait cultiver cette image de la jeune fille inconsciente de son pouvoir sur les hommes. Je le voyais aux commentaires dans la presse. Les journalistes devenaient lyriques. Dans *C'est Paris* : « Il est des seins timides et des seins agressifs, des seins coquins et des seins austères, des seins qu'on croit sages et d'autres qu'on imagine turbulents. » Mieux dans *Paris Frou Frou*, « magazine parisien, froufroutant et honnête » (ça ne s'invente pas !) : « Femme-lutin et artiste espiègle, Nadine Tallier a de l'esprit jusqu'au bout du nez. » Il faut dire que je suis allongée sur une fourrure, légèrement dénudée, en train de faire un pied de nez ! Le journaliste y voit la fin de la vamp, « remplacée par un nouveau type de créature fatale : une étrange petite bonne femme assez rondelette, au visage espiègle et impertinent, à l'air à la fois candide et poivré de jeune fille avertie... Un corps fait au moule, mince, souple et pourtant agréablement capitonné de rondeurs judicieuses, des cheveux un peu fous, un regard rieur et hardi, un visage agrémenté de délicieuses fossettes et un petit nez coquin agréablement retroussé : voilà Nadine Tallier ».

Mon nom circulait dans le monde des cabarets, j'avais trouvé un autre engagement, j'étais passée au théâtre de l'Étoile, où je jouais dans *L'École des femmes nues* (et, contrairement à ce qu'on pourrait croire, personne n'était nu !). J'y incarnais Arlette et traversais la scène en disant : « À moi, comte, deux mots... » Évidemment, la première fois, je me suis trompée. J'ai dit : « À moi, monsieur le comte... » Je voulais trop bien faire, le manuel du savoir-vivre appliqué avant l'heure ! Ce n'était décidément pas gagné.

Heureusement, la providence m'envoya l'homme de la situation. Un nouveau Pygmalion. Au théâtre de l'Étoile, je rencontrai Robert Beunke, l'imprésario de Raimu et de Fernandel, le découvreur d'Arletty. Et l'artisan de ma carrière.

Un soir, il m'emmena à l'ABC voir la dernière revue de Mistinguett. À la fin du spectacle, il me conduisit dans sa loge, me présenta et lui dit que je voulais faire du music-hall. Mistinguett me dévisagea et répliqua : « Elle a raison, cette petite, elle n'a pas une gueule d'ouvrière ! »

Robert Beunke me fit tout d'abord tourner dans *Boniface somnambule*. J'y incarnais Ginette, une vendeuse de bijoux aux magasins Berthès, où Boniface (Fernandel), en pleine crise de somnambulisme, venait voler un briquet en or. Dans le film, il y avait également un autre comique qui faisait ses débuts : Louis de Funès, chevelu et moustachu ! Et contrairement à ce qu'on pourrait croire, aussi bien Fernandel que lui ne m'ont jamais fait rire en dehors des plateaux.

À partir de ce moment, Robert Beunke ne me lâche plus. Il croit en moi, il dit que je suis une nouvelle Arletty, mais qu'il faut pour cela travailler, beaucoup travailler. Très austère, vieux garçon vivant avec sa sœur, il n'est pas du genre à courir les boîtes de nuit ; ça tombe bien, moi non plus. Il me fait raccompagner après le spectacle et m'établit un emploi du temps quasi militaire : cours de danse, de diction, de comédie, de chant. Je dis oui à tout, j'ai tellement envie de réussir.

Il me met entre les mains d'une femme impresario, Mme Simona, et surtout me présente à Mitty Goldwin, directeur de l'ABC et du théâtre des Capucines. Je quitte Pigalle pour des lieux plus respectables. Juif russe, charmant et autoritaire, Mitty règne lui aussi sur un essaim de jolies filles, mais il n'y a aucune ambiguïté. Il est marié à une femme très comme il faut.

J'entre comme doublure, quatorze filles à doubler pour 100 francs par soirée, matinée comprise, ce qui était très peu. Un jour, je prends mon courage à deux mains et demande une augmentation : « Croyez-vous, monsieur Goldwin, que je puisse vivre avec 100 francs par jour ? » Il me regarde et répond calmement : « Je ne sais pas, mademoiselle, je n'ai jamais été danseuse. » J'obtiens tout de même 2 francs de plus.

Robert Beunke me surveille du coin de l'œil, voit ma petite prestation dans *Nez de cuir*, un autre film d'Yves Allégret avec Jean Marais, arrive encore à m'imposer dans le nouveau film de Fernandel, *Coiffeur pour dames*, de Jean Boyer. Je joue une cliente, mais le comique me laisse toujours de marbre. En revanche, je fais la connaissance du producteur, qui, lui, est humain et charmant : Ray Ventura.

Un charme à l'orientale, débonnaire et chaleureux, irrésistible. Il décide lui aussi de m'aider. Il est alors très célèbre. Depuis les années trente, il fait partie des vedettes du music-hall, aussi populaire qu'un Maurice Chevalier ou qu'un Charles Trenet. En fait, je devrais plutôt dire lui et son groupe, les Collégiens. Une bande de copains de classe passionnés de jazz qui se sont lancés un beau jour, un peu pour rigoler, et ont tout de suite rencontré le succès. À vingt ans, ils étaient déjà sur les scènes du Casino de Paris et de l'Olympia. Toute la France fredonnait leurs tubes : *Tout va très bien, madame la marquise*, *Ça vaut mieux que d'attraper la scarlatine*, *Qu'est-ce qu'on attend pour être heureux ?*

Mais au début des années cinquante, la mode des grands orchestres est en train de passer. Ray Ventura le sent et se tourne vers l'autre passion de sa vie : le cinéma. Sans pour autant abandonner la musique. En mélangeant les genres : à la fois acteur, compositeur, producteur.

En 1953, il produit *le* film qui lance ma jeune carrière : *Femmes de Paris* de Jean Boyer, un petit monsieur chauve délicieux qui m'a également prise en affection. Grâce à ce film, je fais la couverture de *Festival*, le plus fort tirage des hebdomadaires de cinéma. Adieu Pigalle !

Je dois admettre que le sujet n'est pas hautement psychologique. C'est ce qu'on appelait « une comédie à l'américaine ». Un astronome, joué par Michel Simon, se retrouve plongé dans l'univers des cabarets.

Il passe des étoiles à des étoiles d'un autre genre. J'incarne Poupette et, comme dit le journal, je tiens « un rôle pittoresque de danseuse »... Le film donne aussi l'occasion à Ray Ventura de faire jouer ses Collégiens. Du moins, les nouvelles recrues au nombre desquelles figure son neveu, le plus que mignon Sacha Distel. Mais nous en reparlerons...

Avec Ray, l'entente est totale. Je vais quelquefois dîner chez lui boulevard Richard-Wallace à Neuilly. Nous devenons complices, d'ailleurs dans un *Cinémonde* que j'ai retrouvé, on nous voit en photo avec cette légende : « Ray Ventura écroulé devant les charmes de Nadine Tallier ». C'est vrai que nous avions l'humour en commun. L'humour et rien que l'humour. Pour preuve, c'est moi qui lui présenterai sa future épouse, une figurante de *Femmes de Paris*.

Entre Robert Beunke et Ray Ventura, on commence à me prendre un peu plus au sérieux. La même année, je tourne encore avec Louis de Funès, *Les hommes ne pensent qu'à ça*, le premier film d'Yves Robert, et retrouve mon réalisateur attentionné, Jean Boyer, pour *Une vie de garçon*. On faisait alors des films en deux mois, tout était léger et facile, ce qui explique aussi le nombre de navets tournés à l'époque !

Mais je décroche durant cette année 1953 mon premier grand rôle dramatique : Lulu, une fille-mère abandonnée, recueillie par un séduisant médecin joué par Jean-Claude Pascal. Le film s'appelle *Les Enfants de l'amour* et il est l'œuvre de Léonide Moguy. Il y a là aussi Mylène Demongeot, dont c'est le premier film, et Etchika Choureau, le futur grand amour du roi du Maroc. Le film remporte un certain succès populaire et Jean-Claude Pascal obtient même la Victoire du meilleur acteur français.

Il faut dire que Léonide Moguy n'est pas le premier venu. Cinéaste d'origine russe, né à Saint-Pétersbourg, il a comme Marc Allégret la réputation de découvrir les jeunes talents. Il a donné un de ses tout premiers rôles à Michèle Morgan, idem pour Ava Gardner qu'il a fait tourner lorsqu'il était aux États-Unis durant la guerre, et à Rome il a lancé Pier Angeli.

Sa notoriété tient aussi beaucoup à la profondeur des sujets de ses films, en prise directe avec les problèmes de société. On est loin des romances de Marc. *Le Mioche,* ou la situation des enfants abandonnés. *Prison sans barreau,* ou la condition des femmes dans les bagnes. *Demain il sera trop tard,* ou la découverte de la sexualité chez les adolescents. Moi qui voulais des rôles psychologiques, j'allais être servie.

Car ce petit monsieur au grand cœur va me prendre sous son aile et me faire tourner deux autres films. Et là encore, sans ambiguïté. Il a une très belle femme blonde, spectaculaire et distinguée. Simplement, je conviens aux rôles. Et puis, que voulez-vous, on s'attache à moi quand on me rencontre !

Trois ans plus tard, je plonge donc dans l'univers de la prostitution avec *Le Long des trottoirs,* une histoire de jeune orpheline et d'assistante sociale. Et en 1957, je tourne *Donnez-moi ma chance,* une critique sans concession du miroir aux alouettes qu'est le cinéma, avec ses attachés de presse intéressés et ses producteurs cyniques. D'ailleurs, le titre du film à l'origine était *Piège à filles* ! C'est tout dire. J'y incarne Kiki, une habituée des concours de beauté « à qui on ne la fait pas », touchée par une petite provinciale candide jouée par la pulpeuse Michèle Mercier... Le film aura un grand succès et la lancera. Elle sera ensuite Angélique, marquise des anges.

Ginette, Poupette, Lulu, Kiki... On remarquera une certaine constance aristocratique dans le choix de mes prénoms qui présage bien du futur ! Ces mélodrames un rien larmoyants m'apportent un peu de crédit, mais ne changent en rien mon image. Ils sont, pour ainsi dire, anecdotiques, car je me produis à présent dans des théâtres avec de plus en plus de succès. À défaut de percer au cinéma, je me fais une place dans le music-hall.

Grâce à Mitty Goldwin, j'enchaîne les spectacles à l'ABC et au théâtre des Capucines. Ce ne sont pas à proprement parler des revues, plutôt des suites de sketches, parfois chantés. Il y a *Sauce piquante*, *Paris Galant* et surtout, en 1954, *Les Chansons de Bilitis*. Une opérette en deux actes et six tableaux de Kosma, adaptée du texte de Pierre Louÿs.

Une adaptation, on l'imagine, très libre... Cela se passe toujours en Grèce, ce qui est bien pour les costumes légers, très légers, mais pour le reste... Je joue la bergère Moussarion et chante : « Je ne sais pas dire non, ah ! croyez-vous que c'est bête, j'ai le cœur trop bon, je ne sais pas dire non. » Je ne pense pas que cette prestation explique, seule, le nombre d'admirateurs qui commencent à se manifester. Je n'ai pas de voix.

Jacques Canetti, qui est alors le directeur artistique de la maison de disques Philips et surtout le fondateur d'un cabaret dédié à la chanson française, Les Trois-Baudets, m'a bien proposé un jour de rejoindre son écurie, mais il a vite renoncé. Avant de me faire monter sur scène, il m'a emmenée avec Brel et Brassens en tournée d'été. On a débuté en Belgique, près d'Anvers. Et l'expérience s'est soldée par un naufrage ! Au moment d'attaquer ma chanson, le pianiste s'est trompé de partition et a entamé les premières mesures d'une mélodie de Brel... J'aurais dû tout de suite m'en apercevoir, mais en bon petit soldat, j'ai continué imperturbable mon couplet. On imagine la cacophonie. C'est dire si j'ai l'oreille musicale ! Brel et Brassens, qui débutaient aussi, s'en sont mieux tirés.

Ce n'est donc pas pour ma voix qu'on vient me voir dans *Les Chansons de Bilitis*. Le journaliste de *Paris Frou Frou* écrit : « Son petit chapeau à pompon lui conquiert chaque soir des centaines d'admirateurs. » Je ne pense pas non plus que seul mon couvre-chef me vaut autant d'hommages. Car après chaque représentation, ma loge se remplit de bouquets. Alex le chasseur fait des allers-retours avec des gerbes de roses, ce qui, on l'imagine, provoque jalousie et rancœurs de la part de mes « collègues de travail ». Et comme je ne suis pas très liante, cela ne détend pas l'atmosphère. Mais je m'en moque. Je ne vois que cette porte qui à nouveau s'entrouvre, comme chez Domergue.

Cinq années se sont écoulées depuis les séances de pose. La jeune fille gauche et ignorante a à présent tout compris de la vie, du jeu social, des hommes. Armée d'une volonté de fer, elle s'est fixé un seul but, gravir les échelons, monter toujours plus haut, là où l'air est plus frais.

Pénétrer dans le grand monde demande toutefois du discernement. Je l'apprends à cette occasion. Parmi toutes ces fleurs, toutes ces invitations à dîner, laquelle est la bonne et qu'il est intelligent d'honorer ? Mes admirateurs n'ont pas tous le même profil. Il faut savoir séparer le bon grain de l'ivraie. Ainsi, Alex m'interdit formellement de répondre à l'un d'entre eux. C'est vrai qu'il a un air un peu bizarre et pour tout dire une tête patibulaire... Je suis ses conseils et fais bien. Quelques années plus tard, je reconnaîtrai mon soupirant dans les journaux : c'était Pierrot le Fou !

Mais j'en ai d'autres beaucoup plus honorables qui ne se contentent pas de m'envoyer des bouquets, ils y associent des chocolats. J'ai toujours apprécié les friandises, surtout quand la boîte renferme... une jolie bague ! Au début, je n'y avais pas pensé, mais un matin ma concierge m'a arrêtée au pied de l'escalier.

« Vous savez ce que vous m'avez donné hier ?

– Oui, des chocolats.

– Des chocolats, mademoiselle, et aussi ceci... »

Elle m'a tendu une ravissante topaze offerte par un amateur de chansons grecques !

Comment ne pas le reconnaître, cette situation me grisait. J'avais plusieurs banquiers de Paris à mes pieds, donc forcément je finis par en choisir un. Et c'était bien avant de rencontrer Edmond. Comme quoi, ce devait être dans les gènes !

Le théâtre des Capucines se trouve en face de l'Olympia et, un jour, Bruno Coquatrix vient me trouver. Il a racheté la salle et rêve de faire renaître ce temple du music-hall. Car, on l'a oublié, l'Olympia avait été transformé en cinéma. Après avoir accueilli la Goulue, l'illusionniste Houdini, la Belle Otéro, Fréhel et Lucienne Boyer, il n'avait pas survécu à la crise de 1929 et était devenu le plus joli endroit pour voir un film. Le premier chanteur à renouer avec la légende du lieu, le 5 février 1954, sera le jeune Gilbert Bécaud, en première partie de Lucienne Delyle.

Bruno Coquatrix me propose donc de m'engager pour être la présentatrice de ses spectacles. Bien évidemment, j'accepte et je traverse le boulevard, comme dans la chanson de Piaf, *L'Autre Côté de la rue*.

Cette fois, il faut que je parle devant une salle de deux mille places et que je sois à la hauteur. Mais, le premier soir, j'oublie mon court texte. Complètement inconsciente, j'improvise : « Mesdames, messieurs, alors, pour le premier numéro, vous allez le voir dans quelques instants, donc ce n'est pas la peine que je vous en dise davantage, quant au second, j'aurai eu le temps de me renseigner. » Les spectateurs sont ahuris et ne pensent même pas à réagir. Est-ce un sketch ? Non, c'est le style Nadine Tallier ! Alors que n'importe quelle comédienne aurait fondu en larmes, je regagne les coulisses en toute décontraction.

Le plus incroyable, c'est que ça marche. On parle bientôt de moi dans la presse comme « la spirituelle speakerine de l'Olympia ». Au fil des soirées, je prends un peu d'assurance et présente, entre deux plaisanteries, de véritables stars comme Sidney Bechet, Les Platters, Lionel Hampton, Louis Amstrong.

Il y a aussi bien sûr les vedettes françaises d'alors. Gilbert Bécaud, « Monsieur 100 000 volts », qui déclenche l'hystérie lors de son second passage. Fauteuils cassés et petites culottes jetées sur scène ! La même année, Édith Piaf, Georges Brassens, Serge Reggiani, enfin toutes les grandes vedettes de l'époque. Ainsi, le 17 janvier 1956, j'ai retrouvé cela dans un programme, je lance « le programme de la jeunesse et de la joie », avec Charles Aznavour, Roger Pierre et Jean-Marc Thibault et Gloria Lasso... Ce n'était pas encore les Beatles !

L'aventure dure quelques mois me sert véritablement de tremplin. Non seulement, je côtoie le monde du music-hall, mais j'existe. Si mon nom ne scintille pas encore en lettres rouges au fronton de l'Olympia, tous « les professionnels de la profession » me connaissent. Et à présent, les propositions de films pleuvent. J'ai mon premier film en costume, et quel film ! Je suis une des filles de Louis XV au côté de Martine

Carol dans *Madame du Barry*, de Christian-Jaque. Et durant l'année 1956, pic de ma carrière, je tourne jusqu'à huit films.

Je dois dire que ce passage à l'Olympia a aussi été merveilleux grâce à Bruno Coquatrix que je considère comme un autre de mes Pygmalions. Fine moustache et cigare entre deux doigts, le personnage était pourtant difficile à cerner, peu démonstratif, imposant, voire intimidant. Grand et fort, il devait faire cent dix kilos. Toujours très calme, il parlait doucement, mais remarquait tout et savait se faire entendre. On l'a dit autoritaire et manipulateur, il était simplement d'une exigence folle. Et puis, il devait tous les soirs remplir ses deux mille fauteuils et l'exercice comptable hantait sans aucun doute son esprit. D'ailleurs, il a frôlé plus d'une fois la banqueroute et n'a dû son salut qu'à ses amies Édith Piaf et Joséphine Baker. Son épouse Paulette raconte qu'à chaque concert de rock, il tremblait pour ses fauteuils. Les assurances refusaient de rembourser. Il a finalement résolu le problème en les faisant enlever lors des spectacles à risques ! En tout cas, avec moi, il a été très généreux : il m'avançait l'argent pour me payer les robes que me confectionnait... Paulette !

Il savait tout faire, à la fois administrateur, programmateur et imprésario, mais aussi auteur, compositeur et même chef d'orchestre. Il avait écrit des musiques de film et des opérettes, et parfois, dans son duplex qui se trouvait au-dessus de l'Olympia, il se mettait au piano. Il redevenait alors l'artiste, le saltimbanque venu du Nord qui avait commencé avec un tout petit cabaret, la Comédie-Caumartin, à vingt mètres de l'Olympia.

C'est aussi grâce à lui que je rencontre un autre homme important pour ma carrière. Et celui-là est un vrai séducteur... Sur la scène de l'Olympia, je présente un soir Eddie Constantine. Il est alors en pleine ascension. Jouant sur les deux tableaux. À la fois chanteur et acteur. Ce fils d'émigré russe, né à Los Angeles, a essayé de faire carrière à Hollywood, sans succès. Il a donc suivi les traces de son père, baryton d'opéra, et est devenu une sorte de *crooner*. Mais la rencontre à New York d'Hélène Musil, une jeune danseuse des ballets de Monte-Carlo, a transformé sa vie.

Il part la rejoindre en Europe et l'épouse. Le couple s'installe à Paris. Eddie se produit dans de petits cabarets, puis sur la scène de l'ABC dans la comédie musicale *La Petite Lili*, au côté d'Édith Piaf qui s'enthousiasme pour l'Américain à la voix de velours et le lance. Quant au cinéma français, il est tout aussi sensible à son charme. Ici, son accent fait un malheur. Parfait pour le rôle du détective Lemmy Caution que le public découvre dans *La Môme vert-de-gris* et qu'il ne veut plus quitter. Le personnage revient de film en film et assure à Eddie une notoriété énorme.

Il est l'Américain tel qu'on le rêve. Grand, séduisant, la mâchoire carrée et l'humour en prime. Impeccable dans son costume croisé, mais n'hésitant pas à faire le coup-de-poing quand il le faut et bien sûr courtisant les femmes... Un rôle de composition car à la ville Eddie est un mari fidèle. Il est vrai que son épouse Hélène est adorable. Ils ont eu une fille, Tania, et forment une famille unie.

Une famille qui va devenir un peu la mienne. Eddie m'entoure d'une affection toute fraternelle et avec Hélène nous courons les magasins ensemble. Entre nous trois est née une amitié et durant ces années 1955-1956, nous ne nous quittons plus. Eddie m'impose dans tous ses films. Le premier est *Vous pigez ?* de Pierre Chevalier. Film d'action au ton léger, toujours dans le registre bagarreur et humoristique. Puis, il y a *L'Homme et l'Enfant*, réalisé à Nice par Raoul André. Film plus noir, avec une petite subtilité supplémentaire : Eddie y campe un redresseur de torts chargé de démanteler un trafic de drogue, mais en plus il doit courir au secours de sa fille enlevée. Rôle tenu par sa propre fille Tania. Ils ont d'ailleurs enregistré ensemble la chanson du film.

Le film rencontre un grand succès et une scène, surtout, défraie la chronique... On y voit la méchante commerçante eurasienne (jouée par Juliette Gréco !), qui utilise ses flacons de parfum pour écouler la schnouf (c'est comme ça que l'on disait à l'époque), fouetter sa vendeuse jusqu'au sang pour qu'elle avoue à sa place. Et vous l'aurez deviné, la vendeuse martyrisée est bien sûr interprétée par... Nadine Tallier. Je me souviendrai longtemps de la ceinture en croco ! Raoul

André avait demandé à Juliette de ne pas freiner ses coups. Il y aurait un petit coussin pour les amortir... Elle s'exécute, on recommence la prise, une fois, deux fois, trois fois, quatre fois, à raison de cinq coups par scène, soit un total de vingt coups. Et bien sûr, dans ma précipitation, j'ai oublié de placer le petit coussin ! J'ai fini à la pharmacie et cela n'a développé en moi aucun goût pour le sado-masochisme ! Un an auparavant, j'avais présenté Juliette à l'Olympia comme « notre gentille Juliette nationale » : si j'avais su...

La même année, Eddie me fait tourner un film autrement plus glamour et qui, lui, est entré dans l'histoire du cinéma, *Folies-Bergère,* d'Henri Decoin. Je retrouve là un univers qui m'est plus familier, celui de mes premières années de cabaret, en plus spectaculaire : plumes, strass et paillettes. Ça y est, moi aussi je descends le grand escalier des Folies-Bergère ! Et cela ne s'improvise pas. Une des choses les plus difficiles qui soit. Il ne faut surtout pas regarder ses pieds, mais l'horizon, les yeux au-dessus de la tête des spectateurs et le talon haut bien calé contre la marche.

On ne dira pas que le music-hall avait été entièrement recréé aux studios de Billancourt... Mais l'illusion était totale. Avec une chorégraphie signée Roland Petit et Zizi Jeanmaire dans le rôle de la meneuse de revue, on y croyait. Eddie interprétait un soldat américain démobilisé qui tombait bien évidemment amoureux de la star des Folies. Sa femme Hélène jouait également dans le film. Quant à Zizi, je n'ai jamais vu personne plus délicieuse, aimable avec tout le monde, absolument pas diva, pas un caprice, alors qu'elle aurait pu : elle était déjà célèbre, sous contrat à Hollywood, elle avait d'ailleurs dû obtenir une dérogation pour revenir tourner en France.

Le film eut un grand succès. C'était tout à fait dans le goût de l'époque. Et dans *Paris Frou Frou*, on vanta à nouveau « cette Parigote impertinente au nez retroussé, souriante, blagueuse, fantaisiste, vif-argent dans les veines et répliques à l'emporte-pièce aux lèvres »...

Nous avions à peine terminé le tournage qu'on enchaînait avec un autre film. Je suivis Eddie dans *Ce soir, les jupons volent*, de Dimitri Kirsanoff. « Un film à la gloire des mannequins de la capitale », ce qui était très à la mode alors. Il y eut aussi *Mannequins de Paris, Mademoiselle de Paris, L'Aventurière des Champs-Élysées*... Le scénario ? Vous y tenez vraiment ? Une veille de Noël dans une maison de couture. Je suis Tania, qui, en voulant se suicider, verra le retour de son amoureux Marc, joué par François Patrice, un beau brun, au physique de fils de famille, qui a ouvert ensuite une boîte de nuit rue de Ponthieu.

Il y a là aussi Sophie Desmarets qui fait ses débuts. Jolie et pétillante, elle joue les snobs comme personne, très Marie-Chantal, un modèle pour Jacques Chazot. Bien des années plus tard, reconvertie dans les antiquités à Paris, elle m'a vendu un salon indien. Et elle est devenue comme moi baronne, en épousant Jean de Baroncelli. Enfin, il y a une troisième comédienne,

Ginette Pigeon, avec qui j'étais en classe à l'âge de douze ans, mais malheureusement elle n'a pas fait la même carrière !

Dimitri Kirsanoff est tellement content de ses deux vedettes qu'il nous garde pour un autre film, *Miss Catastrophe*. Ce sera, hélas, son dernier film. Il meurt l'année suivante. Dommage. Souvent quand je finis un film, le réalisateur me reprend pour le suivant car, sous mes allures un peu follettes, je suis très professionnelle. Toujours à l'heure et sachant enfin mon texte.

On l'a vu, Jean Boyer m'a fait tourner dans *Coiffeur pour dames*, puis dans *Femmes de Paris* et *Une vie de garçon*. Même cas de figure avec Guy Lefranc. En 1955, je tourne *Chantage* et, l'année suivante, *Fernand cow-boy*, avec Fernaud Raynaud. Idem pour Maurice Regamey, qui me fait jouer avec Louis de Funès dans *Comme un cheveu sur la soupe* et, un an après, *Cigarettes, whisky et p'tites pépées*.

Un mot sur ce dernier film s'impose. Son titre déjà : une chanson de... Eddie Constantine. Il ne jouait pas dans le film, mais c'est comme s'il était encore là à veiller sur moi. Et je peux l'en remercier. *Cigarettes, whisky et p'tites pépées* sera l'un des deux films les plus connus de ma carrière. Tourné sur la Côte d'Azur durant l'été 1958, il restera aussi un excellent souvenir. Le sujet est drôle et jouer avec Annie Cordy a été, on l'imagine, follement gai.

Dans le film, Annie dirige un centre d'instruction de monitrices sportives, nous sommes toutes en short et tee-shirt, débordantes d'énergie. Mais la faillite menace. Heureusement, je découvre comme par hasard, dans une grotte, un stock de cigarettes et de whisky. Avec mes copines, nous décidons d'ouvrir un club, « Aux p'tites pépées », pour renflouer le centre. En fait, je suis tombée sur la cachette de dangereux trafiquants qui vont vouloir récupérer leur marchandise... Quiproquos garantis !

Eddie Constantine m'a donné également une autre chance, qui au départ avait tout d'une contrainte : grâce à lui, je me suis mise à l'anglais. Un jour, il me propose de faire des essais pour un film dans lequel il va jouer à Londres. Est-ce que cela m'intéresse ? Bien sûr. Je ne parle évidemment pas un mot d'anglais. Qu'à cela ne tienne, après l'Olympia, je cours chez Mlle Guyot, professeur des vedettes, et de minuit à deux heures du matin, ânonne *My tailor is rich*... Au moment du casting, je connais dix phrases, pas une de plus, mais ça marche ! Me voilà prise dans *Girls at Sea* (*Filles à la mer*), une comédie musicale où j'incarne une jeune passagère clandestine embarquée sur un croiseur anglais. Et, comme il se doit, le capitaine s'éprend de moi au grand désespoir de sa fiancée.

Merveilleux Eddie ! Je le retrouve une dernière fois pour un tournage entre Hambourg et Londres. Nous sommes en 1959 et ce sera mon dernier film, mais je ne le sais pas encore. Je joue une call-girl meurtrière baptisée Zizi (toujours ces prénoms tellement chics !) et mon bel Américain, comme d'habitude, un ancien agent secret. Le film s'appelle à l'origine *Long Distance*, puis *Larry agent secret*.

À nouveau, une scène suscite bien des commentaires. Une scène *very hot* dans laquelle Eddie me rend visite alors que je suis dans mon bain... Dans *Cinémonde*, le journaliste en est tout retourné : « Elle ne manque pas de faire monter sa température : Zizi a de l'éloquence. » C'est ce qui s'appelle avoir le sens de la formule.

Mais ce sera la dernière fois qu'on me verra dans mon bain. Je vais bientôt rencontrer Edmond et mettre un terme à ma carrière. Quant à Eddie, il n'arrêtera pas de tourner. Il fera en tout cent onze films. Lorsque son succès commencera à baisser en France, il continuera sa carrière en Allemagne. Je ne le perdrai toutefois pas complètement de vue. Passionné de chevaux, je le recroiserai sur les hippodromes de Longchamp et de Deauville. Il écrira d'ailleurs un roman, *Le Propriétaire*, sur les coulisses du monde des courses, avec ses secrets et ses intrigues. Un bon scénario qu'il aurait pu porter à l'écran.

Pour en revenir à cette année 1956 si riche, un autre événement est à signaler. La sortie du deuxième film le plus connu de ma carrière : *En effeuillant la marguerite*. Après toutes ces années, Marc Allégret s'est souvenu de moi et me propose un rôle dans son film. Enfin ! C'est vrai qu'il avait bien essayé de me faire jouer en 1952 dans *Julietta*, l'adaptation du roman de Louise de Vilmorin, et j'étais allée lire une scène devant elle à Verrières, mais elle avait finalement choisi Dany Robin. Avec son air de jeune fille bien élevée, celle-ci convenait sans doute mieux, moi j'étais encore trop dissipée...

Quatre ans plus tard, j'ai pris de l'assurance et le rôle me convient tout à fait. L'histoire se passe dans une rédaction, comme celle de *Paris Match*, les journalistes ont alors beaucoup de succès. Daniel Gélin en est le roi. Il a une jeune admiratrice transie, Magali, que je joue, mais lui s'amourache d'une provinciale montée à Paris... Brigitte Bardot ! *Nobody is perfect !*

Le hasard me donnera une forme de revanche. Brigitte devait aller présenter le film à Londres, mais malade, au fond de son lit, elle n'a pu faire le déplacement. C'est donc moi qui ai pris sa place ! Comme dit le *Cinémonde* d'alors : « La grippe des uns fait le bonheur des autres. » Car, c'est un peu présomptueux de le dire, mais nous étions rivales. Bien sûr, BB explosait cette même année avec *Et Dieu créa la femme...* Mais j'étais l'outsider.

Dans un *Ciné Revue* de mars 1957, nous nous partageons la même double page :

« Les confidences des deux vedettes "super-sexy" de la jeune génération française, Nadine Tallier et Brigitte Bardot. » On y parle de nos projets, de notre conception du métier et de la vie. Et, curieusement, je dis clairement que si le cinéma me plaît, c'est surtout pour l'aisance matérielle qu'il me procure. Avec une honnêteté presque dérangeante, j'avoue mon arrivisme, ma volonté de réussir avant trente ans. J'en ai alors vingt-cinq. Je ne cache rien de mes origines modestes et explique que c'est justement un confort de vie que je recherche.

Mon assurance s'explique sans doute par l'euphorie que me procure mon dernier voyage. Je rentre des États-Unis où je viens de signer avec... Darryl Zanuck. Et je suis lyrique : « Je vais tourner *Le soleil se lève aussi*, le premier des films que je ferai pour Darryl Zanuck (avec qui j'ai signé un contrat de sept ans, à raison d'un film par an). J'y serai une petite Française de mœurs légères que Tyrone Power a connue à Paris. Errol Flynn et Mel Ferrer sont les autres vedettes masculines de ce film qui a Ava Gardner pour tête d'affiche. Dans mon deuxième film, c'est avec Clarke Gable que je tournerai... »

On comprend que Brigitte Bardot avait du souci à se faire ! Hélas, trois fois hélas, j'avais un peu vendu la peau de l'ours avant de l'avoir tué...

J'étais bien allée faire des essais à Hollywood et ils avaient été concluants. Cela faisait longtemps que le grand patron de la Twentieth-Century-Fox m'avait repérée. J'étais encore à l'Olympia, quand il m'avait fait convoquer par son directeur de production. Darryl Zanuck cherchait une starlette française un peu piquante pour un rôle dans le prochain film qu'il produisait, *Le soleil se lève aussi*, d'après le roman d'Hemingway. J'étais partie pour Los Angeles et avais passé sans problème l'examen. On m'y avait décolorée en blonde, ce qui m'allait plutôt bien et avait encore ajouté à mon prestige, lors de mon retour en France.

On parlait de moi comme de « la piquante ingénue blonde que Hollywood vient d'enlever. »

Le rêve n'a duré que quelques jours. Un coup de téléphone du directeur de production l'a brisé net. « Je suis désolé, mais M. Zanuck vous demande de rompre votre contrat. » Je suis abasourdie. Il m'explique alors de façon officieuse que Zanuck a des problèmes sentimentaux avec sa maîtresse Bella Darvi. Elle lui fait des scènes terribles et refuse que j'aie le rôle. Mais qu'est-ce que je lui ai fait ? Il n'en sait rien. Je me souviens alors que Bella a joué, un an auparavant, avec Eddie Constantine dans *Je suis un sentimental.* Est-elle jalouse de l'affection qu'il me porte ?

Le directeur de production me demande si je ne connais pas une autre actrice française qui pourrait me remplacer. Bonne joueuse, je lui conseille Juliette Gréco. J'aurais dû être directrice de casting : non seulement elle a eu le rôle, mais Zanuck en est tombé amoureux !

La pauvre Bella Darvi ne s'en est jamais remise. Dépression, alcool, dettes, suicide. Il faut dire qu'elle avait eu une vie incroyable. Juive polonaise, elle avait grandi à Paris, avait été arrêtée sous l'Occupation, puis avait régné sur les nuits de Saint-Germain-des-Prés. Très séduisante, Bella avait ensuite épousé un riche homme d'affaires et était partie avec lui mener une vie luxueuse sur la Côte d'Azur. Au casino tous les soirs, elle dépensait des sommes folles. C'est là qu'elle a rencontré Darryl Zanuck et sa femme Virginia... Le couple a été subjugué par sa personnalité. Elle a alors divorcé et s'est installée chez eux à Santa Monica !

Une nouvelle vie commence. Bella devient actrice et change de nom : Darvi, la contraction de Darryl et de Virginia... Inutile de dire que le trio défraie la chronique. Zanuck la fait tourner dans quelques films, mais la critique est sévère. Et Bella se révèle de plus en plus irascible. La belle entente à trois se détériore. Elle revient en France. Darryl la suit, sans parvenir à rétablir une relation vivable. On connaît la suite.

Pour ma part, une fois la déception passée, je n'en ai pas vraiment voulu à Darryl Zanuck. À bien y réfléchir, un contrat de sept ans me paniquait. J'aimais trop ma liberté et, sans doute aussi, pas assez le cinéma ! Je n'étais pas prête à faire tous les sacrifices qu'Hollywood imposait. J'avais trop peur d'étouffer dans cette usine à stars. Je savais combien elle pouvait aussi briser des vies. J'en avais eu récemment un exemple sous les yeux...

Grâce à Zanuck, je fis en effet un jour la connaissance de... Marilyn Monroe. Après les essais à Los Angeles, nous étions repartis pour New York. Un soir, Darryl m'emmène dîner au célèbre club El Morocco. Brusquement, un frisson parcourt l'assistance. Marilyn traverse la salle et s'arrête en chemin pour embrasser Zanuck. Elle s'assoit un instant à notre table et me dit un mot gentil. Elle a remarqué à côté de moi sur la banquette ma pochette Hermès et me fait un compliment. Je bredouille un remerciement. Je la regarde, fascinée. Je détaille ses traits, sa peau laiteuse, ses yeux qui pétillent, sa chevelure blond platine. Comme elle a l'air heureuse ce soir ! Comme elle étincelle ! Je comprends alors ce qu'est l'aura, mais je devine aussi ce qu'elle cache de détresse. Après quelques instants, elle se lève, nous salue et oublie ses longs gants blancs. Je la rattrape au vestiaire, les lui tends, elle me remercie, puis me les rend : « S'ils vous plaisent, gardez-les, cela me fait plaisir, en hommage à la France. » Ce sont des gants de chez Dior. Je refuse, elle insiste, minaude, adorable, une vraie scène de film. Je finis par céder et, en échange, je lui tends ma pochette. *« Would you be nice to accept this little souvenir of Paris ? »* Vous aurez remarqué mes progrès en anglais ! C'est ainsi que je suis repartie avec la paire de gants de Marilyn. Il y a quelques années, je l'ai offerte lors d'une vente aux enchères au bénéfice de mon association, pour les enfants de l'Opej. Elle a été achetée par un ami, Yves Citruk, qui l'a offerte à sa ravissante épouse, et les gants sont aujourd'hui à Helsinki, en Finlande. Le mythe Marilyn continue à voyager.

Pour ce qui était de mon mythe à moi, il restait à écrire ! Zanuck ne fut pas le Pygmalion qui m'ouvrirait les portes d'Hollywood. Il y avait bien Denys de la Patellière qui allait me rendre encore plus populaire en me faisant jouer dans *Les Grandes Familles*, l'adaptation du livre de Maurice Druon, avec Jean Gabin, Bernard Blier, Pierre Brasseur. Mais au fond, je ne me voyais pas poursuivre encore longtemps ma carrière de comédienne.

Pourtant, cette fois, j'étais dans la cour des grands. J'avais un vrai rôle. Je jouais Sylvaine Dual, la maîtresse de Pierre Brasseur, fille légère qu'il imposait à sa famille de la haute bourgeoisie. Film prémonitoire. J'allais bientôt faire, moi aussi, mon entrée dans une grande famille.

L'heure des Pygmalions était passée. J'étais à présent prête. Prête à un autre destin. Et je sentais que ce n'était pas le cinéma qui me le donnerait. J'en avais fait le tour. Aucun acteur, aucun réalisateur, aucun dialoguiste, même Michel Audiard qui tenait tant à m'emmener en week-end à Fontainebleau pour travailler mon rôle, ne pourrait m'offrir la vie que je me souhaitais... Grâce à quelques soupirants triés sur le volet, j'en avais déjà goûté les raffinements. Et, sans me l'avouer encore franchement, mon choix était fait.

Les play-boys

« Les femmes sont faites pour être mariées et les hommes, célibataires. De là vient tout le mal. »

Sacha Guitry

Tout au long de ma vie, j'ai croisé beaucoup d'hommes à la plastique irréprochable. Durant mes années de music-hall et de cinéma, les séducteurs hantaient les coulisses, les plateaux de tournage, les soirées de gala. Il y avait tout d'abord les jeunes premiers avec lesquels je jouais, beaux bruns ténébreux au profil parfait, au sourire éclatant. Mais je les regardais sans émoi, ils ne m'intéressaient pas. Je savais que je n'avais pas grand-chose à attendre d'eux. Socialement, ils ne m'apportaient rien. Et comme je n'étais pas sensible à leur beauté physique, les fréquenter était presque pour moi une perte de temps. Je n'ai jamais eu le fantasme du bel athlète. C'est ce qui m'a permis de tracer ma route la tête libre.

La plupart des starlettes que je côtoyais s'enflammaient pour l'acteur qui les avait prises dans ses bras, confondant le scénario et la réalité, vibrant à l'idée de pouvoir renouer avec ces élans passionnés, cette vision de l'amour idéal, ce romantisme qui n'existait que dans les films. Bien sûr, elles déchantaient vite, reproduisant les mêmes erreurs, se désespérant de leur infortune et enchaînant les échecs.

Il y avait aussi celles qui se sentaient tellement stars qu'elles ne pouvaient supporter de partager la vedette : alors elles choisissaient l'éclairagiste (qui fatalement restait dans l'ombre), le jeune figurant, le professeur de gymnastique, pour des cinq à sept qui, s'ils calmaient une envie de tendresse ponctuelle, vous plongeaient ensuite dans une solitude plus grande encore.

Je n'aimais pas les acteurs pour une autre raison : je les considérais comme des professionnels de la séduction, des hommes qui ne laissaient jamais tomber le masque, qui avaient toujours en tête l'angle de la caméra, le geste qui flatte, la phrase qui fait mouche. Et puis, comment embrasser un homme avec du maquillage sur la figure ? Dans le genre viril, il y avait bien sûr Jean Gabin, avec qui j'avais tourné dans *Les Grandes Familles,* mais ce n'était pas mon style. Marlene avait craqué, pas moi. À la limite, j'aurais pu avoir un faible pour Tyrone Power. Ce fut ma seule grosse déception de ne pas jouer dans *Le soleil se lève aussi.*

Pourquoi ai-je senti instinctivement qu'il fallait ne jamais tomber dans ces pièges ? Je n'en sais rien. Peut-être parce que je n'étais pas fleur bleue, aussi je ne m'emportais pas pour le premier venu, et la moindre tentation était aussitôt freinée par cette question : à quoi cela peut-il me servir ?

Peut-être faut-il aussi en trouver l'origine dans mon adolescence... Un homme m'avait fait terriblement souffrir, il s'appelait Jacques Dahan, « Jacky », et il avait treize ans ! J'habitais encore chez mes parents dans le XVIIe arrondissement et on se retrouvait tous les soirs après l'école, à l'angle du boulevard Pereire et de la rue Guersant. Je portais son cartable jusqu'à la maison, il habitait le même immeuble et, le soir, il m'aidait à descendre les poubelles. C'était, on le voit, très romantique, ma première grande histoire d'amour. Je le trouvais si beau que je l'aurais suivi au bout du monde, mais lui, cruel, me dit un jour : « Tu es trop laide, je ne t'épouserai jamais ! Et puis, de toute façon, je veux être mécanicien sur femmes ! » Comment ensuite faire confiance aux hommes ?

Mon charme n'était visiblement pas encore au point. Pourtant, il avait fait recette quelques années plus tôt. J'étais alors à Puteaux et la rue était mon royaume. On m'appelait Fil de fer, j'avais déjà mon air mutin et, du haut de mes dix ans, je régnais sur une petite cour. Ma sœur Nadeige, de six ans ma cadette, jouait mon page et mon premier chevalier servant s'appelait Georges Truchot. Il avait le sens des choses, un vrai gentleman : il m'offrait des fleurs trouvées dans les poubelles ! Décidément, on n'en sortait pas. Je me souviens que j'avais déjà conscience de mon pouvoir. Les garçons tournaient autour de moi et j'en jouais. Je faisais tout pour leur plaire, pour les titiller, jusqu'au jour où l'un d'entre eux, plus hardi que les autres, m'a embrassée sur la bouche ! La nouvelle a fait le tour du quartier et, finalement, m'a donné plus de prestige encore !

Bon, si je veux être tout à fait honnête, j'ai eu

quand même quelques coups de cœur pendant mes années de music-hall. À dix-sept ans, je n'étais pas encore un monstre d'ambition. J'étais capable de suivre un inconnu parce qu'il me faisait rire et qu'il sortait de l'ordinaire. Il faut dire que ce grand jeune homme un peu fou était particulièrement brillant. Son nom ? Boris Vian.

C'est à Saint-Tropez que nous nous sommes connus. Je l'avais croisé sur le port, puis revu chez Sénéquier. Je faisais partie d'une petite bande et je crois que c'est Saddrudin Aga Khan qui me l'a présenté. J'ai tout de suite été impressionnée. Boris était différent des autres, il avait une singularité qui tranchait. Pas beau au sens classique, mais une allure incroyable, très grand, avec un visage intéressant, un large front et un regard qui vous transperçait, un regard narquois et désabusé, on sentait une folie, une sauvagerie qui fascinaient.

Il était à Saint-Tropez avec son frère Alain et l'épouse de celui-ci, Denise. Les deux garçons jouaient le soir dans les clubs et je me suis vite découvert une passion pour le jazz. Je ne savais rien de Boris, je n'avais pas entendu parler de ses romans, *J'irai cracher sur vos tombes*, qui avait fait scandale, et *L'Écume des jours*, mais je devinais qu'il était autre chose qu'un simple trompettiste. Il portait en lui une telle force, une telle révolte, et sa conversation était passionnante. Il savait tout sur tout. Il pouvait parler aussi bien de littérature que d'astronomie. Il avait été ingénieur, avait fait Centrale, avant de tout plaquer et de se consacrer à la musique et à l'écriture.

Il aimait faire des farces, était souvent insolent avec les gens et prenait plaisir à tourner tout en dérision. Mais ses sarcasmes et son goût de la provocation cachaient un vrai sentimental timide et délicat. On l'a dit homme à femmes, bourreau des cœurs, Marie-José Casanova l'avait même surnommé « beau risque vivant », mais, avec moi, il était d'un romantisme total. Il me couvrait de fleurs, m'emmenait en promenade jusqu'au cimetière de Saint-Tropez qui domine la baie, faisait des projets d'avenir... auxquels je répondais du bout des lèvres.

J'arrivais à un moment où Boris était en pleine crise conjugale. Il était en train de se séparer de sa femme Michelle qu'il avait épousée huit ans auparavant. La naissance de deux enfants n'avait pas spécialement consolidé le couple. Boris n'avait pas la fibre paternelle. Trop occupé par ses multiples activités, trop enfant lui-même. Durant cet été 1949, ils avaient donc décidé d'occuper à tour de rôle la maisonnette qu'ils louaient à Saint-Tropez. Mais tout cela, je l'ignorais encore.

Sa belle-sœur Denise que j'ai rencontrée dernièrement m'a rappelé combien nous étions amoureux. « Je vous revois montant une allée, lui te tenant par la taille, et je me disais : comme ils ont l'air heureux ces deux-là. » C'est vrai que nous étions très heureux. Mais, à la fin de l'été, je suis repartie pour Paris, laissant à cette romance le charme de l'éphémère. « Après ton départ, il n'a pas été possible de lui parler pendant trois jours. »

J'ai revu Boris ensuite à Paris. J'allais l'écouter jouer au Tabou et au Club Saint-Germain. C'était alors la grande époque des caves et du jazz. Toute la jeunesse s'y donnait rendez-vous et s'y mêlait à Jean-Paul Sartre et à Albert Camus. Et le plus étonnant, c'est qu'Edmond était aussi un des piliers de ces endroits. Je l'ai peut-être croisé sans le savoir, déguisé en zazou.

Nous avons continué un peu à nous fréquenter, mais Boris savait qu'il ne pouvait me retenir. Ce n'était pas une vie pour moi. Nous nous sommes séparés bons amis. Et le destin a bien fait les choses. Quelqucs mois plus tard, il a rencontré une danseuse du ballet Roland-Petit, Ursula.

Après son divorce, il l'a épousée et ils se sont installés à Pigalle, cité Véron, à deux pas du cabaret Ève où j'avais fait mes débuts trois ans plus tôt. Ils avaient comme voisin Jacques Prévert avec lequel ils partageaient une immense terrasse au-dessus du Moulin-Rouge. Je leur rendais quelquefois visite et Boris était toujours très tendre avec moi. Comme à Saint-Tropez, il m'emmenait flâner en haut des marches du Sacré-Cœur pour admirer la plus belle vue de Paris.

Denise aimait beaucoup son beau-frère : « Il était doux, triste, et la tristesse d'un homme, c'est très attachant. » C'est tout à fait juste et moi, j'étais pour lui la gaieté. Il me répétait : « Tu es extraordinaire, rien ne peut t'abattre. »

Il savait qu'il était condamné, une malformation

cardiaque lui donnait une très courte espérance de vie, et cela expliquait bien sûr son humeur en dents de scie, passant de l'euphorie d'une plaisanterie à la noirceur d'un pessimisme sans fond. Il disait : « Je n'atteindrai pas quarante ans. »

Le monde, ses atrocités, ses guerres le révoltaient aussi. Il était comme un justicier jamais en repos, partagé entre l'envie de tout faire exploser et le sentiment qu'il se battait en vain. On lui reprochait de ne rien respecter, mais il ne manquait pas de courage. Il fallait pouvoir chanter *Les Joyeux Bouchers*, *La Java des bombes atomiques*, et surtout *Le Déserteur*, en pleine guerre d'Indochine !

Jacques Canetti, mon ami des Trois-Baudets, avait proposé à Boris d'interpréter lui-même les chansons qu'il écrivait. Je crois pouvoir dire qu'il n'avait pas plus de voix que moi, mais il s'en moquait, cela faisait partie de son irrévérence. Et à Paris, on trouvait cela amusant. Mais, quand il a été question de faire une tournée en province, Boris s'est retrouvé en face d'anciens combattants qui l'insultaient et le menaçaient physiquement.

Il parlait très peu de son adolescence à Ville-d'Avray. C'est là qu'il était né – et dire que tout le monde pensait qu'il était slave ! Il y avait connu une enfance heureuse, entre deux frères et une sœur, et des parents merveilleux, cultivés et un rien fantasques. La crise de 1929 avait sérieusement réduit leur train de vie, mais son père avait trouvé une solution : ils loueraient leur jolie villa et iraient vivre dans la maison du gardien. C'était comme ça chez les Vian : une douce bohème, finalement assez russe ! Le plus étonnant, c'est qu'ils avaient loué la maison à la famille de Yehudi Menuhin !

C'est à Ville-d'Avray qu'on l'a enterré en 1959. Il avait trente-neuf ans. Un enterrement aux allures de gag, iconoclaste, digne de ses romans : ce jour-là, les fossoyeurs étaient en grève, ce sont ses amis qui ont mis son cercueil en terre.

Dans les caves de Saint-Germain-des-Prés, il y avait un autre jeune homme fou de jazz, un guitariste qui n'avait pas vingt ans et qui déjà enthousiasmait les foules. Les jeunes filles surtout... Il s'appelait Sacha Distel. Je l'avais remarqué lorsqu'il jouait avec son oncle Ray Ventura dans l'orchestre des Collégiens, mais je l'ai vraiment connu en 1953 quand nous avons tourné ensemble *Femmes de Paris,* le film de Jean Boyer.

Sacha était le charme incarné. Avec son allure de jeune homme de bonne famille, son costume et sa cravate, il n'avait rien de la folie « slave » de Boris, mais une bonne humeur, une gaieté communicatives. Et ce sourire ! Personne ne pouvait résister. Pas même moi... On était jeunes, beaux et insouciants, c'était la belle vie !

Un jour, il m'a dit : « Mes parents m'ont inculqué un principe : on ne montre que le sourire. » Cela m'a tellement touchée que j'en ai fait aussi ma devise. Car l'enfance de Sacha n'avait pas été si rose. Pendant l'Occupation, les Allemands avaient arrêté sa mère, née Andrée Ventura, et Sacha ne l'avait revue qu'à la Libération.

Au fond, nous étions un peu semblables : nous avions le même âge, le même optimisme et la même ambition. Mais lui était déjà presque en haut de l'affiche. Il avait joué avec Stan Getz, Django Reinhardt, Lionel Hampton. En 1955, je le présentais à l'Olympia. Il passait en première partie de Juliette Gréco. Il était aussi l'éditeur musical de Georges Brassens. Car il aimait autant le jazz que la chanson française, et d'ailleurs il commençait à se rêver chanteur. Il s'imaginait bien une carrière à la Frank Sinatra...

Et il y est parvenu. J'ai assisté à ses débuts de chanteur au casino de Cabourg que Bruno Coquatrix avait loué. Pas très à l'aise dans un premier temps, un refrain allait vite lui donner l'assurance nécessaire : *Scoubidou bidou ah* ! Le tube est devenu l'hymne de toute la jeunesse française. Un porte-clefs très à la mode à l'époque (on le tressait avec des fils en plastique de couleurs) est baptisé scoubidou. Sacha est lancé. Il plaît aussi bien aux jeunes filles qu'à leur mère. Tout le monde le réclame. Les États-Unis, la télévision où il anime un show, l'Angleterre où il chante devant la reine. Il devient le *french lover*. Le *crooner* à la française. Consécration suprême : Sinatra reprend son tube *La Belle Vie* !

Plus tard, j'ai souvent revu Sacha à Megève, il y passait l'hiver dans son chalet Anaïs, en compagnie de sa femme, la ravissante championne de ski Francine Bréaud. Il l'avait connue à Saint-Tropez, l'avait séduite sur les pistes du mont d'Arbois et épousée à Megève en 1963. La même année que mon propre mariage. Nous évoquions parfois nos débuts et la carrière internationale qu'il avait faite ensuite. Tous ces titres qui l'avaient rendu tellement populaire : *Mon beau chapeau*, *Monsieur Cannibale*, *Toute la pluie tombe sur moi*, *Tu es le soleil de ma vie*... Il riait et faisait le modeste. Mais il avait un regret : « J'ai trop souvent été perçu comme un homme léger. » La rançon d'avoir toujours donné l'image d'un homme souriant et aimable. Ce que j'appelle la politesse de la vie. L'expression chanteur de charme ne pouvait pas mieux lui convenir.

Évidemment, ce charme, ce succès lui ont valu beaucoup de conquêtes féminines. On a parlé de Juliette Gréco, de Jeanne Moreau, mais c'est surtout sa liaison avec Brigitte Bardot qui a défrayé la chronique. Liaison brève mais passionnée, dont Sacha sortit meurtri. Il l'avait rencontrée sur le tournage de *Et Dieu créa la femme*, grâce au compositeur de la bande originale du film, Paul Misraki. Faut-il rappeler que le mari de Brigitte en était le réalisateur et s'appelait Roger Vadim ?

Ah ! Roger Vadim... Celui-là était un vrai homme à femmes. Et russe de surcroît ! De son vrai nom Roger Vladimir Plemiannikov. Son père était un aristocrate ukrainien. Naturalisé français, il avait été nommé consul de France en Égypte, puis en Turquie. Roger avait connu une enfance exotique et romanesque, avant de devenir un autre des piliers de Saint-Germain-des-Prés. Entre deux virées nocturnes et de nombreuses conquêtes, il s'essayait au théâtre et à l'écriture.

Quand je fais sa connaissance en 1953 chez Marc Allégret, il est journaliste à *Paris Match* et assistant du réalisateur. Il a vingt-cinq ans et il est d'une beauté à tomber. D'ailleurs, c'est sans effort qu'il a séduit Brigitte Bardot et qu'il l'a épousée un an plus tôt. Elle venait de tourner son premier film, *Le Trou normand*, de Jean Boyer, avec Bourvil. Elle avait dix-huit ans. Autant dire que le papillon était encore à l'état de chrysalide. Mais Roger voit le potentiel de la belle, et pour cause, il partage son quotidien… Il lui façonne un film sur mesure, de quoi mettre en valeur ses formes plus que parfaites, mais aussi ce caractère insondable, changeant, à la fois capricieux et touchant, qui fera fondre des millions d'hommes ! En 1956, sort *Et Dieu créa la femme*, et c'est le choc ! Le scandale ! Un sex-symbol est né.

Le succès bénéficiera aussi à Roger qui se voit propulsé sur le devant de la scène. Il devient le fils spirituel de Marc Allégret, le fer de lance d'un nouveau cinéma, moderne et irrévérencieux. Mais le couple Bardot-Vadim ne survivra pas à cette brusque médiatisation. « La gloire est le deuil éclatant du bonheur », disait Mme de Staël. Au cinéma, on le vit chaque jour. Le divorce est prononcé l'année suivante. Ce qui n'empêchera pas Roger de demander à BB en 1958 de jouer dans son film *Les Bijoutiers du clair de lune*.

Il le fait sans tourment : il a trouvé une nouvelle actrice à lancer et à aimer... Pour Roger, impossible de dissocier l'amour du cinéma. « Je veux vivre vingt-quatre heures par jour avec la fille que j'ai choisie pour la modeler. Quand on a passé la nuit ensemble, on parle ensemble, le matin, à la table du petit déjeuner. » L'heureuse élue est danoise et s'appelle Annette Stroyberg. Il tourne avec elle une adaptation des *Liaisons dangereuses* et l'épouse. Hélas, il ne renouvelle pas le coup d'éclat de Brigitte. Si elle n'explose pas au cinéma, elle a d'autres qualités : elle lui donne une fille, Nathalie.

Mais Roger est-il fait pour la vie de famille ? En 1961, à l'Épi Club, à Montparnasse, il fait la connaissance de Catherine Deneuve. Coup de foudre réciproque ! L'actrice est encore au tout début de sa carrière et elle se laisse elle aussi subjuguer : « Il avait un charme fort, fait de nonchalance et d'humour, alliés à une fermeté et une vigueur que j'étais loin de détenir. » Il lui donne son premier grand rôle dans *Le Vice et la Vertu*. Il dit : « J'ai de grands projets pour Catherine, je suis aussi excité par elle que je l'ai été par Brigitte. » Leur relation ne durera pourtant que deux ans. Quelque temps après la naissance de leur fils Christian, ils se séparent.

Roger aurait dû être un peu refroidi par les actrices, mais non... En 1965, il change juste de continent et épouse Jane Fonda. Et rebelote ! Quelques films ensemble dont le fameux *Barbarella*, mais leur relation est conflictuelle, faite de hauts et de bas. Jane Fonda n'est pas du genre à se laisser modeler, elle lui donne toutefois une fille, Vanessa.

Bien des années plus tard, je me suis retrouvée avec Roger dans un avion entre Los Angeles et Paris. Ce genre de vol suffisamment long qui invite aux confidences. L'incorrigible amoureux des femmes semblait enfin apaisé, voire un rien nostalgique. « Il y a des erreurs que je regrette d'avoir commises », m'a-t-il avoué entre deux gin tonic. Mais cette fois, il était pleinement heureux. Il avait trouvé l'équilibre dans les bras de Marie-Christine Barrault qu'il avait épousée en 1990. L'heure de la fabrication des starlettes était passée. L'insatiable amoureux de la beauté découvrait enfin les joies de la vie de famille. Une famille recomposée qui allait lui inspirer une série télévisée très populaire. Avec bien sûr Marie-Christine dans le premier rôle. Mais il y avait longtemps qu'elle avait fait ses preuves.

Peut-être m'a-t-il manqué un Pygmalion comme Roger Vadim, mais je me suis toujours tenue à distance de lui. Je n'étais pas, non plus, femme à modeler. Et je me méfiais de cette ambiance, ce mélange des genres entre vie privée et vie professionnelle.

Je ne me voyais pas, comme Martine Carol que j'admirais tant, épouser un cinéaste. Même s'il s'appelait Christian-Jaque. C'est vrai qu'il lui a donné de beaux films, *Madame du Barry*, *Nana*, *Nathalie*, mais après quatre ans, c'était la déroute sentimentale. Il n'était plus question du beau Georges Marchal pour lequel elle avait voulu se suicider à la fin des années quarante (il lui avait préféré Dany Robin), et le séduisant médecin de Fort-de-France ne valait guère mieux. Trois ans de mariage. Puis le gentil homme d'affaires anglais qui prendra la suite ne parviendra pas à la faire sortir de sa dépression. Il la retrouvera inanimée dans sa chambre d'hôtel à Monaco.

Non, vraiment, je n'avais pas envie de ce genre de destin. Pourtant, ce n'était pas les jeunes premiers qui manquaient. En 1953, je tournais avec Jean Bretonnière, dans *Ma petite folie*, de Maurice Labro. C'était un beau garçon au style romantique et à la très jolie voix. Il avait d'ailleurs commencé comme chanteur d'opérette. Mais sur le plateau, il n'a pas eu un regard pour moi. Il est tombé amoureux de sa partenaire Geneviève Kervine, alors mariée à Fred Pasquali, un petit bonhomme chauve et laid, mais plein d'humour. Las ! L'humour n'a pas résisté à la beauté. Ils ont convolé. Et, exception qui confirme la règle, ils ont été heureux. Jouant ensemble dans plusieurs films et pièces de théâtre, ne se quittant plus. Je les ai retrouvés en 1956 dans *Cinq millions comptant*.

Il y avait aussi Georges Rivière, un acteur aux cheveux blonds ondulés et aux yeux bleus, un peu dans le genre Jean Marais, qui avait commencé sa carrière en Argentine, ce qui lui donnait un petit parfum exotique. J'ai tourné avec lui à Marseille l'un de mes derniers films, *Visa pour l'enfer*, d'Alfred Rode. Une histoire d'évadé de prison qui cherchait à gagner la frontière espagnole.

À la même époque, il y avait bien sûr Jacques Charrier, qui lui non plus n'avait pas résisté au charme de Brigitte. D'une grande beauté, Jacques avait crevé l'écran dans *Les Tricheurs*, de Marcel Carné, peinture cynique de la jeunesse parisienne, puis dans *Les Dragueurs*, vision plus légère de la même jeunesse par Jean-Pierre Mocky. À vingt-trois ans, il était le jeune premier du moment et Brigitte l'avait imposé sur le film de Christian-Jaque, *Babette s'en va-t-en guerre*. S'en était suivie une idylle et un mariage. Et, trois ans plus tard, un divorce... Un fils était né, Nicolas, dont Jacques eut la charge, Brigitte étant aspirée dans une ronde folle. Il a continué à tourner jusqu'à la fin des années soixante-dix, puis s'est découvert une nouvelle passion : la peinture.

C'était un beau brun qui en rappelait un autre... En 1957, Yves Allégret donnait sa chance à un jeune acteur de vingt-deux ans dans son film *Quand la femme s'en mêle*. Un an après, son frère Marc s'enthousiasmait à son tour et le faisait tourner dans *Sois belle et tais-toi !* Le garçon n'avait aucune formation. Il venait de faire quatre ans d'armée en Indochine. À son retour, il avait rencontré Jean-Claude Brialy qui l'avait poussé à faire du cinéma. Il s'appelait Alain Delon et moi qui tournais sur le plateau d'à côté, aux studios Saint-Maurice, j'étais prête à revoir tous mes principes...

Alain, c'était la beauté sur terre, le physique du jeune premier avec le regard du voyou. Il avait quelque chose que les autres acteurs n'avaient pas : la sensualité, une présence animale. Quand on se trouvait devant lui, on n'avait pas seulement envie d'aller prendre le thé !

Sans doute, Romy y avait été sensible lorsqu'on lui avait demandé qui elle souhaitait comme partenaire pour tourner le film *Christine*. Elle l'avait choisi sur photo, comme irrésistiblement attirée. Lui n'avait pas été tout de suite sous le charme de la jeune star allemande. Ce n'était pas à proprement parler son genre de femmes. Mais, à la fin du tournage, il avait été touché par la gentillesse, la grâce et la fraîcheur de Romy. Et ils emménagèrent ensemble. Adieu les crinolines de Sissi ! Au contact d'Alain, Romy s'est métamorphosée. Sa beauté s'est épanouie. C'est lui qui l'a véritablement lancée. Il l'a présentée à Visconti, qui les a mis tous les deux en scène au théâtre dans *Dommage qu'elle soit une putain*. Leurs carrières se sont envolées. Alain a tourné *Plein soleil*, *Rocco et ses frères*, *L'Éclipse*, *Le Guépard*... René Clément, Visconti, Antonioni. Il y a pire pour démarrer une carrière !

Au même moment, j'arrêtais la mienne. En ce début des années soixante, j'avais rencontré Edmond et je suivais à présent dans le journal les faits et gestes du bel Alain. Au cinéma, il tournait avec les plus grands, acteur fétiche d'Henri Verneuil, Jean-Pierre

Melville, Jacques Deray. Côté cœur, l'aventure avec Romy a duré cinq ans. On a même parlé mariage, avant qu'il ne rencontre Nathalie qui lui a donné un fils, Anthony, mais dont il a divorcé en 1968. Puis, il y eut la grande histoire avec Mireille Darc, les retrouvailles avec Romy lors du tournage de *La Piscine* (ah ! cette scène où il la fouette... Plus torride que la mienne !), la rencontre de Rosalie...

En 1985, il s'est installé en Suisse, sur les bords du lac Léman, et c'est à ce moment que nous nous sommes revus, lors de galas. Il m'a ainsi fait la gentillesse de venir pour le Bal des débutantes que j'avais organisé à Genève. Il n'avait pas changé. Toujours ce regard conquérant que ses rôles de justicier impavide avaient rendu, au fil des années, plus dominateur encore, mais qu'un grand éclat de rire rendait tout de suite chaleureux.

Aujourd'hui, il y a de la tristesse dans ce regard. Alain se dit seul, sans ami, abandonné par la femme qu'il aimait, vieux lion fatigué après tant de combats. Rocco n'a plus la rage de ses vingt ans. Mais pourquoi ce vague à l'âme, Alain ? Tu ne dois pas déposer les armes. Après une telle carrière, tu n'as pas le droit de te plaindre. Tu es entré dans la légende du cinéma. Alors, les histoires d'amour... Peut-être as-tu mis aussi la barre un peu haut : « J'aime qu'on m'aime comme je m'aime. » Ce n'est pas donné à tout le monde.

Pour finir ce tour d'horizon des jeunes premiers que je côtoyais à mes débuts, je me dois de parler de Vicente Parra... Nous sommes en 1957, je suis partie à Barcelone tourner *Rue de la peur*, de Jean-Charles Thorry. J'arrive au studio pour ma première scène et je me retrouve au lit avec le fameux Vicente. Fort joli garçon au demeurant, dans le genre brun ténébreux. Il ne parle pas un mot de français et moi pas un mot d'espagnol, mais l'intensité de son regard n'a pas besoin de traduction. J'ai joué la scène comme dans un rêve. Et nous avons fait, ensuite, plus ample connaissance... C'est que je me sentais un peu seule sur cette terre inconnue. Le plus drôle, c'est que tous les matins je trouvais dans ma loge un bouquet de fleurs et un poème auquel, bien sûr, je ne comprenais rien, mais qui me semblait encore plus romantique... Sauf qu'à la fin du tournage, j'ai reçu un petit paquet renfermant une bague et une carte. Mon Dieu, mon bel hidalgo demandait-il ma main ? Pas du tout, c'était une déclaration d'amour du producteur du film !

Dans la famille des séducteurs, il y avait aussi une catégorie qui avait beaucoup de succès à l'époque, c'était les journalistes. On se souvient que Roger Vadim était entré à *Paris Match*, la Mecque des play-boys. Avec leur assurance, leur vie aventureuse, leur nonchalance, le parfum de liberté qu'ils dégageaient, les reporters faisaient craquer mannequins et starlettes.

Les photographes Walter Carone et Willy Rizzo partageaient le quotidien des vedettes et bénéficiaient du glamour de leur style de vie. Il y a cette photo tellement célèbre de Bardot sur un bateau, prise par Willy en 1958 à Saint-Tropez. Il explique que c'est sans doute la photo où elle est le plus naturelle et la plus jolie, car elle n'avait rien préparé. Ils étaient simplement une bande de copains sur un bateau. C'est lui aussi que Roger Vadim contactera pour savoir qui est cette fille qu'il a photographiée à Hollywood et qui s'appelle Jane Fonda !

Un autre photographe, grand amateur de jazz et de femmes, avait fait ses premiers pas à *Match*, avant de bâtir un empire de presse : Daniel Filipacchi. Touche-à-tout de génie, il fonde une maison de disques, anime sur Europe 1 une émission consacrée au jazz, puis une autre en 1959 destinée à la jeunesse et à ses chanteurs préférés. Son titre ? *Salut les copains*. Trois ans après, il sort le mensuel sur le même principe. On est alors en pleine mode yé-yé et le succès est énorme. Un million d'exemplaires vendus tous les mois. Grâce à l'argent gagné, il se consacre à la création de nouveaux titres. Il publie *Mademoiselle Âge tendre*, puis une revue nettement moins innocente, le magazine *Lui*, la version soft et intellectuelle de *Playboy*. Surfant sur la libération sexuelle en cours, prônant un érotisme élégant, *Lui* trouve tout de suite son public. Les filles sont artistiquement déshabillées et on y traite aussi de sujets de fond. Interview de Françoise Sagan, texte de Romain Gary, dossier sur les hippies. Actrices et hommes politiques acceptent sans problème de figurer dans ses pages. *Lui* est on ne peut plus tendance.

Et quand les mœurs auront dépassé l'audace très comme il faut du magazine, Daniel sortira des versions plus « musclées » : *Union*, *Newlook*, *Penthouse*... Pour ceux qui lui en faisaient le reproche, Daniel avait sa formule : « Mieux vaut être l'empereur du cul que le roi des cons ! »

Un jour, il nous a invités à dîner avec Edmond et m'a demandé qui j'avais envie d'avoir autour de la table. Voulant être originale, je lui dis que cela m'amuserait de connaître le responsable du magazine *Union*. Il a ri. « Sans problème. » Quelle n'a pas été ma surprise lorsque j'ai découvert une petite dame très bon chic bon genre, répondant au joli nom de Mirette Tianneau. Le comble, c'est qu'elle s'occupait avant des pages cuisine ! Elle était donc une spécialiste des plaisirs de la chère !

Toutefois, Daniel n'a pas régné que sur des magazines de charme. En 1976, il rachète *Paris Match*, et en s'associant cinq ans plus tard à Jean-Luc Lagardère, devient le patron de *Elle*, *Télé 7 jours*, *France Dimanche*, *Première*... Son dernier coup sera le lancement aux États-Unis de *George*, magazine dont le rédacteur en chef était John F. Kennedy Junior ! Daniel s'est à présent retiré des affaires et coule des jours heureux, pas très loin de mon chalet à Megève.

Dans ces années cinquante-soixante, il y avait une autre race de séducteurs, beaucoup plus dangereux, car ils appartenaient au beau monde, et eux pouvaient faire croire à une vie facile, à une promotion sociale. Miroir aux alouettes qui ne m'a jamais dupée. Ces play-boys étaient précédés par leur réputation. Des collectionneurs seulement obsédés par le plaisir que procure le jeu de la séduction, ce petit pincement délicieux quand on voit que c'est gagné, comme chez le chasseur au moment de viser sa proie. Des hommes qui comprennent un peu tard que l'on ne reçoit que ce que l'on donne, et que la femme est cent fois plus belle quand elle se sait aimée.

Un jour, j'ai demandé à Rubirosa :

« Parmi toutes tes conquêtes, quelle est la femme qui t'a le plus marqué ?

– Mais celle que je n'ai pas eue, bien sûr ! »

Ah ! Rubi... Combien de femmes poussaient ce soupir lorsqu'elles évoquaient le joueur de polo, l'ex-mari de Danielle Darrieux, l'amant infatigable... On le disait en effet très doué pour les jeux de l'amour, si bien que, quand il entrait dans une pièce, les femmes le regardaient, rêveuses et gourmandes.

Porfirio Rubirosa était né à Saint-Domingue, mais avait grandi à Paris puis à Londres. Son père était diplomate et lui-même avait embrassé la carrière, ce qui ajoutait à son charme. Diplomate et joueur de polo... deux atouts maîtres. À l'époque, le pouvoir de séduction des joueurs de polo était sans limites. Ils n'avaient pas de rivaux. Les sportifs n'entraient pas dans les salons. Les footballeurs restaient aux vestiaires. Idem pour les boxeurs, même s'ils enthousiasmaient les foules. Les joueurs de polo étaient les seuls à posséder ce mélange de virilité et de bonne éducation, si élégants dans leur costume cintré qui laissait deviner leur corps musclé, leur peau bronzée et poilue...

Rubi commence sa carrière de play-boy au début des années trente, en épousant la fille de Trujillo, le dictateur de Saint-Domingue. Celui-ci l'envoie ensuite en poste en Allemagne, puis à Paris. Il y reste, divorce juste avant la guerre, et rencontre Danielle Darrieux. Elle tombe aussitôt sous son charme et ils se marient en 1942 à Vichy où le sémillant diplomate s'est installé avec sa délégation.

Le mariage tiendra cinq ans. Même en étant une actrice célèbre, on ne fait pas le poids devant *a million dollar baby* ! Rubi la quitte pour la milliardaire américaine Doris Duke qu'il épouse à Paris. Elle est ennuyeuse comme la pluie, mais elle est riche, fabuleusement riche. Le couple s'installe dans un hôtel particulier rue de Bellechasse. S'il avait déjà un joli carnet d'adresses, Rubi devient une figure de la *café society*, cette société internationale qu'on n'appelle pas encore *jet set*. L'époque est à la fête. Polo à Bagatelle et shopping chez Dior. Mais l'union avec l'héritière ne dure qu'une année. Trop d'histoires d'adultère. *Fair play*, Doris lui laisse l'hôtel particulier, un avion et une rente de 25 000 dollars par an, tant qu'il ne sera pas remarié. On savait vivre en ce temps-là.

Cette fois, Rubi est lancé. Ses conquêtes sont nombreuses. Sa réputation lui en donne plus encore. À Buenos Aires, Eva Perón se serait laissé tenter par l'aventure. À Hollywood, on ne compte plus ses victimes : Ava Gardner, Rita Hayworth, Kim Novak, Dolores del Rio, Veronika Lake. Sans parler de mon amie l'inénarrable Zsa Zsa Gabor...

Avec l'actrice d'origine hongroise, la relation sera tumultueuse et passionnée. Scènes de ménage et réconciliations lyriques. Mais pas de mariage. Pourtant, Zsa Zsa adorait qu'on demande sa main : elle aura en tout huit maris. Hélas, Rubi lui préfère une autre « *poor little rich girl* », copine de Doris, Barbara Hutton.

Il l'a rencontrée lors d'un tournoi de polo à Deauville. L'héritière des magasins Woolworth s'y connaît, son premier mari, le prince Mdivani, était aussi un grand joueur. Et elle connaît Rubi, sa conception du mariage, sa notion de la fidélité. D'un autre côté, en matière de réussites conjugales, Barbara Hutton n'a plus beaucoup d'illusions, elle en est à son quatrième divorce. Alors, elle plonge. Tout plutôt que l'ennui.

On a dit aussi que cette union était un échange de bons procédés : en épousant ce diplomate de Saint-Domingue, Barbara Hutton bénéficiait d'avantages fiscaux et payait moins d'impôts. En tout cas, le mariage est célébré au consulat dominicain de New York en 1953. Et dure... trois mois !

Il faut dire qu'elle est particulièrement difficile à vivre. Dépressive et autoritaire, elle ne donne pas envie qu'on lui apporte le petit déjeuner au lit. Rubi n'est pas désespéré, une nouvelle fois il s'en sort bien : un autre avion, une plantation dans son île de Saint-Domingue, cinq chevaux de polo et trois millions de dollars. Mais qu'est-ce qu'il leur fait donc ?

Après l'hystérie de Barbara Hutton, Rubi renoue un temps avec la folie de Zsa Zsa, puis revient à ses anciennes amours : le cinéma français. En 1956, il tombe amoureux d'une jeune actrice, Odile Rodin, et l'épouse. Je connaissais bien Odile, c'était une starlette blonde très sexy et peu de gens auraient misé sur l'avenir du couple. Ils auraient dû. Rudi devient un bon mari, peut-être ensorcelé par la jeunesse de sa jeune épouse. Cela le change de ses héritières entre deux âges... Et puis, il a quarante-sept ans. L'heure de la maturité. Ils vivent dans une ravissante maison de Marnes-la-Coquette, et Rubi ne quitte Odile que pour les matchs de polo ou les courses automobiles, son autre passion. Hélas, son amour de la vitesse le tuera. Il a un accident de voiture en 1965, en traversant le bois de Boulogne. Coïncidence troublante : cinq ans plus tôt, l'autre grand play-boy de l'époque a trouvé lui aussi la mort dans un accident de voiture : Ali Khan.

Les deux hommes bien sûr se connaissaient : même amour des chevaux, des femmes, et plus particulièrement des actrices, et même goût pour une vie facile et luxueuse. La première fois que j'ai rencontré Ali Khan, c'était au début des années cinquante à Deauville, sur l'hippodrome. Il était alors accompagné de Gene Tierney et je m'étais bien gardée de l'approcher, beaucoup trop dangereux.

J'avais tout suivi de son mariage avec Rita Hayworth en 1949, cette fête insensée dans un Vallauris pavoisé comme pour un 14 Juillet, avec la Cadillac blanche décapotable, la foule en liesse, et la réception ensuite au Château de l'Horizon, la villa qu'avait achetée Ali près de Golfe-Juan. Toute la presse avait décrit les trente mille roses qui décoraient l'endroit, les quatre cent cinquante litres d'eau de Cologne déversés dans la piscine, les buffets préparés par huit chefs, le caviar, les langoustes...

Bien sûr, comme toutes les jeunes filles j'avais rêvé sur ce prince des mille et une nuits, fils du célèbre Aga Khan, ce gros bonhomme qu'on voyait sur les champs de courses et qui recevait de ses fidèles son poids en or et en pierres précieuses. Mais j'avais vu aussi l'échec de ce mariage, la bataille qui les avait opposés pour la garde de leur fille Yasmina, la façon dont il s'était ensuite consolé dans les bras de Gene Tierney.

Ali n'était pas un mauvais bougre. Il aimait un style de vie insouciant et gai, mondain et léger. Et s'il avait épousé « la déesse de l'amour », comme l'avait surnommée *Life*, ce n'était pas pour mener une vie de famille rangée. Alors que Rita n'aspirait qu'à cela. Elle n'avait aucun goût pour les mondanités, les plaisirs futiles de la Riviera, le babillage de la société. Elle ne faisait pas partie de ce monde. Elle avait très vite eu conscience de ce malentendu. Malentendu que connaissent bon nombre d'actrices. Et elle avait eu cette phrase magnifique : « Ils sont tous amoureux de Gilda, mais c'est auprès de Rita qu'ils se réveillent. »

Ali, lui, avait toujours connu ce décor et s'y sentait très bien. Ski à Gstaad, courses à Longchamp, bal à Venise et chasse en Angleterre. C'est d'ailleurs là qu'il avait connu sa première femme, Joan Yarde Buller, la mère de ses deux fils, Karim et Amyn. La guerre les avait séparés. Ali était parti en Égypte et les nuits orientales lui avaient fait oublier le charme des cottages anglais. En 1941, le couple divorçait. Il avait eu ensuite plusieurs aventures, puis ce coup de foudre, au Palm Beach à Cannes, lorsqu'il avait vu la star américaine traverser la salle. Elle était venue présenter son film et surtout, se remettre de sa relation avec Orson Welles qui lui avait peut-être donné l'un de ses plus beaux films, *La Dame de Shanghai*, mais au prix de quelles souffrances ! Et elle ne voulait plus souffrir par amour. Aussi, quand Ali avait commencé à lui faire la cour, elle avait résisté, s'était enfuie, il l'avait rattrapée et finalement avait su se faire convaincant.

Car Ali pouvait être le plus séduisant des hommes. Sous des dehors d'héritier qui n'a rien à prouver, il n'avait aucune arrogance, il était doux et attentionné, avec une nonchalance attachante. Physiquement, ce n'était pas un jeune premier (ses fils en revanche seront absolument sublimes), mais avec son front dégarni et son visage un peu rond, son regard qui se teintait parfois de mélancolie, il touchait le cœur des femmes.

Le mannequin Bettina sera la dernière d'entre elles. Elle le rencontre à un bal en 1955 et, contre toute attente, ils forment, durant cinq ans, un couple uni et heureux. Il faut dire qu'elle est la plus agréable des personnes : toujours gaie, enjouée, facile à vivre. Aujourd'hui encore, j'admire son énergie et cette insatiable curiosité qui la fait voyager à travers le monde (elle rentre de Nouvelle-Zélande) ou connaître les créateurs de mode les plus pointus.

La mode est sa passion, toute sa vie. On raconte que c'est elle qui présenta à Rita sa robe de mariée. Elle travaillait alors pour Jacques Fath. Clin d'œil du destin. Quelques années plus tard, elle est aux côtés du prince, on dit même qu'elle doit l'épouser. Le vieil Aga Khan a donné son accord avant de mourir en 1957. Et Ali a changé. Fini la *dolce vita* et les stars d'Hollywood. À la mort de son père, il a appris que celui-ci désignait son petit-fils Karim pour lui succéder, condamnant une vie futile et irresponsable... La claque ! Ali a accepté sans broncher. Mais il a décidé de montrer au monde que son étiquette de play-boy a vécu.

Le destin ne lui en laissera pas le temps. En allant à un dîner chez mon amie Lorraine Bonnet, à Ville-d'Avray (oui, la ville de Boris Vian), Ali au volant de sa Lancia percute une Aronde, dans la côte de Suresnes. Transporté d'urgence à l'hôpital de Saint-Cloud, il ne survivra pas à ses blessures. Bettina aura plus de chance. Si l'on peut dire... Elle a refermé le livre sur cette histoire inachevée et n'en a plus jamais parlé.

Enfin, pour en finir avec ces play-boys morts au volant (pardon, ce n'est pas très gai), un autre allait se tuer dans l'exercice de ses fonctions, le marquis Alfonso de Portago, célèbre coureur automobile. Avec ses airs de grand d'Espagne, « Fon », comme on l'appelait, était un personnage fougueux, plein de panache, très séduisant. Il courait pour Ferrari et avait gagné plusieurs Grand Prix. Hélas, en Italie, lors de la course des Mille Miglia en 1957, il quitta la route et atterrit dans le public... Il trouva la mort, ainsi que son copilote et neuf spectateurs ! Ce qui mit un terme à cette course.

Et, bien sûr, je ne parle pas de James Dean, qui se tue avec sa Porsche en 1955 ou de Roger Nimier, qui s'écrase contre un pont avec son Aston Martin en 1962... Avec la nouvelle loi d'aujourd'hui, ils seraient de paisibles vieillards et ne seraient peut-être pas entrés aussi rapidement dans la légende.

Le danger est une dominante importante du pouvoir de séduction du play-boy. Allez comprendre pourquoi, il agit comme un véritable aphrodisiaque sur les femmes. Prendre des risques, flirter avec la mort, c'est prouver son courage, surmonter sa peur, se distinguer des autres. C'est être le combattant victorieux, le chef de la meute, et les femmes aiment les gagnants. Surtout quand le héros a le physique d'un acteur de cinéma.

Luis Dominguín en savait quelque chose. Durant les années cinquante, le torero espagnol a enflammé les arènes et le cœur de nombreuses femmes, moi la première. Sa longue silhouette brune virevoltait autour du taureau, le narguait, le dominait avec insolence et désinvolture. Il avait un port aristocratique, lui qui était né fils de paysan, dans un petit village près de Tolède, mais sa fierté toute latine lui donnait une allure de seigneur. « Je suis le numéro un de la tauromachie », n'avait-il pas hésité à déclarer à Madrid en 1949. Il avait vingt-trois ans. Et c'est vrai qu'il avait surpassé Manolete, son parrain, son mentor, qu'il avait été jusqu'à défier.

Tant d'assurance aurait pu le rendre insupportable, mais quand il descendait dans l'arène, on se disait qu'il n'avait pas complètement tort : on n'y serait pas allé à sa place. Dans les tribunes, on retenait son souffle et les plus fervents murmuraient une prière. En Arles, Cocteau, qui l'avait présenté à Picasso, frémissait devant ce spectacle où la beauté dansait avec la mort, thème on ne peut plus poétique. Il était tellement fan du torero qu'il le fit jouer dans son film *Le Testament d'Orphée*. Picasso n'était pas en reste : il lui proposa de faire son portrait, mais Dominguín déclina l'invitation. « Tu me peindras quand tu me connaîtras mieux. » Le jeune homme n'était pas facile.

Picasso se vexa. Il parla de lui comme d'un « torero pour la place Vendôme », mais plus pour faire un bon mot que par conviction. Et sans doute le regretta-t-il quand, en 1959, deux taureaux, à un mois d'intervalle, ouvrirent le ventre du beau Dominguín... Picasso, qui aimait l'aspect dramatique de la tauromachie, n'eut dès lors de cesse de dire son admiration. Il lui demanda de lui écrire un texte sur son art, afin d'illustrer son recueil de dessins *Toros y toreros*. Dominguín y consentit, faisant toutefois remarquer que cela ne servait à rien : « Les taureaux ne savent pas lire. »

Mais celui qui l'admirait le plus était un écrivain américain depuis longtemps conquis par l'Espagne, Ernest Hemingway. Un autre bel exemple de virilité. Comme j'aurais aimé partir à la chasse avec lui sur le Kilimandjaro, le toit de l'Afrique ! J'y suis allée avec un autre homme qui n'était pas mal non plus, Anton Allen, mon *white hunter* pendant vingt ans. J'ai parcouru, avec ce beau garçon musclé et bronzé, toute la Tanzanie et le Kenya. Un physique de play-boy, mais, contrairement à ce qu'on aurait imaginé, il a finalement épousé une femme qui avait déjà sept enfants !

Pour en revenir à Hemingway fasciné par les corridas, il enchaînait les nouvelles sur cette symbolique du tragique de l'existence et n'hésitait pas à parler de Dominguín comme de « don Juan dans la peau d'Hamlet ». Si les hommes étaient capables d'un tel lyrisme, on imagine ce que la star des arènes produisait sur les femmes. Et, avec elles, il n'avait pas à mener de dangereux combats : victimes consentantes, elles tombaient toutes dans ses bras. L'une d'entre elles pourtant lui donna plus de mal que les autres. Normal, c'était « le plus bel animal du monde », Ava Gardner.

En 1953 pour *La Comtesse aux pieds nus*, elle renoue avec l'Espagne qu'elle a connue deux ans plus tôt lors du tournage de *Pandora*, et cette fois elle est totalement séduite par le pays. Ou, plus exactement, elle est subjuguée par son idole, l'orgueilleux torero moulé dans son habit de lumière. Dans ses mémoires, elle écrit : « Il était grand, avec des yeux sombres, attentifs et perçants... J'ai su, sans l'ombre d'un doute, qu'il était fait pour moi. »

Entre ces deux monstres de sensualité, aussi fiers l'un que l'autre, le corps-à-corps était inévitable.

« *No english,* s'excuse-t-il lors de leur première rencontre.

– *No español* », réplique-t-elle.

Comme moi avec Vicente Parra ! Mais leur relation sera plus mouvementée. « Une vie de baisers et de champagne », résumait de façon jolie et légèrement édulcorée Dominguín. Car les folles soirées dans les bars d'hôtel précédaient des nuits endiablées.

Ava est du genre passionné. Et elle ne fait pas les choses à moitié. Dans *Pandora,* elle avait cette phrase très romantique : « L'amour se mesure à ce que l'on accepte de lui sacrifier. » Elle va la mettre en pratique. Pour Dominguín, elle change de vie. Sa relation chaotique avec Sinatra n'a que trop duré. Elle le quitte, abandonne Hollywood et s'installe à quelques kilomètres de Madrid, dans un ranch baptisé la Bruja, la Sorcière.

Elle retrouve là son compatriote Hemingway avec lequel elle s'enthousiasme pour son nouveau pays, sa culture, et, la nuit, elle se livre aux assauts brûlants de son torero. L'écrivain n'est pas sans s'en inspirer : dans *Le soleil se lève aussi,* le jeune matador Pedro Romero tombe sous le charme d'une capiteuse collectionneuse d'hommes, qui soigne son mal d'amour à coups de Pernod et de cognac. Cette passion destructrice le détourne des taureaux et risque de le perdre. Consciente du danger, Ava préfère le quitter...

Mais ce scénario ne reflète pas complètement la réalité car, dans les faits, Dominguín est autrement plus fort. On l'a vu, il n'est pas homme à se laisser enfermer, sa nature rebelle, ses engagements à travers le pays, sa conception relative de la fidélité l'éloignent peu à peu de l'arène d'Ava. En plus, cette mante religieuse le tue : elle est, paraît-il, insatiable au lit !

Lors de mon tournage en Espagne, je la croise un soir dans une boîte de nuit, accrochée à son verre, belle encore, mais on sentait la fêlure. C'était comme s'il n'y avait pas de différence entre sa vie et le film qu'elle venait de tourner. Sa relation avec Dominguín était en train de s'achever.

Il la quitte finalement pour une jeune comédienne italienne, Lucia Bosé, qu'il épouse à Las Vegas. La presse du cœur parle aussi d'aventures avec Rita Hayworth, Brigitte Bardot, Romy Schneider... On ne prête qu'aux riches. En tout cas, si la relation avec Lucia est également mouvementée, elle traverse les épreuves. Dominguín devient père d'un garçon, Miguel, dont le parrain n'est autre que Visconti, et s'assagit.

Je le revois à la fin des années soixante à la chasse en Espagne où j'accompagnais Edmond. Quand il ne portait pas l'estocade dans l'arène, Dominguín chassait. Toujours avec la même élégance. Mais son terrain de jeu s'était réduit...

Les beaux comme Crésus

« Si les femmes n'existaient pas, tout l'argent du monde ne servirait à rien. »

Aristote Onassis

« La Ruée vers l'or »... C'est Darry Cowl qui m'avait baptisée ainsi, la formule est drôle, mais un peu caricaturale : je n'avais pas comme obsession de me marier avec un homme riche. Je ne me posais pas chaque matin la question de Marilyn : *Comment épouser un millionnaire.* C'est vrai que je voulais réussir, avoir du succès, vivre dans un joli appartement, au milieu de fleurs et de meubles raffinés. Il n'était donc pas question de tomber amoureuse de l'éclairagiste ou du coursier. Ce n'était pas dans mon plan de carrière, ils ne pouvaient rien m'apporter, aucune aide pour grimper les échelons. Toujours plus haut était ma devise, donc fatalement cela passait par des hommes qui avaient le pouvoir, et à part la politique ou la presse, c'est l'argent qui donne le pouvoir.

Et puis, il faut être bien conscient d'une chose : j'ai peut-être rencontré beaucoup d'hommes riches, mais ce sont eux qui m'ont choisie. On ne séduit pas un homme qui a de l'argent, qui peut tout s'offrir, simplement en claquant des doigts. C'est lui qui vous remarque, vous désigne et vous garde, s'il le désire, près de lui. Ne nous leurrons pas, les rues sont pleines de jolies filles au décolleté avantageux. J'avais sans doute ce petit quelque chose en plus qui les surprenait, faisait la différence.

Enfin, dernière précision : je n'ai pas épousé un vieux milliardaire grabataire amateur de lolitas. Lorsque je l'ai connu, Edmond avait trente-trois ans et j'en avais vingt-sept.

Quand je dis que j'ai connu beaucoup d'hommes riches, je précise que je n'en ai fréquenté que quelques-uns. Je me souviens de mon premier milliardaire : il m'avait suivie dans la rue jusque chez moi. Le lendemain, il était là et m'avait abordée. Le jour d'après, il me faisait envoyer des fleurs et commençait une cour assidue. Il voulait m'épouser, j'étais flattée, mais j'étais encore bien trop jeune. J'avais dix-sept ans. J'aurais peut-être dû : c'était un magnat du pétrole et quand on voit aujourd'hui le prix du baril !

On dit toujours : « Les plats ne repassent pas deux fois »... J'ai pris le risque de ne pas m'en tenir à ce hors-d'œuvre.

Trois ans plus tard, je me laissais séduire par les attentions charmantes d'un admirateur au théâtre des Capucines. Je commençais à avoir un petit succès, du moins on me remarquait, dans un journal on commentait ainsi le spectacle : « Quinze jeunes femmes ravissantes dont quatre sont des vedettes. » Je faisais partie de ces quatre-là. J'ai raconté les fleurs et les boîtes de chocolats qui envahissaient ma loge. Le tri qu'il fallait faire parmi toutes ces invitations à aller souper après le spectacle.

Un soir, j'acceptai celle d'un homme très grand, avec une petite moustache, genre Clark Gable, la quarantaine. J'en avais vingt. Ce fut le début de ma première vraie histoire. L'homme était banquier, et inutile de dire qu'il m'a fait connaître une vie de rêve. Du moins, il m'en a donné un avant-goût. J'ai pu m'installer dans un joli appartement à Neuilly, fréquenter les grands restaurants, aller aux courses. Je faisais mes premiers pas dans la société. Rien n'était trop beau pour moi ! Il m'a emmenée aux États-Unis, aux îles Fidji, à Tahiti, en Australie, en Inde, enfin nous avons fait le tour du monde ensemble.

Mais au retour, je n'ai pas voulu abandonner mon début de carrière pour lui. C'était encore trop tôt, je n'étais pas prête. Peut-être pressentais-je qu'il n'était pas l'homme de ma vie. Et lui aussi a douté, pourtant il avait divorcé pour moi, après deux ans de liaison. Mais un jour à Deauville, il avait eu droit à la question qui tue. Un de ses amis lui avait demandé : « Tu ne me présentes pas ta fille ? »

Les plats ne repassent pas deux fois ? Il y eut pourtant une troisième fois. C'était à Cannes, lors du festival, en mai 1958. J'étais venue faire une apparition avec l'équipe du film *Girls at Sea* que j'avais tourné quelques mois plus tôt en Angleterre. Reléguée dans un hôtel au bout de la Croisette, je suis en retard pour la montée des marches. Et impossible de trouver un taxi. À un feu rouge, je vois un beau jeune homme blond dans une vieille voiture décapotable. Je lui demande s'il veut bien me rapprocher du palais. Il accepte gentiment, avec un fort accent anglais. Je regarde alors mieux mon chauffeur : vingt-cinq ans maximum, des yeux bleus, de larges épaules, une élégance toute nonchalante, *so british* ! Ça tombe bien, j'ai à présent quelques notions d'anglais !

Nous arrivons au pied des marches, il m'ouvre la portière et les photographes se précipitent sur nous. Je n'en espérais pas tant, moi qui cherchais depuis trois jours à me faire remarquer. J'avais bien fait quelques photos en maillot de bain avec une autre starlette, Estella Blain, mais on ne parlait que de l'arrivée de Jayne Mansfield. Le journaliste de *Cinémonde* en était encore tout retourné : « Justifiant sa réputation de "blonde explosive", Jayne Mansfield fait sauter les portes du Carlton en arrivant à Cannes... » Et c'est vrai que le tourniquet vitré avait été brisé par la foule.

Pour en revenir à mon arrivée remarquée au pied des marches, il y a là l'actrice Pascale Roberts, future femme de Pierre Mondy, qui me glisse à l'oreille : « Bravo, tu as décroché le gros lot ! » Je ne comprends pas. J'ignore encore tout de mon chevalier servant. Elle m'apprend alors qu'il s'appelle Lance Callingham et qu'il est le fils de lady Docker, une richissime et excentrique Anglaise qui dépense des fortunes au casino de Monte-Carlo... Je ne l'ai plus quitté !

Le lendemain, il m'invite à déjeuner sur le yacht de sa mère, le *Shemara*, l'un des plus grands bateaux au monde, soixante-quinze membres d'équipage, un modèle réduit du *Britannia* en quelque sorte. Je fais la connaissance de l'extravagante lady Docker et de son fort caractère. Elle ne décolérait pas. Elle venait de se faire interdire au casino de Monte-Carlo, parce qu'elle faisait trop de scandales. Ça promettait !

Mais Lance est tellement charmant que je ne m'arrête pas à la vision de ma future belle-mère. Notre idylle naissante devient le sujet dont tout le monde parle. Même *Cinémonde* qui consacre à notre romance sa quatrième de couverture. Jayne Mansfield est éclipsée. Lance plaisante : « Le corsage de “la blonde explosive” n'était pas plus éloquent qu'un autre... que je connais bien. » Et moi je minaude : « C'est lui qui a affirmé que mon décolleté valait celui de Jayne Mansfield. Je ne me serais pas permis de faire moi-même la comparaison... » Avant de poursuivre : « Je vais certainement le revoir à Londres, bien sûr, il est sympathique, mais je pense, avant toute chose, à ma carrière. Je ne vais à Londres que pour ça. » Et de conclure : « Non, je n'entre pas (encore) dans l'aristocratie britannique. » On remarquera le « pas encore »...

Car, cette fois, j'étais vraiment séduite. Et Lance très amoureux. Nous nous sommes revus et la relation s'est construite au fil des mois, entre mes tournages, même si je continuais à jouer les hypocrites : « Lance Callingham ? Il est à Londres et me téléphone presque chaque jour. Il est sûrement amoureux de moi. Mais qu'y puis-je ? »

Un *Cinémonde* d'octobre 1958 résume assez bien la situation. Je cite ce long passage, parce qu'il témoigne parfaitement de qui j'étais alors, ou plus exactement de comment on me percevait : « Que choisir ? un mari ou un appartement ? De mémoire de journaliste, nous ne connaissons pas une comédienne plus pratique, plus lucide, plus sage que Nadine Tallier. Pour elle, faire du cinéma est un moyen comme un autre de gagner sa vie. Quand ses économies le lui permettent, elle achète une maison, un magasin, ou bien elle organise un grand voyage à travers le monde. Mais aujourd'hui, elle est perplexe : "Dois-je acheter un luxueux appartement alors que je vais peut-être épouser un riche Anglais qui en possède déjà plusieurs ?" »

Et avec ça, madame ? comme aurait dit ma belle-mère ! Toujours l'ironie en guise de signature. Mais je pensais sérieusement épouser mon Anglais. J'allais avoir vingt-sept ans. Et je commençais à en avoir assez de jouer les « p'tites pépées ». Je tournais alors *Long Distance*, avec Eddie Constantine. Après avoir commencé en Allemagne, nous finissions le film à Londres. Lance venait me voir sur le plateau, me couvrait de cadeaux, m'emmenait dîner au Club des Ambassadeurs, un endroit très sélect qui avait été autrefois une demeure... Rothschild !

Lance me demanda en mariage. Gentil, simple et honnête, il avait tout du candidat idéal. Sa mère aussi m'avait adoptée. Lady Docker, Nora pour les intimes, était fantasque, mais pas méchante, au contraire, un peu trop présente... Elle donna une fête pour nos fiançailles à la campagne, suivie d'une réception au Claridge. Elle m'offrit une très jolie broche de chez

Cartier. Deux jours plus tard, elle avait trouvé l'hôtel particulier où nous allions vivre. Bien sûr, sans nous avoir consultés. Je commençais à me sentir un peu à l'étroit dans cette vie qui se dessinait.

Un après-midi, nous sommes allés faire les antiquaires pour meubler cet hôtel particulier, et sans jamais me demander mon avis, Nora choisissait console, fauteuils, bibelots... Cela a été la goutte d'eau. Je suis sortie de la boutique. Devant la Bentley et le chauffeur qui attendait, j'ai pris une grande décision. Lance est venu me retrouver, je l'ai entraîné un peu à l'écart et je lui ai dit que j'étais vraiment navrée, mais que je n'étais pas la femme qu'il lui fallait.

Je me revois encore rentrant seule, à pied, en larmes. C'était bien la première fois qu'un homme me faisait pleurer. Car je tenais vraiment à Lance. Mais la vie aurait été impossible. Les belles-mères sont comme les étoiles, plus elles sont loin, plus elles brillent.

Le sacrifice était risqué. À force de refuser les plats... Mais la même année, le destin me fit un clin d'œil. J'étais sur mon lit, en train de me vernir les ongles, avec mon amie Nathalie près de moi, qui lisait le journal.

« Tiens, le baron Edmond de Rothschild se marie.

– Dommage, c'est un homme comme ça que j'aurais aimé épouser. »

La vie a de ces ironies...

Un an plus tard, je suis invitée à dîner chez Ben Jakober, un homme d'affaires. Nous sommes le

20 janvier 1960. Je joue alors la reprise des *Chansons de Bilitis*, au Petit Théâtre de Paris, dirigé par Elvire Popesco, mais c'est jour de relâche. Ce qui me permet de souffler un peu. La grande dame du théâtre d'origine roumaine n'avait pas un caractère facile et ses colères étaient aussi célèbres que son accent.

Je suis tellement bien chez moi que je n'ai aucune envie d'aller à ce dîner. Je décroche mon téléphone pour me décommander, mais avant même de composer le numéro, j'entends mon hôte à l'autre bout du fil ! Très impatient à l'idée de me rencontrer, il me donne l'adresse et l'étage... Un appartement près du mien, boulevard Malesherbes. Désarçonnée, je n'ose lui dire que je ne viens pas.

Je me prépare, avec un boulet au pied. Mais quand je pénètre dans le salon, je me dis que j'ai bien fait de choisir cette ravissante robe de satin rose qui me met si bien en valeur. Le dîner réunit des banquiers, des écrivains, de hauts fonctionnaires, et je remarque l'intérêt que je provoque.

J'en salue quelques-uns, souris aux autres. Nous passons à table. Mon voisin de droite est un homme moustachu à lunettes, pas vraiment beau. Nous engageons la conversation. Et le moins que l'on puisse dire, c'est qu'il attaque fort : « Vous avez un bien joli diamant, mademoiselle, dommage qu'il soit faux ! » Je manque défaillir. Quel impertinent ! Je me sens rougir de honte... car il a raison.

Il se présente : Edmond de Rothschild et, s'il s'y connaît un peu en diamants, c'est parce qu'il est l'un des administrateurs de la De Beers, la compagnie qui exploite les mines de diamants en Afrique du Sud. J'oublie l'affront. Et me venge à ma façon. Pendant le dîner, il ouvre une boîte à pilules, je glisse un œil et y vois une alliance, je ne peux m'empêcher de lui lancer : « Mon diamant est peut-être faux, mais cette alliance a l'air bien vraie ! » Il reste une seconde sans voix, puis me sourit : « Vous avez raison... »

Il commence alors à me parler de façon très touchante, me raconte ce mariage qui déjà bat de l'aile, son enfance, les responsabilités auxquelles il doit faire face. Je le regarde un peu mieux, du coin de l'œil, et lui trouve beaucoup de charme. J'aime sa moustache, son œil bleu qui frise sous ses grosses lunettes, sa gentillesse. Cet homme est différent de tous les autres. Il semble sincère.

Après le dîner, il me propose d'aller boire un dernier verre. Je décline l'invitation. Je dois prendre un avion tôt le lendemain matin. Ce n'est pas vrai, mais je n'ai jamais eu de goût pour les night-clubs, contrairement à Edmond. Il part en même temps que moi, me raccompagne jusqu'à ma voiture, une Dauphine, et nous marchons dans le froid, en silence. Nous nous disons au revoir. Je m'installe au volant, il se penche alors vers moi et me lance : « Vous êtes la femme de ma vie ! Quand puis-je vous revoir ? » J'essaie de rire, un rire forcé, pourquoi cet homme me fait-il cet effet ? Je lui dis que je pars pour trois jours, c'est toujours aussi faux, mais pas question de montrer trop d'impatience. Règle d'or : se laisser désirer.

Trois jours plus tard, le téléphone sonne. Edmond m'invite à souper après le théâtre. J'accepte et le rejoins dans un restaurant, mais il n'est pas seul, toute une tablée qui rit, et il n'y a rien de plus embarrassant. Je suis un peu déçue, d'autant qu'il semble ne pas faire attention à moi. Quand la petite bande décide de continuer la soirée chez Régine, c'en est trop, je décide de rentrer. Mais j'hésite. Tout ça pour ça... Va pour Régine, un quart d'heure, pas plus. Et j'adopte la même stratégie, à savoir l'indifférence. Je me passionne pour mon voisin, ris de façon démonstrative et accepte de danser avec lui. Mais avant que nous ayons atteint la piste de danse, la main d'Edmond m'attrape et m'attire à lui. Enlacés, je sens mon cœur faire un bond. Et très vite, après un slow, nous disparaissons.

Ma vie bascule. Pour la première fois, j'ai envie de vivre avec un homme. Toutefois, notre relation se construit lentement et discrètement. Edmond est en instance de divorce. Au début, il vient donc me rejoindre dans mon appartement du boulevard Malesherbes, puis je déménage rue du Conseiller-Collignon. Edmond s'y installe comme si c'était chez lui.

Il me demande d'arrêter de travailler. Il veut m'avoir pour lui seul, disponible vingt-quatre heures sur vingt-quatre. J'accepte. Me voilà femme au foyer. Moi qui ai toujours placé ma liberté et mon indépendance comme les priorités de ma vie, je me retrouve pieds et poings liés à cet homme égocentrique, autoritaire, assez macho, mais attentionné, protecteur, viril.

Avec aussi, à certains moments, un côté enfant malheureux, en manque d'amour, très touchant.

Cette situation dure deux ans. Edmond a obtenu le divorce, mais je n'imagine pas une seconde qu'il va m'épouser. D'ailleurs, il m'annonce un jour qu'il doit se remarier avec une jeune femme juive, ce qui me semble normal. Je sais à présent tout de sa famille, de son histoire, de ses obligations. Je n'entre pas dans ce schéma et je me fais une raison.

Mais, le 16 novembre 1962, les choses prennent un nouveau tour. Edmond me déclare qu'il désire un enfant. L'acte n'est pas sans conséquences. Mais il a bien réfléchi et sa décision est prise. Je suis évidemment bouleversée de bonheur. Et nous mettons en route ce bébé sur-le-champ ! Quatre mois plus tard, je suis enceinte et Edmond m'entoure d'attentions. Un soir, il a l'air plus guilleret encore que d'habitude. Il apparaît avec un gros bouquet de pivoines et me demande de l'épouser. Je n'en crois pas mes oreilles. Je bredouille. Vraiment ? A-t-il réfléchi à ce que cela signifiait ? Il élude toute réserve. C'est oui ou non ? C'est oui, bien sûr.

Et voici comment, le 26 juin 1963, je me suis mariée dans ma chambre, enceinte de sept mois et demi, le maire du XVIe arrondissement au pied de mon lit ! Le médecin m'avait interdit de bouger de peur que je perde l'enfant, j'avais passé toute ma grossesse allongée. Je me suis juste assise, le temps de la lecture, sur un fauteuil à côté du lit. La tête me tournait un peu, j'étais comme dans un rêve, je n'arrivais pas à y croire. Cette situation était tellement surréaliste : moi en robe de chambre, le maire et son écharpe tricolore, Edmond qui me souriait sous sa moustache, ses yeux embués derrière ses lunettes, avec à côté de lui sa vieille gouvernante Annecy qui ne l'avait pas quitté depuis ses trois ans, et dehors des paparazzi accrochés au balcon de l'immeuble d'en face qui espéraient la photo du siècle !

Elle avait bonne mine, « la Ruée vers l'or » ! Bien sûr, pour les gazettes, la starlette épousait le milliardaire et vu de l'extérieur, cela donnait raison à Darry Cowl. Mais même si c'était difficile à croire, c'était un vrai mariage d'amour. Qui a traversé les épreuves, a duré trente-quatre ans et aurait pu durer encore longtemps...

Et ce n'est pas parce que je me suis mariée que j'ai arrêté de fréquenter des milliardaires !

Quand, en 1963, j'épousais Edmond, Aristote Onassis invitait pour la première fois Jackie sur son yacht. Il y eut ensuite l'assassinat de Dallas, quelques années de deuil et de cour assidue de l'armateur, et finalement le mariage à Skorpios en 1968. J'avais tout suivi de l'intérieur, si je puis dire. Edmond et Onassis, en hommes d'affaires internationaux, se retrouvaient au détour de contrats, de participations dans des sociétés. En plus, ils avaient le même avocat à Genève, Pierre Sciclounoff. D'ailleurs, c'est en allant dîner chez lui que j'allais faire la connaissance de Maria Callas. Et je vis en direct les ravages de l'amour. Abandonnée par Onassis au profit de Jackie, elle affichait, très digne, une beauté de pierre. Le visage de Phèdre.

Souvent, c'était le hasard des mondanités qui remettait en présence les deux amis. Et lorsque je voyais Onassis débarquer chez Régine ou chez Castel, je savais qu'on n'était pas couchés ! Insomniaque comme Edmond, il était capable de passer la nuit à boire et à discuter. Jackie n'hésitait pas à partir dès qu'elle en avait assez, mais Edmond m'interdisait de la suivre. Alors je restais là, à faire tapisserie et à les écouter parler de façon lyrique de leurs bateaux respectifs ou de leurs affaires. Avec les années, j'en pris mon parti.

J'ai entendu cent fois comment Onassis avait fait son premier million en Argentine, comment il avait construit le plus gros pétrolier du monde, comment il avait tenu tête à Rainier de Monaco... Et toutes ces formules qu'il répétait : « Le secret des affaires est de savoir quelque chose que personne ne sait. » Ou : « Pour avoir du succès, il faut être bronzé, vivre dans un immeuble chic (même si c'est à la cave), se faire voir dans les restaurants élégants (même pour une boisson) et si on emprunte, emprunter beaucoup. »

Il y avait aussi les retrouvailles l'été, dans les ports de la Méditerranée où nous jetions l'ancre, le *Gitana* d'un côté, le *Christina* de l'autre. Edmond, qui n'aimait que les voiliers, ne pouvait s'empêcher de critiquer le yacht d'Aristote, son luxe ostentatoire, sa cheminée en lapis-lazuli, sa piscine qui pouvait faire piste de danse... Mais, à terre, les deux hommes partageaient le même goût pour la fête. Et lorsque nous étions en Grèce, l'ambiance dans les tavernes devenait explosive, avec ouzo, sirtaki et lancer d'assiettes !

Et je dois reconnaître que cela avait du charme. Au risque peut-être d'en faire bondir certaines, j'avoue que j'aurais pu, comme Jackie, épouser Onassis. Il était laid certes, mais plein de gaieté, de gentillesse et surtout sécurisant. Sans doute « nouveau riche » et difficile à vivre, mais c'était un homme au sens viril du terme, macho en somme, et, on l'aura compris, je ne déteste pas ça.

Jackie appréciait nettement moins le lancer d'assiettes. Elle n'avait vu que le côté matériel de la chose, la sécurité financière. Et puis, qui pouvait succéder au plus jeune président des États-Unis, entré à jamais dans la légende ? Personne. Personne n'était en mesure de rivaliser avec le physique et l'aura de John F. Kennedy. Alors, autant choisir l'être le plus inattendu, le plus éloigné de son univers et, accessoirement, le plus riche. Jackie était trop jeune pour rester jusqu'à la fin de ses jours la veuve de l'Amérique.

C'est sa sœur Lee qui lui avait fait connaître Onassis. Figure de la vraie *jet-set*, épouse du prince Stanislas Radziwill, Lee avait sans doute dû vanter les bienfaits d'une vie de luxe absolu, après les sombres années de Washington. Et c'est vrai qu'entre un concert à Londres, un bal à Paris et une croisière en Italie, la vie devenait plus légère. Pour Onassis, la question ne se posait pas : épouser Jackie, c'était mieux que de signer avec le roi Fayçal d'Arabie

Saoudite. L'assurance d'une notoriété internationale, le prestige d'une union quasi royale, un pied de nez à son éternel rival, Stavros Niarchos. Le plus beau coup de sa carrière. Et tant pis pour Maria !

C'était cruel et le comble, c'est qu'il l'aimait. Mais il la sacrifia comme dans une tragédie grecque. Les plus belles histoires d'amour sont celles qui finissent mal. Quand on pense que, pour lui, elle avait quitté son mari et mentor, Giovanni Battista Meneghini, celui qui l'avait fait, à qui elle devait dix ans de carrière au sommet. Mais durant l'été 1959, elle avait perdu la tête : en croisière sur le *Christina*, la diva s'était laissé faire la cour par l'armateur et, lorsqu'ils avaient approché des côtes grecques, la terre de ses origines, c'est comme si la boucle se bouclait, la Callas y avait vu un signe. Fatiguée par un art qui lui demandait tant d'efforts et de sacrifices, elle s'était dit qu'il était temps de souffler et que ce milliardaire grec qui s'était découvert une passion pour l'opéra allait permettre cette pause. Elle avait divorcé, annulé ses concerts, pris un appartement à Paris, pour mieux se consacrer au nouvel homme de sa vie...

Mais si lui aussi s'était séparé de sa femme Tina, il ne semblait pas pressé de l'épouser. Il la retrouvait quand il pouvait, entre deux avions, deux contrats, la sortait au restaurant, dans les night-clubs où Maria supportait sans broncher la fumée de cigarette. Elle acceptait tout de lui. L'été, elle renouait avec la Grèce, le *Christina*, l'île de Skorpios, pour de courts instants de bonheur. Mais cette vie luxueuse et chaotique, passionnée, sensuelle et angoissée, n'était au fond pas du tout reposante. Et puis, Jackie avait fait son apparition. Dès lors, elle commença à mourir doucement.

Onassis avait l'habitude que tout tourne autour de lui. Comme Edmond. C'est le propre des hommes qui sont à ce niveau. Ou on accepte ce principe ou on le refuse, mais on ne peut pas les faire fléchir, les changer. Jackie était trop autoritaire, indépendante et capricieuse, pour supporter de jouer les faire-valoir. Elle n'était, surtout, pas assez amoureuse. La relation n'a pas tenu longtemps. Quelques étés avec ses enfants à Skorpios, quelques expéditions shopping à Londres et Paris à coups de jet, et puis, retour à New York.

L'armateur a été blessé par cet échec. Non seulement cela lui coûtait beaucoup d'argent, mais son amour-propre en a été meurtri. Il a perdu de sa superbe. Et quand en 1973 son fils Alexandre s'est tué dans un accident d'avion, ce fut été le coup de grâce. D'autant qu'Onassis était persuadé qu'on avait saboté les commandes et qu'il s'agissait d'un meurtre. Privé de son héritier, le magnat est devenu un autre homme. Brisé. Il ne s'en est jamais remis. Et ce n'est pas sa fille Christina à ses côtés qui pouvait lui remonter le moral... Elle-même se débattait pour avoir un semblant de bonheur sentimental. Il s'est éteint deux ans plus tard à l'Hôpital américain.

Sur les mers, régnait un autre milliardaire, et lui autrement plus beau et grand séducteur devant l'Éternel,

Gianni Agnelli. Il n'avait pas une flotte de pétroliers, mais un superbe voilier, duquel il plongeait nu, même à la fin de sa vie... C'était un seigneur qui se moquait du qu'en dira-t-on. Normal, il était au-dessus du commun des mortels. Il avait l'aisance de l'héritier et le corps de l'athlète. Malgré un handicap de taille : une jambe atrophiée à la suite d'un accident de voiture, ce qui ne l'empêchait pas de descendre les pistes de ski à la vitesse du vent. Fellini avait dit de lui : « Mettez-le à cheval, c'est un roi. » Selon l'expression consacrée, il avait un profil de médaille. Et il n'avait pas que le profil d'aristocratique. Son amour du sport et de la vitesse lui donnait un parfum de virilité, un *sex-appeal* auquel même les hommes étaient sensibles. Edmond l'admirait, c'est dire ! Son élégance était aussi celle d'un dandy, on se souvient tous de cette originalité qu'il avait de porter sa montre par-dessus son poignet de chemise, mais sans affectation, il n'y avait chez lui rien de féminin. Au fond, il était typiquement italien, il avait ce raffinement, cette coquetterie, qu'ont les hommes là-bas et qui ne passe nulle part ailleurs. Macho et raffiné, le rêve en somme.

Avant de prendre la tête de la Fiat, il avait mené une existence de play-boy. À la mort de son grand-père en 1945, il avait hérité de l'entreprise familiale, son père s'étant tué dix ans plus tôt dans un accident d'hydravion. Mais Gianni ne s'était pas senti prêt à diriger l'empire. Il avait préféré en laisser le soin au bras droit de son grand-père, ne se contentant que d'un poste de vice-président. La Côte d'Azur avait alors trop de charme pour qu'on s'enferme dans un bureau.

On y croisait les Windsor, Ali Khan et Rita Hayworth, Porfirio Rubirosa, Errol Flynn. On y dansait et surtout on y flirtait. Un terrain de jeux merveilleux pour Gianni qui ne s'est longtemps consacré qu'à sa passion pour la voile, les voitures et les femmes. Et elles furent nombreuses à tomber sous son charme. Il formait avec ses copains, Benno Graziani, Oleg Cassini, et son frère Ghighi une brochette de redoutables séducteurs. Pamela Harriman ne fut pas la seule à s'imaginer emménager à La Léopolda, la splendide villa qu'il s'était offerte à Villefranche-sur-Mer et qui avait, auparavant, appartenu au roi des Belges...

Mais, en 1953, Gianni lui préféra une princesse napolitaine, sublime de beauté, Marella Caracciolo di Castagneto. Mariage prestigieux, qui consacra plus encore un style de vie aristocratique et mondain. Treize années de nonchalance luxueuse s'écoulèrent donc, avant que l'*Avoccato,* comme l'avaient surnommé les Italiens, ne se décide à reprendre les rênes de sa société. Il avait alors quarante-cinq ans et bien peu de gens pensaient l'héritier hédoniste, qui n'avait comme tout bagage que quelques années de droit, capable de diriger l'entreprise. Non seulement Gianni fit rapidement ses preuves, mais il transforma la Fiat en un groupe si important qu'il devint l'homme le plus puissant d'Italie.

Ces nouvelles responsabilités et la réussite qui s'ensuivit ne changèrent en rien sa philosophie. Si le travail était à présent au centre de sa vie, il n'était pas question de renoncer aux plaisirs qu'elle procure. Plaisir de barrer seul son sublime voilier, plaisir de skier à Saint-Moritz où il avait un chalet, plaisir de posséder les plus belles voitures de course en reprenant l'écurie Ferrari, plaisir de collectionner les tableaux. Il devint le premier grand patron glamour !

Nous nous retrouvions souvent en Sardaigne, à Porto Cervo, où tous les plus beaux bateaux du monde fatalement venaient jeter l'ancre. Il y avait là aussi Karim Aga Khan et Salimah, la princesse Margaret, parfois Juan Carlos et la reine Sophie. C'était le rendez-vous de la *jet-set*, la vraie, où les mondanités se faisaient sur fond de régates, d'ambiance sportive, mais la décontraction était toute relative : il n'y a rien de plus codé que la vie sur un bateau.

Durant trente ans, Gianni a mené cette existence dorée, solaire, puis en 1996 il s'est retiré. Il avait soixante-quinze ans et la maladie était venue assombrir ce parcours flamboyant. Avec panache, il lui a fait face, ce qui n'était pas sans me rappeler l'attitude d'Edmond, confronté à la même épreuve. Mais un drame vint plus encore ternir ses dernières années. Son fils Edoardo se suicida. Gianni lui survécut deux ans. Comme Onassis. Un homme ne se remet jamais de la mort de son fils. Heureusement pour Edmond, il a fermé les yeux en laissant l'œuvre de sa vie aux mains de Benjamin.

Le groupe Fiat est aujourd'hui dirigé par le petit-fils de Gianni, John Elkann, grand jeune homme raffiné, mais qui n'a pas le charisme, l'animalité, le côté aventurier de son grand-père. Je connaissais bien son autre grand-père, Jean-Paul Elkann, qui lui aussi était un financier de talent, et d'une grande beauté ; il m'invitait à déjeuner au Ritz et me faisait un peu la cour, ce qui rendait Edmond furieux.

Pour en finir avec les histoires de milliardaires et de leurs bateaux, je pourrais aussi parler de Ted Turner que j'ai connu à l'occasion des régates que disputait Edmond sur son *Gitana IV*. En fin de journée, on se réunissait avec tous les équipages au yacht-club autour de grandes et joyeuses tablées. Autant ils pouvaient être concentrés dans la journée, autant le soir ils se lâchaient. Fou de voile, Ted avait remporté l'America's Cup en 1977. Encore un autre magnat au physique de sportif. Toutefois, sans l'élégance, l'allure racée de Gianni. Mais avec sa moustache et sa belle carrure, il n'était pas sans charme.

Il avait une quarantaine d'années et était en train de bâtir un empire des médias. Après avoir fait ses premières armes dans la publicité, suivant les traces de son père, Ted était rapidement passé à la télévision en créant plusieurs chaînes, dont la première chaîne d'information en continu, la fameuse chaîne CNN (Cable News Network).

Il n'avait pas encore épousé Jane Fonda. Celle-ci, de son côté, gagnait une fortune (17 millions de dollars) en vendant ses vidéos d'aérobic. Toutefois cet argent était directement investi dans l'organisation politique de son mari d'alors, Tom Hayden. Je n'ai pas connu ce monsieur, mais le moins que l'on puisse dire, c'est qu'il se montra vraiment ingrat. Non seulement il trouvait ses cassettes détestables, mais pour son cinquante et unième anniversaire, il lui annonça qu'il la quittait pour une autre. Jane fit une grave dépression nerveuse.

Le lendemain de l'annonce de son divorce dans la presse, le téléphone sonne. À l'autre bout du fil, Ted Turner qui lui demande : « Est-ce vrai ? » Jane n'ose comprendre.

« Qu'est-ce qui est vrai ?

– Que vous êtes divorcée ? »

Elle est choquée par un tel manque de tact. Elle répond froidement : « En ce moment, je suis en pleine dépression nerveuse, si vous voulez tout savoir. » Et raccroche.

Trois mois se passent. Et Ted rappelle. Plus diplomate. Il obtient un rendez-vous, puis un autre. Il la fait rire. Elle reprend confiance. Et quand il lui récite ses poèmes écrits adolescent, un genou à terre, elle fond. Elle l'épouse. C'était en 1991.

Comment ne pas la comprendre ? Un homme qui est fou de vous et qui vous répète chaque matin combien vous êtes belle, à plus de cinquante ans, on ne le laisse pas filer. Surtout s'il est l'un des hommes les plus riches des États-Unis. On se souvient qu'avant son deuxième mari, Jane avait été mariée à Roger Vadim. Une expérience qui s'était aussi soldée par un échec. Cette fois, avec Ted, elle décroche le gros lot. D'autant qu'en 1996, il revend son affaire à Time Warner et devient immensément riche.

Il pense un temps entrer en politique et briguer la présidence. Jane le freine dans ce rêve. La politique, elle a déjà donné. Elle préfère qu'il se consacre plus encore à sa passion pour la préservation de la nature. Cela correspond aussi tout à fait à ses engagements et à sa conception de la vie. Ted a créé une fondation pour la sauvegarde de l'environnement. Il donne chaque année des millions de dollars à des groupes écologistes. Il a acheté tellement de terres dans le Montana, le Nebraska et le Nouveau-Mexique qu'il est le plus grand propriétaire foncier privé des États-Unis. Dans ses domaines qui sont autant de réserves naturelles, il reconstitue la faune et la flore d'origine. Ainsi s'est-il passionné pour le bison. Il en a repris l'élevage dans ses ranchs. Les plaines d'Amérique étaient au départ couvertes de troupeaux de bisons, ce sont les Européens qui ont introduit le bœuf. De même pour les rivières : Ted les a repeuplées d'espèces de poissons aujourd'hui disparues.

Fantaisie d'un milliardaire en mal d'imagination ? En tout cas, il ne regarde pas à la dépense. Pour preuve, son coup d'éclat en 1997, lorsqu'il fit don à l'ONU de un milliard de dollars, afin de promouvoir le contrôle des naissances à travers le monde. L'homme étant le pire ennemi de la planète, il faut, pour Ted, que nous n'excédions pas deux milliards d'individus.

Durant neuf années, Jane l'a suivi dans ses innombrables résidences, avec une prédilection pour le ranch du Montana. Elle a arrêté sa carrière au cinéma, ce qui ne fut pas un gros sacrifice car elle ne tournait plus beaucoup, et s'est consacrée à sa nouvelle famille. Ted avait déjà été marié et était père de cinq enfants. Jane, de son côté, en avait trois. Et puis, coup de théâtre, au début de l'année 2000, ils annonçaient leur divorce...

Que s'est-il passé ? Mystère. Ils ont simplement déclaré rester en très bons termes et avoir besoin de souffler chacun de son côté. Je ne peux imaginer que Jane soit partie sur un coup de tête. Elle ne manque certes pas de caractère, elle l'a prouvé par le passé, ses déclarations au moment de la guerre du Vietnam sont encore dans toutes les mémoires américaines, mais elle a trop besoin d'être aimée. Elle a expliqué à la télévision qu'elle avait passé sa vie à se consacrer à ses maris et que si elle était d'une nature plutôt expansive, elle était sentimentalement très soumise... Alors est-ce lui qui, à soixante et un ans, a porté son regard sur une nouvelle muse ? Une jolie militante écologiste, passionnée par la pêche en eau douce ?

Un autre milliardaire était également un fervent défenseur de la nature : Jimmy Goldsmith, un cousin d'Edmond. Au Mexique, il possédait deux grands domaines qu'il avait lui aussi transformés en réserves naturelles. À Cuixmala, en bordure de l'océan Pacifique, il avait acheté des hectares de plage où il était impossible de se baigner à cause des courants et des requins, mais où les tortues de mer venaient pondre leurs œufs... Et à deux heures de route de là, il possédait également une très jolie hacienda coloniale du XVIIe siècle entourée de forêts et de plantations de café.

En haut de la falaise qui surplombait la mer, il avait fait construire une maison moins classique... Une folie avec coupoles zébrées jaune et bleu (les couleurs Rothschild !) et escalier pharaonique, sorte de Shangri-la ou de Xanadu comme dans le film d'Orson Welles. D'ailleurs, Jimmy n'était pas sans rappeler *Citizen Kane*. Après avoir fait fortune dans les affaires et avant de se lancer dans la politique, il s'était imaginé patron de presse et avait racheté en 1977 *L'Express*.

Il était, cependant, beaucoup plus sympathique que le héros du film. Je ne parle pas de son attitude à Wall Street où, avec ses confrères, Jimmy était connu pour être sans pitié. Ses OPA, ses coups de poker financiers étaient célèbres. Ils lui avaient permis d'amasser plus d'un milliard et demi de livres. Mais au quotidien, il était tout à fait charmant.

Edmond l'a invité quelquefois à dîner rue de l'Élysée et j'ai appris là de façon officieuse son intention de racheter *L'Express*. Très grand, un beau visage rond et souriant, des yeux malicieux qui brillaient d'intelligence, une élégance de lord anglais avec la petite touche de nonchalance étudiée, comme d'avoir toujours une main dans la poche de sa veste, sir James dégageait un rayonnement qui ne laissait pas indifférent. Et il partageait avec Gianni la même philosophie : une fois les affaires réglées, il entendait bien aussi profiter des plaisirs de la vie.

S'il n'était pas un passionné de voile, il aimait le jeu, le backgammon en particulier, et les femmes. Il en épousa trois, finit sa vie avec une autre, eut huit enfants, et fit en sorte que tout ce petit monde cohabite.

À Paris, il venait rendre visite à sa seconde femme Ginette et à leurs deux enfants, Manes et Alix. Ils habitaient une très jolie maison, rue Monsieur, que je connaissais bien car ma belle-mère, la baronne Noémie, habitait à côté. De sa chambre, je voyais la jolie façade. Jimmy se sentait chez lui à Paris, il y était né, son père d'origine allemande s'étant marié à une Française.

À Londres, Jimmy avait sa troisième femme, lady Annabel, la très aristocratique fille du marquis de Londonderry qu'il avait épousée en 1978. Ils vivaient dans un hôtel particulier devant Hyde Park, avec leurs trois enfants, Jemima, Zacharias et Benjamin. Pour la petite histoire, Jemima, amie de Diana, tombera sous le charme du joueur de cricket pakistanais, Imran Khan, avant d'en voir les limites et de divorcer. Benjamin aura moins l'esprit d'aventure : il a épousé en 2003... une Rothschild !

Enfin, Jimmy aimait se rendre dans un ravissant

château en Bourgogne, où il passait les week-ends auprès de sa dernière compagne, Laure Boulay de la Meurthe. Beaucoup plus jeune que lui, ancienne journaliste à *Paris Match*, elle l'avait séduit par son côté pétillant, irrévérencieux et sportif. Passionnée d'équitation, Laure n'est heureuse qu'à cheval et rien ne l'ennuie plus que les mondanités. Elle n'en est pas moins de noble ascendance : petite-nièce du comte de Paris, cousine du prince Michel de Grèce, elle connaît le Gotha comme sa poche. Sans doute est-ce pour cette raison que Jimmy lui avait offert le magazine *Point de vue*.

Elle lui a donné deux enfants, mais il ne l'a pas épousée. Pourquoi se compliquer la vie, quand tout tourne autour de vous sans problème ? Avec ce genre d'homme, mieux vaut ne pas avoir d'état d'âme. Les trois femmes se partageaient à tour de rôle les maisons du Mexique et le Boeing 757 aménagé avec salon, chambre à coucher et salle de bain. Et puis, comme disait Jimmy : « Quand vous épousez votre maîtresse, vous laissez une place vide. » Ce n'est pas faux… Toutes les *backstreet girls* qui rêvent d'être officialisées devraient méditer cette remarque.

Il avait peu connu sa première épouse et pour cause… Lorsqu'il tomba amoureux de la fille d'Antenor Patino, il avait vingt ans. Il venait de faire Eton, mais sa situation était encore balbutiante et il avait déjà une solide réputation de joueur. Le milliardaire bolivien (encore un !) s'opposa à ce que sa fille Isabel, âgée de dix-huit ans et secrètement enceinte, épouse ce qui avait tout l'air d'un aventurier. C'était sous-estimer et l'amour et le caractère de Jimmy. Il s'enfuit avec sa belle en Écosse et l'épousa. L'affaire fit grand bruit en janvier 1954. Patino envoya des détectives chargés de ramener sa fille. Les plus romantiques trouvaient le geste magnifique. Les plus sceptiques avaient des raisons de s'inquiéter. La romance tourna au drame : au septième mois de grossesse, Isabel eut une hémorragie cérébrale, tomba dans le coma, et mourut en mai. On sauva l'enfant in extremis. C'était une fille qu'on prénomma Isabel.

Les rapports entre les deux hommes, on l'imagine, demeurèrent tendus. On raconte qu'Antenor Patino avait dit un jour à son gendre qu'il n'avait jamais imaginé que sa fille puisse épouser un Juif, Jimmy avait alors répondu qu'il n'avait jamais imaginé épouser la fille d'un Indien de Bolivie. Ambiance ! Mais s'il avait du sang indien dans les veines, il y a longtemps que le petit-fils de Simon Patino, « le roi de l'étain », avait gagné un vernis aristocratique, grâce à sa fortune et à son mariage en 1931 avec la duchesse de Durcal, membre de la famille royale espagnole.

Antenor et son gendre avaient, pourtant, une passion commune : le Mexique. À la fin des années soixante, le milliardaire bolivien acheta des hectares de plages sur la côte Pacifique pour en faire des complexes touristiques. Il y eut Las Hadas et Las Alamandas, à Manzanillo. Et pour son usage personnel, une jolie hacienda au pied d'un volcan, à Colima... qu'il n'eut pas le temps de restaurer. À sa mort en 1982, Jimmy en devint propriétaire et la remit en état, avec l'aide du décorateur Robert Couturier.

En 1974, l'inauguration de Las Hadas donna lieu à une « fête blanche » où se pressa toute la *jet-set* de l'époque, et suscita bien des commentaires. C'était une construction d'un genre nouveau, un hôtel comme jamais on n'en avait encore imaginé, fait de plusieurs pavillons d'un blanc immaculé, surmontés d'une dizaine de tours aux formes fantaisistes. C'était un carambolage entre un village grec et l'Andalousie, avec une démesure à la Gaudí et une touche orientale façon Shéhérazade. Tout cela au pied des montagnes et au bord de l'océan.

Antenor n'eut pas le temps de voir l'hôtel Las Alamandas sortir de terre. Sa petite-fille Isabel hérita de la plage et concrétisa le projet, mais à son idée : elle conçut un endroit très luxueux, voire exclusif, pour seulement une vingtaine de personnes, une clientèle haut de gamme désireuse avant tout de discrétion. Stars de cinéma et autres chanteurs en mal d'incognito. Robert De Niro en fut le premier client. Richard Gere et Cindy Crawford y passèrent leur lune de miel, et Francis Ford Coppola loua tout l'hôtel pour sa petite famille.

Pour la construction, Isabel adopta le même principe que son grand-père : des maisons disséminées dans une végétation luxuriante, mais ici aux couleurs bariolées : rose fuchsia, jaune, vert, bleu. Une ambiance exotique, à l'instar des bougainvillées, palmiers et autres fleurs tropicales qui peuplent cette oasis.

Avant la fête de Las Hadas, Antenor s'était déjà illustré en donnant un bal resté dans toutes les mémoires. C'était cette fois dans la propriété qu'il avait fait construire au Portugal, à L'Estoril très précisément. Nous y étions allés avec Edmond. La Quinta Patino était d'un luxe inouï et surtout d'un très bon goût, dans un style traditionnel avec des azulejos historiques, des jardins merveilleux et une collection d'objets d'art de toute beauté. Argenterie, tableaux, sculptures et mobilier d'une qualité « musée ». D'ailleurs, beaucoup de choses sont allées ensuite au Louvre.

Antenor avait alors divorcé de la duchesse et épousé dona Beatriz. Le couple vivait dans un très joli hôtel particulier à la Muette, où nous allions aussi quelquefois dîner. Le décor était encore une fois éblouissant.

Je n'ai pas parlé du physique d'Antenor... Tout le contraire d'un Gianni ou d'un Jimmy Goldsmith. Petit, pas épais, un visage chiffonné, disons que l'expression « beau comme Crésus » lui allait comme un gant. Pourtant, les femmes virevoltaient autour de lui, Un jour, je me moquai gentiment de lui : « Mais Antenor, comment expliquez-vous votre succès auprès des femmes ? » Il m'a répondu non sans humour : « Parce qu'elles voient des émeraudes au fond de mes yeux. »

Un autre milliardaire transforma une île sauvage en destination touristique. En 1957, David Rockefeller acheta des terrains à Saint-Barthélemy, pour en faire une station balnéaire. Et il avait un partenaire dans cette aventure : Edmond de Rothschild. Le succès ne se fit pas attendre. Saint-Barth devint le nouveau lieu de vacances à la mode.

Toutes mes amies me disent que je devrais épouser David. Nous avons les mêmes maisons, les mêmes collections, les mêmes amis, le même *way of life*, il parle merveilleusement français, alors pourquoi ne pas cheminer ensemble ? Les banquiers, je connais, et son nom vaut le mien... Nous pourrions aussi parler philanthropie, il a toute sa vie aidé les arts, la recherche, l'éducation, le patrimoine, comme Edmond. À eux deux, ils ont généreusement donné des millions de dollars.

Mais si ce jeune homme de quatre-vingt-onze ans n'est pas sans charme, avec son petit œil malin, son grand nez pointu et sa pince à cravate, puis-je l'avouer, celle que je préférais dans le couple, c'était son épouse, Peggy. Pas jolie, une tête d'universitaire, de grosses lunettes, mais quel humour ! Je ne la revois que riant aux éclats ! Mariés en 1940, ils ne se sont pas quittés et ont vécu ensemble cinquante-six ans. Joli record. Et elle lui a donné six enfants.

C'était une femme qui avait du caractère, et il en fallait car elle a aussi traversé des moments difficiles. David en convient, du bout des lèvres, dans ses *Mémoires*... Mais il ne s'est jamais complètement remis de sa mort en 1996.

Peggy avait la main verte. Je me souviens du jardin magnifique qu'elle avait dans leur maison de campagne, à Pocantico Hills, au nord de New York. Nous y étions allés avec Edmond, en hélicoptère, pour le week-end. Peggy était passionnée de plantes et de culture biologique. Elle n'avait pas lâché Edmond quand il avait eu le malheur de lui parler de ses vaches à Armainvilliers, une race de vaches naines que lui avait léguées sa tante, la baronne Myriam de Rothschild. Edmond commençait aussi à cette époque à faire son fromage, le brie des Trente Arpents, et Peggy voulait tout connaître de la fabrication. Elle avait elle-même une ferme avec ses propres produits et était très fière de son élevage de bovins de pure race Simmenthal.

Quand je parle de leur maison de campagne, le manoir en brique de style géorgien faisait en fait partie du domaine familial de mille deux cent trente hectares, avec des bois, les écuries, la serre, une immense salle de jeu, dotée d'un bowling, d'une piscine et de courts de tennis. Sur une autre colline, non loin de là, il y avait la grande propriété « historique », Kykuit, construite par le grand-père de David en 1912 et habitée par son frère Nelson. Demeure imposante, elle ressemblait à un gros Trianon et était entourée d'un parc peuplé de statues. Normal pour une famille où l'on cultivait l'amour de la France et du XVIIIe siècle.

John D. Rockefeller senior, le fondateur de l'empire, le magnat du pétrole (la Standard Oil, c'était lui...), était aussi un philanthrope. Une passion transmise à son fils unique, John D. Rockefeller junior, qui, fort d'une fortune décuplée dans l'immobilier et la banque, allait pouvoir se consacrer plus encore à l'art et à la sauvegarde du patrimoine. David me racontait qu'il était venu pour la première fois à Versailles en 1927. Il avait douze ans et accompagnait son père, qui, quatre ans plut tôt, avait offert au gouvernement français un million de dollars pour restaurer la cathédrale de Reims, le château de Fontainebleau et le château de Versailles.

Il fut le premier des Américains à sauver la demeure du Roi-Soleil. Et forcément, ensuite, David prit le relais. Il faut dire que le conservateur de Versailles, Gérald Van der Kemp, avait une grande force de persuasion. Invité un jour chez les Rockefeller, il se mit à pleurer devant un tapis qui avait appartenu à Marie-Antoinette. David fit réaliser une copie et offrit l'original... Et quand Gérald n'arrivait pas à ses fins, il avait une autre arme : sa femme Florence, Américaine au franc-parler et à l'humour imparables !

Si David avait hérité de son père ce goût pour le XVIIIe siècle, il aimait aussi en matière de tableaux la fin du XIXe siècle et le début du XXe. L'influence de sa mère n'y était sans doute pas pour rien : c'est elle qui avait permis la création du Musée d'art moderne de New York, le MoMA, et David lui avait succédé au conseil d'administration.

Dans la maison de campagne, sur les murs, je reconnaissais Pissarro, Seurat, Monet, Matisse, mais la grande fierté de David, c'était la chapelle du hameau.

Pour rendre hommage à sa mère, il avait commandé à Matisse un vitrail, le dernier qu'avait fait le peintre avant sa mort, puis quelques années plus tard, les autres vitraux avaient été exécutés par Chagall.

Esthète et collectionneur, David n'en était pas moins un redoutable banquier. Il a été durant des années le président de la Chase Manhattan Bank. Il a géré avec succès l'empire familial, dont le fameux Rockefeller Center bâti par son père, vendu une première fois, racheté par lui, puis revendu encore plus cher. On le dit à la tête d'une fortune estimée deux milliards et demi de dollars. Aujourd'hui retiré des affaires, il est encore membre de plusieurs conseils d'administration.

Edmond et lui se retrouvaient aux rendez-vous du Bilderberg, ce sommet créé en 1954 par le prince Bernhard des Pays-Bas et qui réunissait grands financiers et hommes politiques. Le conseil était composé de Gianni Agnelli, Henry Ford II et Henry Kissinger, le conseiller de Nixon que David Rockefeller soutenait. C'était une série de conférences de très haut niveau qui se tenait à chaque fois dans un endroit différent. J'accompagnais souvent Edmond dans ces voyages. Nous sommes allés à Istanbul, à Amsterdam, nous avons aussi reçu une année le sommet à Pregny et une autre fois à Megève.

Inutile de dire que je connais David depuis toujours. Je me souviens de la première fois où je l'ai vu. C'était au tout début de mon mariage, il était venu à un dîner dans l'ancien hôtel particulier d'Edmond, rue

Pierre-Leroux. La réception était donnée en l'honneur d'un ami banquier brésilien, Walther Moreira Salles, avec lequel David était aussi en affaires. Il avait pris des actions dans son énorme fazenda du Mato Grosso. Walther était accompagné de sa ravissante épouse Elesinia. Et David n'avait pas été sans remarquer la sophistication extrême de la jolie Brésilienne. Qui de son côté n'était pas mécontente de son effet...

Il faut dire qu'elle était toujours d'une élégance irréprochable. Un rien excessif. Par exemple, quand elle se déplaçait à Deauville pour les courses, un camion spécial avec toutes ses robes la précédait, suivi des femmes de chambre qui avaient pour consigne, entre autres, de nettoyer à fond sa suite au Royal.

Elesinia pouvait aussi être assez snob. Un soir à Pregny, elle s'est approchée du collier de diamants que je portais, l'a considéré un instant, puis s'est tournée vers Edmond : « Tu n'as rien de mieux à offrir à Nadine ? » Edmond n'a pas pipé, mais il a demandé à André, le maître d'hôtel, de descendre au coffre... Il est remonté avec un écrin qu'Edmond a ouvert devant Elesinia. À l'intérieur, un somptueux collier de rubis. « Tu vois, Elesinia, tu as eu plusieurs maris, mais je ne t'ai jamais vue porter une telle pièce ! »

Elesinia eut effectivement plusieurs histoires d'amour... Lorsque je la revis à New York pour un déjeuner à l'hôtel Pierre, elle était une autre femme. En pleine dépression, elle avait perdu tout son rayonnement. Elle avait divorcé de Walther, me confia-t-elle, pour un homme marié, un certain milliardaire américain qui, lui, n'en avait pas fait autant pour elle. À la suite de cette déception, elle rentra à Rio et ne retrouva plus le bonheur. Elle se laissa peu à peu submerger par le désespoir et se suicida en se défenestrant.

Pour en revenir à David, j'ai failli le revoir il y a quelques mois à Paris. Il était venu présenter ses *Mémoires*. À cette occasion, il m'avait invitée à la signature de son livre à la librairie Galignani. Il y a quarante ans, j'aurais couru. Mais les temps ont changé : j'ai complètement oublié d'y aller ! C'est fini, la Ruée vers l'or !

Les charmeurs

« La beauté des laids se voit sans délai. »

Serge Gainsbourg

La richesse n'est pas tout. Et la beauté physique d'un homme ne compte que modérément pour une femme. Elle est surtout sensible à la gentillesse, à l'attention, à la cour qu'on lui fait. L'intelligence aussi a toute son importance. Le plus riche des Crésus ou le plus beau des Apollon, s'il est idiot, ne tient pas plus d'un week-end ! Enfin, disons, pour être honnête, qu'on donne une seconde chance à Crésus !

Mickey Rooney, Carlo Ponti, Serge Gainsbourg ont eu les plus belles femmes dans leur lit, parce qu'ils savaient les captiver par leur humour, leur esprit, leur culture. Une blonde peut même tomber amoureuse d'un intellectuel, regardez Marilyn et Henry Miller ! Car la femme aime être bluffée. Par de la délicatesse, du savoir, ou mieux encore du pouvoir. À mon avis, le plus fort des aphrodisiaques.

Le pouvoir d'un homme peut s'exprimer de différentes manières. Il y a bien sûr celui des chefs d'État et plus largement des hommes politiques. Je connais beaucoup de femmes qui en sont folles. Avoir à sa table un ministre les excite plus qu'un acteur célèbre ! Louise de Vilmorin a sans doute davantage vibré pour Malraux que pour tous ses précédents coups de cœur. Sans doute ont-elles le sentiment de partager de grands secrets, d'être dans la confidence de ceux qui régissent l'ordre du monde. Ils sont fatalement au courant de détails que la presse ignore et qu'il est toujours amusant d'entendre. À leur contact, elles participent ainsi à l'Histoire... De façon plus prosaïque, ils peuvent aussi, à l'occasion, vous rendre quelques services.

Pour ma part, j'ai croisé celui qui a sans doute le plus marqué notre histoire, le général de Gaulle. Pas vraiment un premier prix de beauté, mais il dégageait une telle supériorité qu'il devait fasciner, je suis sûre, plus d'une femme. Moi-même, je dois avouer avoir été troublée... Lors d'une grande réception au ministère de la Culture, tout le monde défilait devant lui et quand vint mon tour, j'étais tellement impressionnée que je lui ai dit : « Bonjour, madame ! »

Sa taille déjà en imposait. Un mètre quatre-vingt-treize. Une silhouette droite et fière. Même sans uniforme. Et puis fatalement, son passé, ses faits d'armes, son courage, il était, pour tout le monde, le sauveur de la France. J'avais douze ans lorsqu'il a descendu les Champs-Élysées à la libération de Paris, je me souviens de la frénésie des gens, de l'allégresse et du sentiment de bonheur auquel il a été automatiquement associé.

Lorsqu'il est devenu président de la République, il était âgé de soixante-huit ans, ce n'était plus le fringant officier toujours prêt à en découdre, mais il n'avait rien perdu de son caractère combatif. Il avait traité d'égal à égal avec Churchill, défié Pétain, tenu tête à Roosevelt, il n'allait pas faire à présent de la politique en gants blancs.

La diplomatie, très peu pour lui ! Il avait son franc-parler et cela ne lui faisait pas que des amis. Il s'en moquait. Au contraire. Il n'était pas ennemi du scandale, comme celui déclenché par son fameux « Vive le Québec libre ! ». Autoritaire et parfois cassant, ayant une haute opinion de lui-même, il tranchait, arbitrait, décidait, et n'avait que peu d'états d'âme. En bon militaire. C'était un chef. Qui m'aime me suive ! Et la majorité des Français le suivaient. Sans parler des femmes toujours séduites par les hommes qui commandent. Surtout que celui-ci avait su tout de suite leur parler : quelques mois après la fin de la guerre, il leur donnait le droit de vote.

Et puis, son arrogance était contrebalancée par son humour. Les exemples sont nombreux. Le plus célèbre : au moment de la libération de Paris, le capitaine Dronne a inscrit sur sa Jeep sa devise : « Mort aux cons ». Le Général voit ça et hoche la tête : « Vaste programme ! » Il se retrouve un jour à une cérémonie d'hommage militaire au côté de Churchill. Il regarde le nœud papillon bariolé du Premier ministre anglais avec dédain, lui qui est vêtu de son éternel uniforme, et lui lance : « Je ne savais pas que c'était le carnaval de Londres ! » Ce à quoi le vieux lion répond : « Tout le monde ne peut pas s'habiller comme le soldat inconnu ! »

Lors d'une conférence de presse, un journaliste demande à de Gaulle comment il va. Il répond : « Je vais bien, mais rassurez-vous, je ne manquerai pas de mourir. » C'est ce qui s'appelle de l'humour noir. Plus impertinent : « Comment voulez-vous gouverner un pays où il existe trois cent soixante-cinq variétés de fromage ? » Plus cynique : « Au fond, je n'ai qu'un seul rival international : c'est Tintin. » Plus provocant encore : en Afrique, alors que la délégation officielle est attaquée par une nuée de moustiques, une femme de diplomate s'inquiète :

« Vous ne vous grattez pas trop, général ?

– Les moustiques, madame, ne piquent pas le général de Gaulle. »

Et les femmes dans tout ça, justement ? Il avait épousé en 1921 Yvonne Vendroux qui lui donnera trois enfants. Admirable « tante Yvonne » au physique de petite bourgeoise de province, qui se tiendra toujours dans l'ombre de son grand homme, « le plus illustre des Français ». Elle lui convenait très bien, ne lui posait aucun problème, alors qu'une épouse plus flamboyante se serait senti pousser des ailes en entrant à l'Élysée, aurait joué les premières dames. Et il détestait tout ce qui pouvait ressembler à des mondanités. S'il avait fait un petit frais à Jackie lors de sa venue à Paris, il n'était pas du genre à déclarer comme le président des États-Unis : « Je suis le monsieur qui accompagne Jackie Kennedy. »

Potin de l'époque, on racontait qu'il avait eu une aventure au Liban. À un proche qui lui avait posé la question, il avait répondu en haussant les épaules : « Oh ! Une fois ! » Je ne sais si c'est vrai, mais je l'imagine très bien dire ça.

À partir de 1963, je m'installe avec Edmond rue de l'Élysée et suis donc aux premières loges pour suivre les faits et gestes de la Présidence. Le ballet des voitures officielles, Mme de Gaulle sortant par le côté pour aller faire ses courses, mais surtout je vois quelquefois le Général marcher et faire le tour du parc. Ensuite, Giscard a fait poser des caillebotis au-dessus des murs pour se protéger des curieux comme moi !

Enfin, une dernière anecdote concernant de Gaulle : en plein mai 1968, un ami me rend visite, un long étui à la main. Il est passé sans encombre devant les policiers. Avec ses allures de *gentleman farmer,* il n'a sans doute pas l'air de sortir de la Sorbonne, mais tout de même... Il m'apporte une carabine pour la chasse ! On aurait pu assassiner le Général de mes fenêtres !

Et c'est justement à la chasse que j'allais mieux connaître celui qui succédera au général de Gaulle : Georges Pompidou. Lui non plus n'était pas beau, mais alors, quel charme ! Il est venu plusieurs fois à Armainvilliers, pendant nos grands week-ends de chasse que nous organisions de novembre à janvier.

Armainvilliers se trouvait à quarante kilomètres au nord de Paris. C'était une étonnante demeure de style anglo-normand, en brique rouge et colombages, surmontée de petits clochetons, érigée à la fin du XIXe siècle. Elle comptait trois cent vingt pièces et se dressait au milieu d'un parc de deux mille hectares, avec des bois et un lac si vaste qu'on l'appelait « la mer de Brie ». Un terrain de chasse extraordinaire, déjà fameux du temps du baron Maurice. Alphonse XIII en était un inconditionnel. Edmond en avait hérité à la mort de son père, mais il ne s'y était pas installé, il ne s'est décidé à réveiller le domaine qu'au début des années soixante, au moment de notre mariage.

Pompidou était alors Premier ministre. Et, à chaque fois, j'assistais au même phénomène : toutes les femmes présentes cherchaient sa compagnie. Elles l'avaient pour elles seules car Claude, son épouse, ne l'accompagnait jamais à la chasse. Si elles ne pouvaient guère en profiter pendant les battues du samedi, elles se rattrapaient à cinq heures, au grand salon, pour le rituel du thé.

En fait de thé, on servait un chocolat chaud à se damner, concocté par M. Vacquant, l'ancien chef de mon beau-père qu'Edmond avait gardé. Et là, c'était le grand babillage ! Toutes ces dames s'exclamaient, se pâmaient, s'étonnaient, minaudaient, bombardaient Georges de questions. Il leur répondait en souriant, ses petits yeux vifs pétillant sous ses gros sourcils, une éternelle cigarette au coin des lèvres. Cette cour l'amusait, mais au fond, ce qu'il préférait, c'était jouer aux cartes avec le prince Bernhard des Pays-Bas.

Le soir, les femmes qui n'avaient pu briller au salon avaient une chance de se rattraper lors du dîner beaucoup plus formel. Encore fallait-il que la maîtresse de maison (en l'occurrence moi !) ait eu l'extrême gentillesse de les placer à côté... Et là, je dois dire que je m'amusais.

Enfin, suprême récompense, décrocher le mirador du ministre le lendemain matin ! Le dimanche, on chassait le gros gibier. Les hommes partaient avec dans leur sacoche du bouillon, des sandwichs, de la vodka, car ils allaient passer plusieurs heures, immobiles dans le froid, sur un mirador, mais pour tuer le temps (cadeau empoisonné pour certains ?), chaque chasseur avait sa dame de compagnie... Je me suis ainsi souvent retrouvée avec Georges, emmitouflée dans un plaid, à attendre durant des heures qu'un animal se montre : alors cela crée des liens.

Georges Pompidou était quelqu'un de très cultivé et sa conversation était plaisante. Non seulement il pouvait vous entretenir d'économie et de finances, il avait travaillé longtemps à la banque Rothschild au côté du baron Guy, mais il était aussi passionné de poésie. Agrégé de lettres, il avait enseigné au lycée Henri-IV en hypokhâgne, avant de faire la rencontre du général de Gaulle et voir sa vie prendre un tout autre chemin.

Nommé chef de son cabinet, il avait gagné sa confiance, s'était familiarisé avec les arcanes du pouvoir et en avait très vite compris le mécanisme. À la banque, il avait fait preuve du même brio, se retrouvant rapidement administrateur de nombreuses sociétés. Et, dans le même temps, il se consacrait toujours à ses premières amours, publiait des ouvrages sur

Racine, Taine ou Malraux, et même une anthologie de la poésie française !

Son goût pour la culture ne se limitait pas à la littérature. Il aimait aussi l'art moderne, la peinture, le design, il avait d'ailleurs fait refaire son bureau à la banque de façon très contemporaine. Il estima qu'il manquait à la France un grand musée pour l'art du XXe siècle et lança le projet de son musée à Beaubourg, communément appelé ainsi, mais qui porte en fait son nom et qui est aujourd'hui aussi célèbre que le Louvre. Si la maladie ne nous l'avait pas enlevé prématurément à soixante-deux ans, il aurait pu être fier du résultat.

Quel parcours incroyable pour ce fils d'enseignant, petit-fils de paysans ! Et peut-être y avait-il aussi cela entre nous : nous étions partis de pas grand-chose et nous avions tracé notre route... C'était un grand courtisan qui savait écouter et surtout flatter. Rien ne lui échappait, chaque rencontre était mise à profit. Et Edmond me disait souvent : « Tu es comme Georges, tu ne rates jamais un métro ! »

À partir du moment où il devint président, nous nous sommes fatalement moins vus. Encore que, lui aussi, je l'apercevais de mon balcon, marchant dans le parc de l'Élysée, sa cigarette toujours au coin des lèvres, je lui faisais de grands signes et il me répondait en riant.

Nous avions aussi à Armainvilliers quelquefois la visite d'un autre homme politique, d'un genre, comment dire, plus « grand genre » : M. Valéry Giscard d'Estaing. Il n'était pas encore président, mais ministre de l'Économie et des Finances. C'était au début des années soixante-dix. Et le même numéro recommençait : les femmes se battaient pour être avec lui sur le mirador !

Pourtant, sa conversation était moins vivante que celle de Georges Pompidou. Certes, il avait plus d'allure, sa longue silhouette fendant les fourrés avait quelque chose d'aristocratique, mais il ne vous aurait pas récité un poème. Il avait fait Polytechnique et l'ENA, pas Normale, alors forcément...

Je suis injuste en disant cela, car, bien des années plus tard, il s'est essayé au roman : cela s'appelait *Le Passage*, l'histoire d'un notaire entre deux âges et d'une auto-stoppeuse ! Je ne suis pas sûr qu'il sera un jour réédité dans la Pléiade. Giscard était plus à l'aise dans la promotion de la Communauté économique européenne, sa grande idée qu'Edmond partageait. Son ancêtre Amschel n'avait-il pas fait la même chose un siècle plus tôt, en envoyant ses cinq fils dans cinq villes d'Europe ?

Derrière son physique un peu sec et ses manières d'énarque, Valéry Giscard d'Estaing n'était toutefois pas sans charme. On voyait bien que l'homme pouvait être chaleureux et drôle. Durant son septennat, il a tout fait pour se montrer près du peuple (ah ! ses dîners avec des vraies gens...), essayant de gommer son côté amidonné (il est le premier président à poser en costume pour la photo officielle), mais sa simple voix le trahissait, elle semblait tout droit sortie d'un salon mondain.

Et ce nom qui suscita tellement de commentaires ! Valéry n'y pouvait rien, c'est son père qui l'avait « relevé » dans les années vingt. Sans doute au début en était-il fier, mais ensuite quel boulet ! On racontait que de Gaulle n'avait pas résisté à faire de l'humour : son jeune ministre des Finances voulait lancer un emprunt... Évidemment, la phrase avait fusé : « Giscard d'Estaing, c'est en effet un assez joli nom d'emprunt. »

Il pouvait s'afficher avec des éboueurs ou en train de jouer de l'accordéon, personne n'y croyait. Sauf le jour où il avait pris l'avantage sur Mitterrand lors d'un débat télévisé devenu célèbre. Giscard lui avait lancé : « Vous n'avez pas le privilège du cœur », et avait marqué des points. Car Valéry n'est pas sans générosité. Lorsque Jean Marais a eu des problèmes d'argent, je lui en ai fait part et il s'est montré compréhensif ; il a retardé la vente de sa maison de Marnes-la-Coquette. Merci encore, monsieur le président !

Aujourd'hui, il a racheté le château du village d'Estaing, la boucle est bouclée : ainsi, dans trois siècles, on le présentera comme le fief de la famille. Il faut bien que l'histoire débute un jour.

Le château d'Armainvilliers était moins ancien, mais il appartenait bien à Edmond. Toutefois, en reprendre possession après la guerre n'avait pas été facile pour son père, le baron Maurice. Occupé par les Allemands, puis par les Américains, il avait été récupéré par l'État, et le général de Gaulle ne jugeait pas indispensable de le rendre... Il a fallu tout le talent et l'opiniâtreté d'un homme politique au passé d'avocat pour avoir gain de cause. Son nom ? Edgar Faure. Qui dès lors devint aussi un invité régulier d'Armainvilliers.

Ce n'était pas un chasseur mais sa compagnie n'en était pas moins passionnante. Il avait intégré le barreau à l'âge de vingt et un ans, ce qui en avait fait le plus jeune avocat de son époque. Il s'était ensuite essayé à la politique, puis était entré dans la Résistance, avant de rejoindre de Gaulle à Alger. Le Général vit tout de suite son potentiel et lui donna la direction du service législatif du gouvernement provisoire. En 1945, il se retrouve procureur général adjoint français au tribunal de Nuremberg. Il a trente-sept ans. Quatre ans plus tard, il est ministre des Finances. Lui non plus n'a pas perdu de temps !

Quand je fais sa connaissance, il est sénateur du Jura. Il sera ensuite ministre de l'Agriculture, puis, juste après mai 1968, ministre de l'Éducation nationale. De Gaulle lui avait confié la lourde tâche de réformer l'université, une mission qu'il remplit avec doigté. C'était un univers qu'il connaissait aussi parfaitement. Entre deux fauteuils ministériels, il enseignait à la faculté de droit. Lorsque Pompidou est devenu président, il s'est vu attribuer un nouveau ministère, celui des Affaires sociales. Il a terminé sa carrière à la présidence de l'Assemblée nationale, plus familièrement appelée « le perchoir », ce qui lui allait très bien ! Enfin, apothéose, son entrée à l'Académie française en 1978, à l'âge de soixante-dix ans.

Un an plus tard, nous fermions définitivement Armainvilliers. Edmond avait décidé de s'en séparer. L'époque avait changé, il convenait de changer avec elle. Mais Edgar faisait partie de notre petit cercle d'intimes, aussi le voyait-on souvent à Paris. C'était un convive parfait. Intelligent, drôle, spirituel, du champagne ! Idéal pour faire pétiller la conversation. On lui doit entre autres cette formule que je vous laisse méditer : « Ce n'est pas la girouette qui tourne, c'est le vent... » Et il ne parlait pas que de politique. Il était allé en Chine, avait étudié le russe, était intarissable sur Turgot ou Dioclétien ! Le sujet de deux de ses nombreux livres qu'il fallait être perspicace pour repérer ; il écrivait parfois sous le pseudonyme d'Edgar Sanday.

Avec son crâne lisse et ses grosses lunettes, il était loin d'être un Apollon, mais il avait, lui aussi, beaucoup de succès auprès de son auditoire féminin. Ce qui agaçait prodigieusement son épouse Lucie, follement jalouse. Entre nous, on l'appelait Lucifer ! J'ai oublié d'évoquer un détail important qui ajoutait à son charme : Edgar avait un petit cheveu sur la langue. Un jour, il est arrivé très en retard à un déjeuner, il s'est vite assis à ma droite et m'a glissé à l'oreille : « Pardon pour le retard, Nadine, mais z'étais avec une petite, et ze me suis aperçu en partant que z'avais mis zes zauzettes ! »

En me mariant avec Edmond, j'allais connaître une autre forme de vie politique. Plus dure. Autrement plus dangereuse. Où les hommes qui en étaient les acteurs étaient aussi des combattants. Au sens premier du terme. Je veux parler d'Israël. Je ne ferai bien sûr aucun commentaire sur les choix idéologiques de tel ou tel, aucune remarque sur le bien-fondé de leurs actions, je veux juste évoquer ces hommes que j'ai connus, qui m'ont été proches, car Israël a fait et fera toujours partie de ma vie.

En juin 1967, au moment de la guerre des Six Jours, Edmond déjà à Jérusalem me téléphone : « Viens ! Il faut absolument que tu vives cela ! » Je pars sur-le-champ avec le grand rabbin Jacob Kaplan, un autre homme important dans ma vie, c'est lui qui m'a convertie. Deux ans de travail. Il avait tout fait pour me décourager, Edmond ne m'avait rien demandé et ma conversion n'était pas obligatoire pour notre mariage, mais j'avais estimé que c'était indispensable pour le bonheur de notre couple et sa réussite dans le temps. J'avais insisté et, devant ma détermination, le grand rabbin avait finalement accepté. Moi qui étais incapable de retenir quoi que ce soit à l'école, j'ai dû apprendre par cœur lois religieuses, commandements, fêtes et tout un vocabulaire inconnu. Et, aussi incroyable que cela puisse paraître, j'ai réussi l'examen.

Nous sommes donc arrivés tout d'abord à Tel-Aviv, puis à Jérusalem, où Edmond m'a accueillie. Ensemble, nous avons pénétré dans la partie qu'occupaient auparavant les Jordaniens. Les juifs orthodoxes se sont précipités alors à notre suite. Avec leur toque en fourrure et leurs papillotes, ils couraient vers le mur des Lamentations qui n'avait pas encore été dégagé. Il y avait plein de petites maisons devant et on craignait des francs-tireurs embusqués, les soldats israéliens tentaient de contenir la foule, mais en vain ! C'était un moment incroyable.

Était présente à nos côtés l'une des personnes les plus importantes de l'histoire de Jérusalem et d'Israël en général : Teddy Kollek. À partir de cette date, il est devenu le premier maire de la ville réunifiée, poste qu'il allait occuper vingt-huit ans. Grâce à lui, Jérusalem s'est transformée en une des plus belles villes que je connaisse. Il a concilié le passé et l'avenir, en imposant la même pierre blanche pour toute construction moderne, il a préservé la sacralité des lieux saints tout en développant de nouveaux quartiers, il a bâti des crèches, des écoles, des hôpitaux, il a fait en sorte que chaque habitant, quelle que soit sa religion, ait les mêmes droits, la même qualité de vie.

J'allais tous les ans en Israël et, à chaque fois, je le revoyais avec toujours beaucoup de plaisir. Bon vivant, aimant rire, Teddy, c'était le charme de la Mitteleuropa sous le soleil de la Méditerranée. Il était né en Autriche, dans une petite ville au bord du Danube, et était arrivé ici en 1935, à vingt-quatre ans. Bien décidé à voir naître l'État d'Israël. Pendant la seconde guerre mondiale, il avait servi d'intermédiaire entre la Haganah, la première armée juive, et les services secrets alliés, pour venir en aide aux organisations juives clandestines. En 1948, il avait dirigé, des États-Unis, des opérations de défense du jeune État hébreu. Il en avait profité pour bâtir un réseau de donateurs, car comme on le sait l'argent est le nerf de la guerre.

Teddy était très doué pour obtenir de l'argent. Et il en fallait tellement ! Quand il décida de créer le musée d'Israël à Jérusalem, c'est à Edmond qu'il fit appel. Avec succès. En remerciement de sa générosité, Edmond devint le président d'honneur du musée, puis j'en pris la suite, au moins pendant quinze ans. Et, chaque année, nous organisions un gala pour réunir à nouveau des fonds. On le faisait sans problème, on ne pouvait rien refuser à Teddy. Avec sa femme Tamar qu'il avait épousée en 1937, ils formaient un couple charmant et touchant.

Edmond étant très impliqué dans le développement d'Israël – suivant en cela les traces de son grand-père, le premier baron Edmond –, j'ai rencontré tous les leaders politiques du pays, David Ben Gourion en tête. C'est même le premier que j'ai connu. Il était venu à un cocktail donné juste après notre mariage à Tel-Aviv. Sa femme Paula l'accompagnait et j'avais vite deviné que dans le couple c'était elle qui tenait les rênes. Il faut dire que Ben Gourion avait alors soixante-dix-sept ans. Mais il semble que leurs rapports ont toujours été comme ça : dans un livre, j'ai trouvé une lettre qu'il lui a adressée en 1933, il signait « Papa »... Pas très macho comme attitude !

Paula avait un fort caractère et ne mâchait pas ses mots. Comme Edmond m'avait dit qu'elle fumait, je lui avais offert une boîte à cigarettes en argent, de chez Hermès. Paula m'avait remerciée, mais n'avait pu s'empêcher de dire : « C'est curieux, vous avez le même goût que la première femme d'Edmond, elle m'avait offert exactement la même chose. »

Ben Gourion allait mourir dix ans plus tard. Je ne l'ai plus revu, mais j'ai bien connu ses deux protégés : Moshe Dayan et Shimon Peres.

Moshe Dayan venait souvent dans notre maison à Césarée. Et je dois dire qu'il exerçait un magnétisme incroyable. De son unique œil, il vous déshabillait de la tête aux pieds. C'était un militaire, un vrai guerrier, qui avait rejoint la Haganah dès l'âge de quatorze ans ! Il y avait tout appris du maniement des armes. Durant la seconde guerre mondiale, il avait combattu en Syrie dans les forces britanniques et c'est là qu'il avait perdu son œil gauche. Il y avait, en revanche, gagné ses premiers galons, avait rapidement gravi les échelons, et à quarante ans, était devenu chef d'état-major de Tsahal.

Puis, il était entré en politique et, au moment de la guerre des Six Jours, il était ministre de la Défense. La victoire éclair le rendit très populaire. Six ans plus tard, il a été moins heureux avec la guerre du Kippour. Je le vis pour la première fois affaibli. Il revint toutefois sur le devant de la scène comme ministre des Affaires étrangères et participa aux accords de Camp David. Mais il mourut d'un cancer quelques années après.

Moshe était un être étonnant. Petit, rustre, avec son long nez et ses lèvres fines, ses mains courtes et épaisses, on l'imaginait incapable de la moindre émotion, mais en fait, sous la carapace du soldat, se cachait un homme passionné d'archéologie, et qui était avec son épouse Rachel la tendresse même. Ce qui au fond était assez réconfortant. Détail anecdotique : en 2005, un collectionneur a mis aux enchères sur internet son bandeau. Il le tenait de son chauffeur. Mise à prix : 75 000 dollars.

De tous, c'est Shimon Peres que j'ai le mieux connu. Chaque fois que je suis allée en Israël, nous nous sommes vus. Il m'accueillait toujours avec un grand sourire, éternellement mince et élégant, impeccable dans son complet bleu marine. C'était un vrai séducteur. Avec lui, on oubliait toutes les tensions environnantes.

Mais il n'en était pas moins un des fers de lance de l'État. Il avait émigré de Pologne avec sa famille en 1934, à l'âge de onze ans. Il s'appelait alors Shimon Persky. Peres n'est venu que plus tard, lors d'une mission de reconnaissance très dangereuse dans le désert du Néguev, contrôlé par les Britanniques. C'est Ben Gourion qui l'avait envoyé là-bas. Il avait été impressionné par la détermination du garçon, qui lui aussi avait fait ses classes dans la Haganah. En chemin, dans un arbre, Shimon était tombé sur un nid d'aigle, de la race dite « Peres », et ses hommes l'avaient alors rebaptisé ainsi.

Il s'était finalement fait arrêter par les Anglais, mais on salua son courage et son nom devint vite populaire, comme ceux de Moshe Dayan ou d'Yitzhak Rabin. Il commença à faire de la politique, puis partit pour New

York étudier et représenter le ministère de la Défense. Concrètement, il allait acheter des armes. L'aventure dura deux ans. À son retour, il avait vingt-neuf ans et était prêt pour le combat politique.

Député à la Knesset, ministre des Transports, ministre de l'Information, ministre de la Défense, ministre des Finances, ministre des Affaires étrangères, Premier ministre à deux reprises, cela fait cinquante ans que son histoire personnelle épouse celle du pays. Avec, en 1994, cet hommage international : Shimon se voit décerner le prix Nobel de la paix avec Yitzhak Rabin et Yasser Arafat, après les accords d'Oslo dont il est l'artisan.

Lorsque nous nous retrouvions dans ses bureaux ou à Césarée, nous ne parlions bien sûr pas de politique. Nous voulions faire comme si de rien n'était, comme quand une femme se retrouve dans un salon avec un homme et bavarde de tout et de rien. En fait, j'aimais orienter la conversation sur les femmes et l'amour, car, en incorrigible séducteur, il me faisait toujours un peu la cour...

Je lui demandais s'il était conscient de son pouvoir sur les femmes, il riait, plaisantait, me retournait le compliment. Mais il ne me contredisait pas. Nous dissertions alors sur les hommes « à la fois très avertis et aveugles », sur ce qui les distinguait des femmes, « elles ont de la nature humaine une connaissance instinctive », et il me vantait à chaque fois l'exemple de son épouse Sonia.

Il faut dire qu'elle est admirable. À ses côtés depuis

tellement d'années. Il l'avait rencontrée à quinze ans, lorsqu'il était au kibboutz ! Il l'avait épousée sept ans plus tard et, depuis, elle l'a suivi dans tous ses engagements, tous ses combats. Calme et déterminée, au courant de tout, elle lui a toujours apporté un soutien sans faille et beaucoup de réconfort dans les périodes difficiles, car le combat politique est âpre en Israël.

Sonia a toujours fait passer son intérêt avant le sien, elle a complètement pris en charge l'éducation des trois enfants qu'elle lui a donnés, elle s'est en quelque sorte sacrifiée pour lui, mais Shimon est un homme hors du commun et, grâce à elle, il s'est complètement réalisé. Sans doute n'était-ce pas facile tous les jours, d'autant plus que cet expert de la diplomatie est un charmeur impénitent, mais elle ne doit pas avoir de regret : elle vit tout de même avec un prix Nobel de la paix !

Shimon m'avait toutefois avoué un jour qu'il y avait une autre femme dans son cœur... C'était sa mère Sarah qu'il avait passionnément aimée. Il me la décrivit comme la gaieté même, indépendante et libre d'esprit, l'intellectuelle de la famille, celle qui lui avait transmis le goût de la lecture et la sensibilité artistique. Ce souvenir en entraîna d'autres, lorsque jeune adolescent il avait découvert Jaffa, la Méditerranée, les orangers, la plage, le soleil, et combien cette Terre promise lui avait semblé le paradis, la vision du bonheur.

C'est cette vision qu'il poursuit depuis, celle d'un Proche-Orient pacifié. Il croit encore à la paix, même s'il connaît mieux que quiconque les obstacles. « Le processus de paix ressemble à une nuit de noces dans un champ de mines. » C'est pour cela qu'on l'a souvent comparé à une « colombe réaliste ».

Huit jours après la mort d'Edmond, il est venu me voir à Pregny. Nous avons dîné ensemble, mais c'était difficile de retrouver notre ton badin... Je n'avais pas l'esprit à ça, quant à lui, ses espoirs étaient à nouveau réduits en miettes ; on avait assassiné Yitzhak Rabin deux ans plus tôt.

J'ai bien connu Yitzhak, il venait souvent à la maison avec son épouse Léa. Voilà encore un couple extraordinaire. C'était lui l'ancien général, le ministre de la Défense rigoureux, le Premier ministre qui avait succédé à Golda Meir, mais elle, je l'aurais bien vue chef des armées ! « C'était une lionne », a dit Shimon à sa mort. Et c'est vrai qu'elle se battait envers et contre tous. Lorsque son mari a été tué par un extrémiste, elle a repris le flambeau avec une violence d'animal blessé. Aujourd'hui, elle repose à ses côtés. Leurs tombes sont d'ailleurs très belles : deux blocs de marbre, un blanc et un noir, avec devant une petite flamme.

Nous fréquentions moins Ariel Sharon, je me souviens seulement qu'Edmond lui avait donné des animaux pour sa ferme. Une ferme dans le désert du Néguev qu'il avait achetée en 1972. Son père, agronome ukrainien, lui avait transmis le goût de la terre et Ariel Sharon passait tout son temps libre au milieu de son bétail et de ses chevaux. Mais qu'on ne se méprenne pas : ce n'était pas un tendre.

Ariel Sharon avait eu le même parcours que Moshe, Shimon, Yitzhak. C'était un militaire, formé à la Haganah, au courage exemplaire et à la forte tête... On l'appelait « Arik », le lion. Il avait fait parler de lui pendant la guerre des Six Jours. Avec ses hommes, il avait conquis le Sinaï. En 1973, il était devenu un héros national. Au moment de la guerre du Kippour, devant l'attaque de la Syrie et de l'Égypte, il a été le seul à avoir la bonne réaction. Il a outrepassé les ordres et lancé une contre-offensive foudroyante. Ses troupes ont traversé le canal de Suez et brisé l'avancée égyptienne. Ariel Sharon fut acclamé en sauveur. Fort de sa victoire, il ne mâcha pas ses mots contre ses supérieurs, dont bien sûr Moshe. Il fut relevé de ses fonctions. Il entra alors en politique.

Je ne vais pas revenir sur son parcours au sein du gouvernement. Juste peut-être son dernier combat, parce que y était associé Shimon Peres. Il avait fait alliance avec lui, alors qu'ils avaient été rivaux en politique, pour créer un nouveau parti, Kadima, « En avant ». Ils espéraient ainsi gagner les élections législatives et parvenir enfin à imposer un processus de paix. Une nouvelle fois, le destin en décida autrement.

Mais revenons à des sujets plus légers. Nous en étions donc à l'évocation de ces hommes qui charment par leur pouvoir. Il y a bien sûr d'autres chefs d'État que je pourrais citer, mais ils n'ont pas vraiment fait partie de ma vie. En revanche, je peux parler du quatrième pouvoir, celui de la presse, qui a été incarné par un homme que j'ai bien connu et qui était l'intelligence personnifiée : Pierre Lazareff.

Être plus laid aurait été difficile et pourtant c'était un séducteur irrésistible. Petit (un mètre cinquante-neuf), de grosses lunettes toujours sur le front, une voix aigrelette, mais volubile, frétillant, passionné, débordant d'énergie et d'idées, les mots se bousculaient dans sa bouche, incapables d'aller aussi vite que sa pensée. Bohème, habillé un peu n'importe comment, mais avec invariablement des bretelles, ce qui lui avait valu le surnom de « Pierrot les bretelles ».

C'est maître René Floriot qui l'avait un jour baptisé ainsi. Cette gloire du barreau faisait partie des proches et j'avais moi-même fait sa connaissance dans de curieuses circonstances : jeune comédienne, je rentrais un soir après le spectacle en métro. Épuisée, j'avais mis mes pieds sur la banquette. Un contrôleur était apparu et m'avait demandé d'ôter mes pieds. J'étais (exceptionnellement) de mauvaise humeur : « Je les enlèverai si ça me plaît ! » L'incident a dégénéré et je me suis retrouvée au poste. Avec convocation pour injure... La personne à qui je racontais mon aventure le lendemain me dit qu'il fallait que j'aille voir maître Floriot, avenue Hoche. C'était bien sûr une plaisanterie, mais je n'y ai vu que du feu et me suis présentée dans l'un des plus gros cabinets de la capitale. Maître Floriot m'a reçue et a semblé passionné par mon cas, à tel point qu'il voulait approfondir un peu trop mon dossier… J'ai jugé plus raisonnable de me passer de ses services. Et je l'ai retrouvé, bien des années plus tard, à la chasse chez les Roussel, en Sologne.

Quand je rencontre Pierre Lazareff, il est le grand patron de *France-Soir* et le quotidien est au sommet de la gloire. Sept éditions par jour, un million quatre cent mille lecteurs, des chiffres qui aujourd'hui semblent improbables… C'est la consécration d'un homme qui a dédié sa vie au journalisme. Un génie de la presse qui signait son premier article à quatorze ans !

Pierre était alors passionné de théâtre. Fils d'un émigré juif russe, lapidaire du côté de la rue Drouot, il avait très tôt trouvé le chemin des coulisses des salles qui se trouvaient dans ce quartier et écumait les music-halls et les cabarets, déjà ses lunettes sur le front, mais avec encore une flamboyante crinière rousse que je n'ai jamais connue ! Son regard malicieux, sa nervosité maladive, sa bonne humeur et sa vivacité d'esprit l'ont vite rendu populaire. Remuant et bavard, toujours au courant de tout, sans jamais donner l'impression de recueillir des confidences, car doté d'une mémoire phénoménale, il gagne la sympathie des gens du spectacle. On le surnomme Farfadet et il signe ainsi ses premières chroniques. Sa gentillesse lui ouvre bien des portes, comme celle de Mistinguett qui lui propose de l'aider à écrire ses mémoires.

Le projet ne verra pas le jour, mais Pierre a d'autres priorités : il entre au *Soir*, où il chronique les spectacles de la capitale, puis passe à *Paris-Midi*, et enfin à *Paris-*

Soir, première marche de la notoriété. Sa carrière démarre véritablement grâce au propriétaire, Jean Prouvost, qui lui donne de plus en plus de responsabilités. Pierre révolutionne la conception du journal. Plus international, avec des dossiers qui font rêver et de grandes signatures, il commande des papiers à Joseph Kessel, Antoine de Saint-Exupéry, Georges Simenon, Jean Cocteau... Et il donne une grande place aux femmes car, il en est persuadé, ce sont elles qui font le succès d'un journal. Grâce à ses innovations, les ventes décollent.

La guerre stoppe cet envol. Pendant l'Occupation, Pierre émigre aux États-Unis et se retrouve à la tête de la section française d'une radio, La Voix de l'Amérique. Le comble, c'est qu'il ne parle pas anglais, mais avec son aisance naturelle il n'en souffre pas plus que ça ! À la Libération, de retour à Paris, il repart de zéro avec un journal né pendant la Résistance, *Défense de la France*. Débaptisé et totalement transformé, il devient *France-Soir*. Pierre a trente-sept ans et il a à présent les mains totalement libres pour faire le journal dont il rêve. Ce sera un succès sans précédent. *France-Soir* affiche des records de vente et donne à son rédacteur en chef un grand pouvoir.

Il est passé des coulisses des théâtres aux coulisses de la politique, et cela l'enchante. Pierre est au courant de toutes les intrigues et règne d'une certaine façon sur la vie parisienne. Il peut en plus compter sur une informatrice redoutable, la fameuse Carmen Tessier, qui tient la rubrique mondaine de *France-Soir*. « Les potins de la commère » font les délices des dîners en ville. Et trembler le Tout-Paris. Pourtant, Carmen, qui s'appelle en fait Clotilde, ne paie pas de mine, toute petite, menue, pas jolie, elle n'en est que plus féroce dans sa chronique.

Quand on lui faisait des reproches, Carmen feignait l'innocence : « Je ne suis pas méchante au fond. Je ne blesse pas, j'égratigne. » Je l'ai croisée une fois dans un dîner, où il y avait aussi Elsa Maxwell, sa consœur américaine, plus redoutable encore. On avait intérêt à ne pas se prendre les pieds dans le tapis !

Régulièrement, Carmen organisait un déjeuner très couru, Chez Victor, une épicerie corse rue Gît-le-Cœur. Elle y réunissait des hommes politiques et des chansonniers qui les brocardaient, l'ambiance était bon enfant et drôle. Il n'y avait autour d'elle que des hommes, quelques femmes avaient essayé de se glisser dans l'assistance, mais Carmen les avait refoulées sans ménagement.

Pierre adorait cette ambiance, ce mélange de spectacle et d'intimité avec les puissants. Il entretenait aussi ses relations avec son déjeuner rituel du dimanche dans sa maison de Louveciennes, La Grille royale, une ancienne folie de la Du Barry. Les politiques y côtoyaient les intellectuels et les artistes. On y rencontrait Georges Pompidou, Maurice Druon et Johnny Hallyday ! Je me souviens y avoir vu Joseph Kessel, un tigre fatigué aux boucles grises, le front strié de rides et deux fentes bleues à la place des yeux. Il avait toujours à portée de main une bouteille de vodka. On y trouvait aussi l'autre grand ami de Pierre, Marcel Bleustein-Blanchet. Le lion de la pub s'occupait de celle de *France-Soir* et avait largement contribué à son succès. Un jour, Marcel proposa qu'on fasse nos anniversaires ensemble à Louveciennes. Pierre était né un 16 avril, et moi un 18 avril. Ce fut l'occasion d'un dîner très gai.

Pierre était intarissable, il prenait beaucoup de plaisir à raconter des histoires glanées au fil de ses rencontres, de ses reportages. Quand il nous avait connus avec Edmond, il s'était souvenu de cette anecdote : un jour, au début de sa carrière, le téléphone sonne. Sa bonne décroche. À l'autre bout du fil, c'est Philippe de Rothschild. La bonne n'en revient pas. Elle passe l'appareil à Pierre et ne peut s'empêcher de dire : « Mais les Rothschild, ça existe donc ? »

Grâce à Pierre, j'ai également fait la connaissance d'Annabella, une de ses plus anciennes amies, il l'avait connue à quatorze ans, quand elle rêvait d'être comédienne. Elle était ravissante et très sympathique. Elle avait alors divorcé de Tyrone Power, le seul acteur qui m'aurait fait craquer. Annabella s'était d'ailleurs brouillée avec Pierre, car celui-ci n'avait pas hésité à publier des photos du couple, lorsqu'ils avaient passé leur lune de miel dans la villa qu'Annabella possédait à Cannes, et à mettre à côté des photos plus anciennes prises au même endroit avec son précédent mari, Jean Murat ! Il faut toujours se méfier des journalistes !

Mais Pierre était d'une telle gentillesse qu'on finissait toujours par lui pardonner. C'était un vrai séducteur, aimable et généreux, aussi bien avec ses collaborateurs qu'il appelait invariablement « coco » qu'avec les femmes. Il disait toujours : « La femme que vous aimez ne doit pas passer plus de trois jours sans fleurs. » Et elles ont été nombreuses à se laisser charmer par cette alliance d'intelligence et d'attentions.

Pierre Lazareff s'était marié au tout début de sa carrière avec une jeune comédienne, Sylvette Fillacier. Elle avait déjà une fille, Colette, et il l'avait accueillie sans problème. Quelques années plus tard, il adopta même une petite Nina qu'il avait pour ainsi dire trouvée dans la rue. Pierre était très heureux de sa vie de famille, mais il finit tout de même par divorcer. Il épousa alors Hélène Gordon, une journaliste d'origine russe qui avait elle aussi une fille d'un premier mariage, Michèle.

Avec Hélène, l'entente était totale, chacun voulant susciter l'admiration de l'autre. Elle était brillante, dynamique et, comme lui, visionnaire. Elle avait participé au lancement de *Marie Claire* et rêvait de mettre sur pied un autre magazine féminin, moderne, pratique et chic, à l'exemple des revues américaines, en phase avec l'évolution des mœurs. Ce sera *Elle* qu'elle crée en 1945. Elle y traite de la mode, des tendances, des défilés, mais aussi de la libération des femmes, de l'IVG, de la contraception, du divorce... Avec un esprit particulier qu'elle définissait ainsi : « Le sérieux dans la frivolité, l'ironie dans le grave. »

Ce fut un mariage très heureux, malgré quelques coups de canif, les deux ayant des personnalités tellement fortes qu'il fallait bien qu'ils se délassent à l'extérieur. Mais ils furent unis par une complicité intellectuelle extraordinaire et par une même passion pour leur métier.

En 1959, Pierre explore un nouveau domaine, la télévision, et là encore, il fait figure de précurseur avec son émission « Cinq colonnes à la une ». En collaboration avec Pierre Desgraupes, Pierre Dumayet et Igor Barrère, il présentait des reportages qui traitaient aussi bien de politique étrangère que du dernier chanteur à la mode. Le ton y était souvent dramatique, prenant, le commentaire très écrit et, le premier vendredi du mois, toute la France était devant le petit écran.

L'aventure durera presque dix ans, jusqu'à mai 1968. Les événements auront raison de l'émission, mais plus encore la maladie qui ronge Pierre. Il a toujours été d'une santé délicate : il s'évanouissait quelquefois sans raison, mais il ne voulait pas y accorder plus d'importance, il se rêvait immortel. À la fin de sa vie, rongé par le cancer, il continuait à se rendre tous les jours à la rédaction, jusque tard dans la nuit, comme si de rien n'était, alors qu'il souffrait terriblement. Il s'est finalement éteint à l'Hôpital américain en 1972. Et *France-Soir* ne lui a pas survécu.

J'ai évoqué un des amis de Pierre sur lequel j'aimerais revenir, car lui aussi était un homme visionnaire, à l'énergie conquérante et au pouvoir de séduction infini. Séduire ? Il en avait fait son métier : il était l'inventeur de la publicité en France. Il s'appelait Marcel Bleustein-Blanchet.

Chaque fois que je passe devant le 133, avenue des Champs-Élysées, j'ai le cœur qui se serre, car je sais que son bureau n'a pas changé depuis dix ans, sa fille Élisabeth Badinter et Maurice Lévy l'ont conservé intact, comme moi j'ai conservé intact le bureau d'Edmond à la banque. Comment effacer la trace d'un homme qui a fondé un empire ?

Marcel avait créé l'agence Publicis en 1927, il avait vingt et un ans. Cela faisait deux ans qu'il ne pensait qu'à ça. Il avait décidé qu'il ne reprendrait pas l'entreprise de meubles que possédait son père, rue Barbès. Quand il lui avait déclaré vouloir faire de la publicité, Abraham Bleustein avait ironisé, un peu vexé : « Tu veux vendre des courants d'air ? » Il n'avait pas tout à fait tort, à cette différence près que les courants d'air allaient rapporter beaucoup d'argent à la petite agence Publicis, contraction de publicité et du chiffre 6. Le projet était né en 1926 et Marcel en 1906.

Au début des années trente, la société de consommation est en train de voir le jour et a besoin de slogans pour ses produits. Très vite, les messages publicitaires de Marcel sont partout, à la radio, au cinéma, dans le métro, sur les bus, dans les quotidiens. Des exemples : « Brunswick, le fourreur qui fait fureur. » Ou : « Un meuble signé Lévitan est garanti pour longtemps. » Ou encore : « André, le chausseur sachant chausser. »

La guerre interrompt cette ascension prometteuse. Marcel Bleustein devient Marcel Blanchet et entre dans la Résistance. À la Libération, il repart à zéro. Un voyage aux États-Unis lui ouvre de nouveaux horizons, une nouvelle façon de travailler. Il fait prendre conscience aux entreprises que la publicité est une des données essentielles de leur stratégie commerciale. En 1957, il installe son agence au 133, avenue des Champs-Élysées. C'est le début de la gloire. Un an après, il crée le Drugstore Publicis, une révolution en matière de distribution. Il surfe sur l'évolution du pouvoir d'achat des ménages et la consommation de masse.

Mais sa réussite ne profite pas qu'à lui. Généreux et altruiste, il veut en partager les fruits. En 1960, il crée sa Fondation pour la vocation, qui a pour but d'aider les jeunes à se réaliser. « Réussir sa vocation, c'est connaître la joie de vivre dans l'amour de son métier. » Quelques années plus tard, je lui propose de créer la même chose en Suisse. Il accepte et j'en suis toujours la présidente aujourd'hui. J'ai toutefois choisi de donner des bourses seulement aux sages-femmes et aux infirmières.

En 1970, son agence est la première de France, elle est même cotée en Bourse. À la télévision, on entend en boucle son spot publicitaire légendaire : « Du pain, du vin, du Boursin. » Sans parler de Dim... « Tatatata ta ta. » Mais deux ans plus tard, c'est le drame : en pleine nuit, le feu ravage l'immeuble des Champs-Élysées. Devant le sinistre, Marcel ne baisse pas les bras : « On reconstruit demain matin. » Il a soixante-six ans. Et l'aventure repart. Il ne laissera la main que quinze ans plus tard ! Maurice Lévy lui succède à la tête du groupe. Publicis compte plus de cinq mille salariés dont deux mille à l'étranger.

Avec Edmond, nous sommes souvent allés dîner chez Marcel. Il habitait un très joli appartement rue Albéric-Magnard, dans le XVIe arrondissement. Les hommes se retrouvaient dans la bibliothèque pour fumer le cigare, Marcel racontait des anecdotes et semblait toujours étonné par son incroyable parcours : « Je suis né trois fois... Ma vie est une aventure dont je n'ai pas fini de m'étonner... Rien n'est jamais perdu. Cette petite phrase a été mon talisman. » Elle lui a porté chance. Il s'est éteint à quatre-vingt-dix ans !

J'aime ces *self-made-men*. Ces hommes qui se sont faits tout seuls. Et qui ne manquaient pas de charme. Encore une fois, la fortune n'est rien sans l'étincelle d'intelligence dans le regard. Un autre homme de ma vie avait cette étincelle : Gilbert Trigano.

Il était l'oncle de mon premier amour, Jacques Dahan, Jacky, quand j'habitais dans le XVIIe arrondissement, du côté de la porte Champerret. Il venait souvent voir sa famille qui habitait au-dessus de chez moi, des Juifs originaires d'Algérie qui étaient très gais, toujours en train d'organiser des réunions de famille et des fêtes. Quand il me croisait, Gilbert plaisantait, racontait des histoires, il avait seulement douze ans de plus que moi.

Bien des années plus tard, Edmond rentre du bureau et me parle d'un homme d'affaires dont il a fait la connaissance et qu'il trouve formidable. Bouillonnant et idéaliste. Débordant d'idées et plein d'humour. Il me le décrit et je reconnais le petit Pied-Noir de mon adolescence ! L'imaginer en train de discuter *business* avec Edmond m'a laissée pantoise.

Ce qui est drôle, c'est que Gilbert à vingt ans était communiste, il écrivait à *L'Avant-Garde*, organe de la Jeunesse communiste, et à *L'Humanité*. Il s'était essayé au théâtre, puis avait ensuite rejoint la société familiale tenue par son père et ses frères, Edgar et André. On y recyclait des bâches de l'armée américaine. Gilbert a l'idée géniale d'en faire des toiles de tente. Le camping était en plein essor et, un jour de 1950, il fournit la commande un peu folle d'un certain Gérard Blitz. Celui-ci, après avoir été barman dans un camping en Corse (le Club olympique créé par... la mère de Daniel Filipacchi !), veut faire la même chose à une plus grande échelle aux Baléares. Gilbert sent la bonne affaire. Baptisée Club Méditerranée, l'aventure est couronnée de succès et reconduite en Italie, puis à Corfou. En 1953, Gilbert devient le directeur financier de cette entreprise, puis dix ans plus tard le PDG.

Il a compris que le tourisme de masse va envahir la planète et il a réussi à en convaincre Edmond car celui-ci devient banquier et actionnaire du Club Med, à hauteur de 35 %. Il ne le regrettera pas. Les années soixante-soixante-dix voient éclore des villages de vacances dans le monde entier : Djerba, Tahiti, Agadir, Guadeloupe, Côte-d'Ivoire... Non seulement Gilbert est parfaitement en phase avec l'évolution des mœurs, mais il met aussi sur pied une philosophie, sa philosophie de la vie : tutoiement de rigueur entre « gentils membres » et « gentils organisateurs », colliers de coquillages en guise de portefeuilles, et fêtes tous les soirs. Je retrouvais là le boute-en-train d'hier.

Gilbert avait besoin de plaire à tout prix. Amuser, faire rire, convaincre, séduire au fond. Il expliquait cela parce qu'il s'était toujours senti « petit et moche » et qu'il avait souffert d'un manque d'amour... Il avait toutefois réussi à épouser la belle Simone (on disait que, jeune fille, elle ressemblait à Danielle Darrieux) et à lui faire quatre enfants. Mais c'est vrai qu'il n'était pas très beau. Alors il en faisait des tonnes pour emporter l'adhésion de son interlocuteur, que ce soit un banquier ou une jolie femme.

Derrière ses lunettes, des yeux vifs, intelligents, cajoleurs vous contemplaient, tandis qu'un grand sourire vous disait toujours oui. Doté d'une mémoire phénoménale, il pouvait vous réciter un poème pour vous désarmer. Il vous laissait croire, le temps de l'entretien, qu'il n'y avait pas une personne plus importante que vous. Comme Jackie Kennedy avec un homme. Pour Gilbert, rien n'était un problème, il faisait tout pour vous rendre la vie facile. Il avait un charme enveloppant, protecteur et gai. Et en plus de cela, une vraie générosité pour les autres, totalement désintéressée, sans doute un reste de son communisme d'adolescent. Il était l'homme des bonnes causes.

Ainsi, après les accords de Camp David, Edmond souhaitait que la réconciliation entre Égyptiens et Israéliens soit concrète. Il demanda à Gilbert de développer en Égypte et en Israël des Clubs Méditerranée, pour que chacun apprenne à connaître l'autre. Ce que Gilbert fit sans problème. Il mit même en place des structures pour former aux métiers du tourisme les jeunes des deux pays. Israël était aussi sa terre. Il était avec nous lors de notre première visite au pied du Mur en 1967...

Gilbert n'avait pas non plus oublié son enfance à Montreuil ni celle de son neveu porte de Champerret. Il n'hésitait pas à prendre en charge des jeunes de banlieues difficiles, à financer des associations, à collaborer avec le gouvernement pour trouver des solutions en vue de les sortir de leur univers sans espoir, relançant l'apprentissage, organisant une vaste opération d'initiation à l'informatique. Idéaliste toujours.

Bien sûr, avec les années le Club Med subit des revers. Le goût des touristes évoluait. La guerre du Golfe lui porta un sérieux préjudice. En 1993, son fils Serge prit la relève, mais les pertes étaient lourdes et quatre ans plus tard la famille Trigano était évincée du groupe par de nouveaux actionnaires. La fin d'une belle histoire. Gilbert ne s'en remit jamais. Son Club, c'était toute sa vie. Dans ses mémoires, il écrit : « Ma femme était persuadée que l'on faisait l'amour à trois : elle, le Club et moi, sans savoir si le Club était féminin ou masculin. »

Pour compléter ce tour d'horizon de ces hommes à la beauté très relative, mais au pouvoir de séduction énorme, je me dois d'évoquer un ami genevois, dont l'esprit et le style de vie ont touché plus d'une femme, Pierre Sciclounoff.

J'ai déjà parlé de lui, car il était l'avocat d'Onassis et d'Edmond, mais c'était aussi pour moi un délicieux compagnon que j'appelais « Sciclou » ou « Petit Clou ». Il vivait à Genève, dans une maison magnifique, l'hôtel de Saussure, un palais construit en 1707 par Joseph Abeille et admirablement meublé. Pierre avait un goût classique et sûr, dans chaque pièce les tableaux, les objets étaient d'une grande qualité. Bustes antiques en marbre, peintures italiennes et flamandes, vases apuliens, table de Giacometti. Il aimait les caresser du regard ou de la main, évoquer leur histoire, leur provenance, le prestige de leurs anciens propriétaires. Il lui arrivait même de se relever la nuit pour se promener dans ses salons et rêver en solitaire.

Cet esthète était un célibataire endurci, mais toujours entouré de femmes, toutes plus belles les unes que les autres, et certaines connues. Il avait beaucoup de succès, pourtant son physique n'avait rien d'extraordinaire. Une tête toute ronde, une peau très blanche, deux petits yeux noirs qui vous fixaient sous des paupières lourdes, une bouche fine, sans lèvres, toujours prête à esquisser un sourire ironique. Avec ça, un certain embonpoint et une démarche curieuse, il faisait de petits pas mais à vive allure, comme pour un menuet, un peu en canard. On l'aura compris, ce n'était pas le petit frère d'Alain Delon !

Mais il fascinait les femmes par son esprit, sa culture, sa douceur. Diplomate et courtois, il n'élevait jamais la voix. Sa farouche indépendance aussi intriguait. Il ne voulait pas être l'obligé de quelqu'un, dans les affaires comme dans l'amour. Il ne demandait rien aux femmes qui partageaient un moment son quotidien, pas de promesse et encore moins d'ultimatum. Cette légèreté dans les rapports titillait la curiosité. Il aimait séduire mais rester libre, un peu comme Valmont, toujours épris, jamais amoureux. Il me disait : « La frivolité est ce qu'il y a de plus sérieux chez les femmes... et chez moi aussi ! »

Il traitait de nombreux divorces, arbitrait des bagarres autour de fortunes considérables, ce qui lui donnait encore plus de prestige auprès des femmes. Il m'avoua profiter parfois de la situation. Pendant la discussion avec la dame, il sortait son dossier de la pile, le mettait sur le haut et lui promettait de s'en occuper au plus vite. Les avocats ont toujours eu beaucoup de succès auprès des femmes, surtout quand ils traitent du divorce, l'excellent maître Bonnant à Genève en sait quelque chose... Et je ne parle pas de son verbe fleuri ni de sa distinction ! On serait presque prête à divorcer pour être défendue par lui !

Enfin pour être tout à fait honnête, une femme tout de même partageait sa vie, une femme qui se tenait dans l'ombre et habitait la seule autre chambre de la maison, vous l'avez deviné : sa mère.

Pierre avait une passion pour sa mère et l'écoutait comme un enfant. Du bout du monde, il lui téléphonait tous les jours pour lui demander son avis. Petite, des yeux noirs et une chevelure du même noir, elle veillait à tout dans la maison, mais discrète, pas abusive, elle se tenait toujours dans un coin. Il l'avait installée chez lui à la mort de son père et l'entourait d'attentions. Ainsi, il l'emmenait chaque année à Salzbourg.

Elle était mélomane, comme l'était son mari, et ils auraient rêvé que leur fils devienne un grand violoniste. Né à Sofia, Pierre n'avait que quelques mois quand ses parents avaient quitté la Bulgarie pour venir s'installer à Genève. C'était en 1931 et, six ans plus tard, il était inscrit au conservatoire de musique. Hélas, il n'aura pas le talent escompté et le violon sera remisé.

Il poursuit plus brillamment des études de droit et, en septembre 1949, il prête serment. Mais il ne s'établit pas à Genève, il préfère partir pour New York où, très vite, il se fait des relations. Il sillonne le pays, multiplie les expériences et les contacts, et un jour c'est le jackpot ! Le téléphone sonne, à l'autre bout du fil Aristote Onassis !

Le lendemain, Pierre est à Athènes et embarque sur le *Christina*, en compagnie de Maria Callas. Ce qui m'a toujours amusé, car Sciclou détestait l'eau. L'été, il venait en croisière sur notre bateau, mais il ne s'est jamais baigné… Il préférait sans doute converser avec la diva dont il tombe aussitôt amoureux. Il travaille aussi et conseille Onassis dans ses affaires. Ensemble, ils rencontrent le roi Fayçal d'Arabie Saoudite et signent un très gros contrat. Sa carrière est faite. Il devient le principal avocat d'Onassis, puis celui d'autres grands capitaines d'industrie, et finalement de tous les puissants de ce monde. Un jour, il m'a dit en riant qu'il comptait parmi ses clients dix-neuf rois et chefs d'État…

Ce succès extraordinaire lui permit de mener une vie luxueuse. Il recevait avec faste et était réputé pour avoir la meilleure table de Genève. Grand gastronome, il faisait partie du Club des Cent, seul Suisse admis dans cette institution très fermée. Avec en plus un souci du détail, tout était soigneusement pensé, menu, nappe, fleurs, service, et surtout ce qu'il adorait composer, plan de table. C'était une excellente maîtresse de maison !

J'ai déjà raconté que c'est chez lui que je rencontrai pour la première fois Maria Callas, qui, elle, n'était pas une gastronome. Je me souviens qu'elle refusait tous les plats qu'on lui présentait. Après le dîner, elle m'avait dit : « Vous savez, Nadine, ce geste-là (et elle fit non de la tête), c'est encore le meilleur régime qu'on ait trouvé ! »

Pauvre Sciclou qui se donnait tant de mal. Pour mon cinquantième anniversaire, il m'avait fait une charmante surprise. Il avait organisé un dîner chez lui et au moment où était arrivé le gâteau d'anniversaire, avait retenti un vibrant *Happy birthday* chanté par... Placido Domingo !

En parlant de chanteur, il y a bien sûr le pouvoir de séduction d'une jolie voix... On peut se laisser totalement envoûter par un chanteur de charme. Je n'ai qu'à voir les yeux de Carmen, ma femme de chambre, quand elle parle de Julio ! Moi-même, j'ai été complètement subjuguée par la prestation de Frank Sinatra et de Dean Martin que j'ai pu applaudir à un gala de bienfaisance à Los Angeles. Idem pour Nat King Cole, rencontré à New York toujours lors d'une soirée de charité. Ces hommes-là avaient toutes les femmes à leurs pieds, et c'était normal.

Pour en revenir à Pierre Sciclounoff, à la mort de sa mère, sa vie a basculé. Il est tombé malade, a déménagé, s'est retrouvé avec des problèmes d'argent, lui qui avait été tellement généreux, et ses dernières années ont été pathétiques. Sa fortune avait fondu, on n'a jamais compris comment. Edmond et ses amis l'ont beaucoup aidé, mais il était triste à voir. Il se déplaçait en fauteuil roulant et plus rien ne semblait le faire vibrer. Ses collections vendues, sa mère disparue, c'est comme si la vie n'avait plus de sens.

Au temps de sa splendeur, Pierre avait compris que, quand on n'a pas la beauté, manier avec art esprit et compliments est un bon moyen de faire battre le cœur des femmes. Elles adorent ça ! Un homme qui vous flatte avec tact, vous fait rire au bon moment, vous ensorcelle de ses paroles, a toutes ses chances. Le pouvoir des mots est bien plus grand qu'on ne le pense. Ce qui nous fait fondre, ce n'est pas le monsieur en lui-même, ce sont les moyens qu'il va déployer pour nous rendre unique. Au début de ma carrière, j'ai pu approcher le maître en la matière, Sacha Guitry. Et j'ai vu de quelle aura il bénéficiait encore, alors qu'il était déjà âgé : les femmes tournaient autour de lui.

Lorsque Marc Allégret m'avait demandé d'apprendre le rôle de Loulou dans la pièce *Mon père avait raison*, je n'avais bien sûr aucune idée de qui était son auteur. Mais j'avais tout de suite été conquise par ses phrases ironiques et ses réparties, toutes plus brillantes les unes que les autres. Quelques années plus tard, je me retrouvais face à lui pour son film *Si Versailles m'était conté...* Le casting était impressionnant : tous les acteurs connus à l'époque avaient un rôle, même insignifiant. Édith Piaf jouait une femme du peuple, Bourvil un gardien de musée et Tino Rossi un gondolier ! Et il fallait des bataillons de figurants. Je ne devrais pas dire ça car je n'en sors pas grandie : Sacha Guitry ne m'a pas retenue. Pourtant j'aurais été très bien en sans-culotte ! Toutefois, il a été élégant. Il m'a dit dans un sourire : « La chance que tu as, c'est d'avoir vingt ans, toutes tes dents, et pas d'argent. Mais ça viendra ! »

Il avait alors soixante-huit ans et derrière lui une

carrière prestigieuse. Il avait écrit plus d'une centaine de pièces et réalisé une trentaine de films, souvent tirés de ses pièces et tournés en quelques jours. Ce ne sont pas tous des chefs-d'œuvre et ils tiennent plus du théâtre filmé qu'autre chose, mais les dialogues sont des merveilles d'humour. Il s'y donne d'ailleurs toujours le beau rôle, avec de longs monologues où étincelle son sens de la formule. Les femmes en sont le sujet principal, quelle que soit l'intrigue : ou elles le quittent, ou il les quitte, et ce sont autant de prétextes pour briller, trouver des aphorismes hilarants, cyniques et souvent si justes... Je ne résiste pas à vous en donner quelques exemples :

« Le mariage est comme le restaurant : à peine est-on servi qu'on regarde dans l'assiette du voisin. »

« Ce qui les inquiète toutes, à leur propre sujet, c'est la facilité avec laquelle je me console du départ de la précédente. »

« Ton corps est comme un défi d'en trouver un plus beau. Cela donne envie de chercher. »

« Il y a des femmes dont l'infidélité est le seul lien qui les attache encore à leur mari. »

« Une femme sur ses genoux avec laquelle on n'est plus d'accord, c'est lourd. »

Et je pourrais continuer ainsi page après page. Les mots de Sacha Guitry décrivent les relations amoureuses par le détail, ils décortiquent la vie quotidienne du couple et font rire, mais au fond ils sont sombres, car pour leur auteur il n'y a pas d'amour heureux. Et il savait de quoi il parlait : il a été marié cinq fois.

Il avait aussi de qui tenir : Lucien Guitry était son digne père. Comédien adulé, il avait fait de sa vie une pièce dont il était l'acteur principal. Tout tournait autour de lui et bien sûr il multipliait les conquêtes. On le surnommait « Divan le terrible » ! Sarah Bernhardt compta au nombre de ses maîtresses.

Ouvertement bafouée, son épouse finit par demander le divorce. Sacha avait trois ans. Comme son père n'en eut pas la garde, il enleva un beau jour l'enfant ! Ils prirent l'Orient-Express et gagnèrent Saint-Pétersbourg. Sacha ne fut pas effrayé, au contraire : il lui vouait déjà un culte et cela donna à son père plus de prestige encore. C'était son modèle absolu et, avec les années, la vie qu'il menait, un idéal vers lequel lui aussi voulut tendre. Lucien Guitry avait l'aisance des comédiens que le succès portait à l'arrogance, il vivait comme bon lui semblait et balayait les contrariétés d'une formule qui faisait mouche. Déjà le pouvoir des mots ! Sacha n'eut de cesse de l'imiter. Toute sa vie.

Avec le recul, je m'aperçus que cette complicité entre le père et le fils était à peine transposée dans *Mon père avait raison* et que la figure de la mère y était tournée en ridicule... Au fond, aux yeux des Guitry, la femme ne pouvait être qu'une jolie maîtresse ou une épouse encombrante. Mais cette belle intimité entre les deux hommes allait justement se déchirer pour une femme. Une comédienne.

Elle s'appelait Charlotte Lysès, avait huit ans de plus que Sacha et, des bras de Lucien, était passée à ceux de son fils ! La brouille était inévitable, mais salutaire.

Grâce à elle, il se mit à l'écriture de pièces de théâtre et osa se faire un prénom dans la profession. Mieux, il monta sur scène et prouva qu'il avait du talent. L'ombre du père tutélaire commença à diminuer. Mais au bout d'une dizaine d'années, Sacha remercia cette première épouse qui lui avait permis de prendre son envol. Elle avait trente-six ans et il venait de tomber amoureux d'une autre comédienne de dix-neuf ans, Yvonne Printemps.

Il faut dire qu'elle était impertinente et sensuelle, terriblement désirable et non dénuée de talent. Pour Sacha, c'est bien simple, elle était la nouvelle Sarah Bernhardt. La grande dame du théâtre n'était pas loin de partager son avis et accepta d'être témoin de leur mariage. Et, comme avec Charlotte Lysès, il la mit en scène dans ses pièces qui n'étaient bien souvent que le prolongement de leur vie privée.

Yvonne Printemps y gagna une renommée extraordinaire et Sacha Guitry, beaucoup d'argent. Ils traversèrent ainsi une quinzaine d'années, dans un tourbillon mondain et luxueux, l'homme n'étant pas avare de cadeaux. Mais, comme toujours, Yvonne étouffa dans sa cage dorée et voulut plus... Plus de sensualité en particulier. On disait son mari guère porté sur la chose. Il aimait séduire, conquérir, mais se désintéressait de l'acte en lui-même. Une formule courait Paris et elle n'était pas du maître de l'ironie, c'était l'épitaphe du couple : « Ci-gît Yvonne, enfin froide. Ci-gît Sacha, enfin raide. »

Après une ronde d'amants, Yvonne Printemps

entama une liaison passionnée avec Pierre Fresnay. Cette fois, Sacha n'avait pas le beau rôle, mais il retomba sur ses pattes : pour sauver la face, il jeta son dévolu sur une nouvelle comédienne, Jacqueline Delubac, et feignit de se faire surprendre par son épouse. Le divorce fut prononcé et Yvonne partit avec ses bijoux.

Ce qui n'était pas rien. J'ai pu m'en rendre compte bien des années plus tard, lors d'un dîner chez elle à Neuilly. Je rentrais d'un voyage en Colombie durant lequel un archevêque local m'avait montré le trésor de l'église et laissé entendre que si je voulais une petite babiole, je n'avais qu'un mot à dire... Il y avait des émeraudes grosses comme des œufs de pigeon, mais j'avais résisté à la tentation. Yvonne sans doute n'en aurait pas fait autant : elle m'entraîna dans sa chambre et déballa sur son lit son propre trésor. Il y en avait pour des millions. Un amoncellement de bijoux accumulés tout au long d'une vie, et cela me fit penser aux décorations d'un uniforme, aux galons que l'on acquiert pour « service rendus ». Yvonne avait le grade de maréchal des armées !

Jacqueline Delubac était trop maligne pour se froisser d'avoir servi d'alibi. Au contraire, elle occupa le terrain et très vite s'installa dans l'hôtel particulier de l'avenue Élisée-Reclus. Fine et racée, elle était tout le contraire d'Yvonne Printemps, et Sacha Guitry apprécia ce retour à plus de tenue. De son côté, Jacqueline, âgée de vingt-cinq ans, était à son tour fascinée par la personnalité de l'auteur dramatique, son esprit qui alternait compliments et humour : lorsqu'il l'épouse en 1935, il a cinquante ans, il est donc normal qu'il lui demande « si elle veut bien être sa moitié »...

Comme avec les autres, il lui donne de nombreux rôles au théâtre, mais elle bénéficie surtout de sa nouvelle passion pour le cinéma. Elle tourne onze films sous sa direction. Ah ! Cette voix aiguë et ce petit sourire en coin ! Merveilleuse Jacqueline ! Je l'ai bien connue ensuite, elle était devenue une des reines de Paris, silhouette impeccable, cheveux blancs sous un panama, très beaux bijoux. Elle en avait reçu quelques-uns de Sacha, mais rien en comparaison de ce qu'allait lui offrir son second mari, le diamantaire Mihran Eknayan...

Lorsque je la voyais, je ne pouvais m'empêcher de penser à cette autre parole de Sacha Guitry : « Quand une femme du monde dit non, cela veut dire peut-être ; quand elle dit peut-être, cela veut dire oui ; quand elle dit oui, alors ce n'est pas une femme du monde. » Une attitude que certaines devraient méditer...

Peut-être Jacqueline était-elle finalement trop chic pour Guitry : après quelques années, il lui préfère, le temps d'une liaison, le bagout d'Arletty. Puis, juste avant la guerre, elle sera remplacée par Geneviève de Séréville, comédienne débutante comme il se doit. On l'aura compris, Guitry aime la jeunesse et le plaisir de la conquête, ensuite il se désintéresse de sa prise. Celle-ci est fraîche et tendre, mais elle tient encore moins longtemps que ses consœurs. Trop superficielle, pas assez de talent.

En 1945, Guitry tombe sous le charme de la mystérieuse Lana Marconi. Pour une fois, elle n'est pas comédienne, mais son allure en fait un personnage de pièce de théâtre. Et quand il croit deviner qu'elle est en fait la fille naturelle du roi Carol de Roumanie, il exulte : voilà une femme à sa dimension. Après une bataille de quatre ans pour obtenir le divorce d'avec Geneviève, il lui demande sa main, avec toujours l'art de la formule : « Mademoiselle, voulez-vous devenir ma veuve ? » Quelle femme résisterait ? Et parce qu'il ne fait pas de différence entre sa vie et la scène, il en fait une comédienne. Elle apparaît dans ses derniers films, dont le fameux *Si Versailles m'était conté...* où elle joue, c'est bien la moindre des choses, Marie-Antoinette.

Mais « le roi » est fatigué, rongé par la maladie, très diminué depuis le choc de son arrestation à la Libération. Ce n'est plus le séducteur flamboyant des débuts. Il a des problèmes d'argent et doit aller voir Edgar Faure, alors ministre des Finances, pour négocier un compromis avec le fisc. L'occasion encore de faire un mot : « Louis XIV faisait-il payer des impôts à Molière ? » Les deux hommes trouveront un arrangement. Guitry s'éteint en 1957. Lana sera bien sa veuve.

Il disait : « Je suis contre les femmes, tout contre... » Il était sans doute misogyne, mais avec tellement de panache ! Il avait une haute idée de lui-même et de son style de vie, l'épouse n'étant qu'un élément du décor. Un joli accessoire à avoir. Et surtout un partenaire pour servir de faire-valoir. Mais tous les hommes ne sont-ils pas comme cela ? Et avec beaucoup moins de générosité et de classe ?

Tout au long de ma vie, les maximes de Guitry m'ont accompagnée, j'en faisais bénéficier mes amies pour leur redonner le sourire, lorsqu'elles avaient des peines de cœur :

« L'amour à deux, ça dure le temps de compter jusqu'à trois. »

« Deux personnes mariées peuvent fort bien s'aimer, à condition de ne pas être mariées ensemble. »

« Ne faites jamais l'amour le samedi soir, car s'il pleut le dimanche, vous ne saurez plus quoi faire. »

Et aux hommes mariés, je répétais cette devise : « Il faut être amoureux de la femme qu'on aime. J'entends par là qu'il faut la courtiser comme si jamais on ne l'avait eue, qu'il faut la convoiter comme si elle était la femme d'un autre. Il faut se la prendre à soi-même. »

Je ne suis pas sûre que Guitry ait suivi ses recommandations, mais c'était gentil de le dire. On pardonne beaucoup à un homme spirituel, l'espèce est tellement rare. Lorsqu'on en trouve un, pas question de le laisser filer. Le pire ennemi de l'épouse, ce n'est pas la maîtresse, c'est l'ennui. Peu de maris brillent par leur conversation, leur humour, leur enthousiasme et leur gaieté. Cela demande sans doute trop d'efforts.

Si je n'ai pu profiter de la compagnie du grand Sacha, j'ai eu la joie de dîner plusieurs fois avec un homme tout aussi brillant et drôle, conteur hors pair et acteur des pièces de Guitry : Jean-Claude Brialy.

Il venait souvent aux projections que j'organisais en avant-première rue de l'Élysée. Il retrouvait là son copain Alain Delon et sa tendre Romy... Le trio infernal. Il avait été le premier spectateur de leur histoire d'amour. Quand Sissi avait débarqué en France, elle avait été accueillie par les deux compères.

Ils s'étaient connus au festival de Cannes en 1956, deux ans avant que j'y sois invitée pour présenter *Girls at Sea*. Jean-Claude avait été envoyé par Europe 1 pour donner ses impressions de jeune acteur. En fait, il passe son temps à traîner à la plage et à faire rire l'assistance. C'est là qu'il tombe sur un certain Alain Delon, encore plus désœuvré que lui, uniquement occupé à collectionner les conquêtes féminines. Ils deviennent copains et se retrouvent à Paris.

Là, Jean-Claude, qui a déjà tourné quelques films, le pousse à faire du cinéma. Il imagine très bien combien la beauté d'Alain ferait merveille à l'écran. Il a vu son pouvoir de séduction. « C'est bien simple, tout le monde était à ses pieds ! » se remémore-t-il. Mais le play-boy n'en a pas envie. Jean-Claude insiste et lui présente Michèle Cordoue, la femme d'Yves Allégret. C'est comme ça qu'il fait son premier film, *Quand la femme s'en mêle,* en 1957. On connaît la suite.

Jean-Claude n'est pas en reste. Il tourne avec les cinéastes de la Nouvelle Vague, Claude Chabrol, François Truffaut, Louis Malle, et enchaîne *Le Beau Serge*,

Les Cousins, *Les Quatre Cents Coups*, *Ascenseur pour l'échafaud*... Il est le jeune acteur à la mode, fils de bonne famille irrévérencieux, qui fait rire. Un registre qui le désespère : « J'ai toujours été le rigolo, incapable d'être pris au sérieux au lit avec quelqu'un ! » Évidemment, son copain a plus de succès.

Pendant un moment, ils habitent tous les deux quai Malaquais, chez Georges Beaume qui s'était pris de passion pour Alain. Jean-Claude se souvient des crises de rire qu'ils avaient ensemble, mais reconnaît aussi qu'il était un peu son esclave, faisant les courses, le ménage, portant les sacs. « Alain n'a jamais rien porté de sa vie ! » En même temps, il est absolument fasciné par sa force, son sens de l'honneur, sa fidélité en amitié. Quand Romy choisit Alain comme partenaire pour *Christine* en 1958, celui-ci impose Jean-Claude dans le film !

Il se souviendra longtemps de l'arrivée de Romy à Paris. La production les a chargés de l'accueillir à Orly. Jean-Claude porte une gerbe de roses qu'Alain attrape et tend à la jeune femme à sa descente d'avion. Elle est déjà sous le charme. Le soir, ils l'invitent à dîner. Jean-Claude propose un petit restaurant à Montmartre, Alain le méprise et choisit le Lido ! Jean-Claude est effrayé, comment vont-ils payer la note ? Tout à leur bonheur, Alain et Romy commandent homard et champagne, le chef d'orchestre joue pour eux une valse et, tandis qu'ils tournent sur la piste, on apporte la note à Jean-Claude qui manque défaillir ! Il la tend à Delon qui réalise et retombe sur terre, mais leur manège n'a pas échappé à Romy. Elle prend la note et la signe… Royale !

Grâce à Alain, Jean-Claude va aussi approcher Luchino Visconti et le fréquenter jusqu'à sa mort. Avec lui, il imaginera le casting de ce qui aurait pu être le plus beau film du réalisateur italien : l'adaptation d'*À la recherche du temps perdu*, avec Alain Delon dans le rôle de Proust, Helmut Berger dans le rôle de Saint-Loup, Dirk Bogarde dans celui de Swann, Marlon Brando dans celui de Charlus, Simone Signoret dans celui de Françoise, Jeanne Moreau dans celui d'Odette, Madeleine Renaud dans celui de la grand-mère, Edwige Feuillère en Madame Verdurin et Jacqueline de Ribes en duchesse de Guermantes ! Jean-Claude aurait joué Jupien. Hélas, faute d'argent, le film ne se fera pas et Visconti meurt quelque temps après.

Jean-Claude aura d'autres raisons d'être heureux. En cinquante ans de carrière, il tournera une centaine de films et passera aussi derrière la caméra pour réaliser de jolies œuvres intimistes et poétiques. Il a tout joué, des jeunes premiers un peu gauches aux rôles d'abbé, de flic corrompu ou de chef d'orchestre alcoolique et homosexuel ! Il *peut* tout jouer. N'hésitant pas à se tourner en dérision. Et avec les années, il a gagné en gravité, en émotion.

Et puis, bien sûr, il y a le théâtre, sa grande passion. Il a commencé dans *Les Mains sales*, *Les Parents terribles*, *Jean de la Lune*. C'était au Centre d'art dramatique de l'Est. Avant l'armée et le cinéma. Il reviendra ensuite au théâtre avec *La Puce à l'oreille*, *Madame est sortie*, *Désiré*... Guitry bien sûr. Dans les années soixante-dix, il dirige le théâtre Hébertot puis, en 1986, s'investit plus encore et reprend les Bouffes-Parisiens. Par amour du théâtre mais surtout par amour des comédiens. On se moque parfois de lui et de sa façon de parler de *ses* amis comédiens. Mais il est sincère. C'est pour eux qu'il a créé le festival de Ramatuelle qu'il anime chaque été. Et ils le lui rendent bien. Je ne connais personne qui ne soit pas sous le charme de Jean-Claude et de sa devise : « La vie vous aime quand on l'aime. »

Dans un autre genre, pas mauvais conteur non plus, roi de la formule qui fait mouche, mon « Guitry de poche », j'ai nommé Philippe Bouvard.

J'adore Philippe. Avec sa bonne bouille toute ronde, ses yeux bleus qui pétillent, son sourire narquois, il a toujours l'air de jubiler, de préparer une blague, et, quand il rit, il se secoue sur sa chaise, tandis que ses yeux se plissent, c'est irrésistible.

Je ne refuse jamais une invitation aux Grosses Têtes, l'émission qu'il anime depuis bientôt trente ans sur RTL. Un véritable phénomène ! Lorsque, à la fin de l'année 1999, la direction décida de le remplacer par Christophe Dechavanne, ce fut un tel tollé qu'il revenait un an plus tard, en majesté. De une heure et demie, l'émission est passée à deux heures ! La revanche des seniors ! Et de l'esprit ! Car si certains invités sont parfois grossiers, Philippe ne dérape pas : son humour est rapide, caustique, irrévérencieux, jamais vulgaire.

Et s'il pique, ce n'est qu'en apparence car c'est quelqu'un de gentil, attentionné, fidèle en amitié. Il aime la vie, les femmes, le vin, les belles voitures, le jeu. C'est un épicurien. Comme moi. Il dit souvent en guise de boutade : « Je suis un bon vivant, c'est pour cela que je ferai un mauvais mort ! » Edmond aussi l'appréciait beaucoup. Il l'invitait souvent rue de l'Élysée ou nous allions dîner chez lui, dans le XVIIe arrondissement, il a un ravissant petit hôtel particulier avec un jardin, qui appartenait autrefois aux Nahon. Les soirées y étaient toujours très gaies, émaillées de jeux de mots, d'éclats de rire, Philippe jouant les chefs d'orchestre au milieu d'une assistance décontractée où se côtoyaient François Léotard, Bernard Tapie et Carlos !

C'était au fond comme à la télévision avec son émission, le Petit Théâtre de Bouvard. Tout le monde avait droit à ses cinq minutes de prestation, Philippe donnant la parole, la reprenant, mais laissant à son invité le temps de briller. Il a toujours aimé cette ambiance de cabaret, avec ses numéros d'humoristes, il en a d'ailleurs prolongé la tradition grâce à son émission et a permis la naissance de futures vedettes comme Pascal Legitimus, Smaïn, Jean-Marie Bigard ou Mimi Mathy.

Durant toute sa vie, le rideau rouge, la comédie, faire rire un public l'ont fasciné, mais curieusement il s'est toujours tenu dans l'ombre, dans les coulisses, comme au théâtre de la Gaîté-Bobino qu'il avait acheté, pas question d'apparaître sur scène. Est-ce par timidité ? Il pourrait très bien jouer dans du Guitry justement ou du Feydeau. Il pourrait aussi écrire des pièces comiques, il en a la verve et le talent, il l'a déjà prouvé dans de nombreux livres et autres pamphlets truculents. Je crois me souvenir qu'il avait fait une pièce, *Au plaisir Madame*, dans laquelle Alice Sapritch jouait une tenancière d'une maison où les pensionnaires étaient des hommes et les clients des femmes. Un sujet très en avance sur son temps et qu'il pourrait remettre au goût du jour...

Peut-être n'ose-t-il pas être à cent pour cent dans cet univers, car un autre côté de sa personnalité l'incite à plus de sérieux : il se sent profondément journaliste et adore la rigueur que cette profession demande. C'est son premier métier. D'ailleurs, il a toujours dans sa poche une feuille pliée en quatre pour prendre des notes. Un truc de journaliste appris très tôt.

Au début des années cinquante, Philippe commençait au *Figaro*. Sa mère avait été élevée avec les frères Lazareff et avait gardé des contacts avec Pierre. Elle lui a donc présenté son fils, mais vu qu'il n'avait pas le bac et qu'il avait été renvoyé de l'École supérieure de journalisme, il entra comme simple garçon de courses. Mais il était dans la place ! Et Philippe avait la vocation... Pour montrer sa bonne volonté, il s'était acheté un sac de couchage et couchait au journal ! Chargé de descendre les photos du service à la rédaction, il remarqua vite que les secrétaires n'avaient aucune envie de rédiger les légendes. Il le fit pour elles et de quelques lignes, il écrivit bientôt des articles. Trois ans plus tard, il était rédacteur en chef et avait la dernière page du quotidien ! C'est ainsi que nous nous sommes connus, un jour où il signa un article sur Nadine Tallier.

« La mode était à l'époque à la promotion interne sans diplôme. » Et tous les moyens étaient bons. Philippe raconte souvent cette anecdote : « Il y avait alors un patron tout-puissant qui s'appelait Pierre Brisson, et j'avais noté qu'il allait satisfaire un besoin naturel tous les soirs à la même heure. J'ai donc fait en sorte d'être là au même moment. Au bout d'une semaine, il m'a adressé la parole et le temps qu'il finisse son affaire, j'avais déroulé mon CV ! Mais lorsqu'au bout d'un mois, il m'a invité à passer dans son bureau, j'ai gardé mon pantalon ! »

Philippe fit une grande carrière dans la presse, mais aussi à la télévision et à la radio. Avant de créer les Grosses Têtes, son émission culte, il était rédacteur en chef de Radio-Luxembourg. Mais sa plus grande fierté sera, en 1987, lorsqu'il prend la direction de la rédaction de *France-Soir*, et s'assoit dans le fauteuil de Pierre Lazareff. Philippe m'a avoué que ce fut le moment le plus heureux de sa vie. « *France-Soir* était mythique. »

Aujourd'hui, il a toujours son billet d'humeur chaque semaine dans *Le Figaro Magazine*. Compromis entre son idéal et sa nature : le sérieux d'un grand hebdomadaire et le goût du trait humoristique. Il peut y être mordant. Philippe s'est toujours moqué des puissants. Sa devise : « Ni dupe ni complice. » Et son train de vie ne lui a pas apporté que des amis. À trente ans, il avait déjà maître d'hôtel et chauffeur. Sans détour, il le reconnaît : « C'était l'objectif que je m'étais fixé : vivre mieux que les gens qui disaient du mal de moi. » On se souvient de ses problèmes avec le fisc, ce qui ne l'empêchait pas de continuer à persifler : « J'ai peur que l'État dépense moins bien mon argent que je ne le ferais. » Plus le sujet est grave, plus il cultive l'ironie, voire l'humour noir : « Le progrès social consiste à ne rien laisser à ceux qui font presque tout, pour donner tout à ceux qui ne font presque rien. »

Il vient de sortir un nouveau livre, mais cette fois pas de maximes assassines, c'est un roman, *Un amour impossible*. Un roman d'amour après les pamphlets ? Philippe deviendrait-il, sur le tard, romantique ? Je suis sûre qu'il l'a toujours été, sous sa carapace un peu bourrue. Quand on lui demande ce qu'il aime chez une femme, il répond : « La subtilité. » Ce dont lui-même ne manque pas. Il en faut pour être l'auteur de réflexions comme celle-ci : « Le vrai responsable d'un mensonge n'est pas celui qui le commet, mais celui auquel on le destine, parce qu'on sait qu'il ne supporte pas la vérité. »

Dans son roman, un téléspectateur tombe amoureux de la présentatrice du journal de 20 heures. Ah ! Le pouvoir de l'image. Est-ce que lui aussi l'a connu ? A-t-il reçu des lettres enflammées de femmes sous le charme de sa bonne humeur et de son esprit ? Quand je lui pose la question, il rigole : « Oui, j'ai reçu pas mal de lettres avec des photos d'admiratrices... Mais comme elles étaient souvent de couleur sépia, cela me laissait imaginer l'âge de la dame ! » Puis, plus sérieusement : « En fait, ce qui fascine, c'est l'univers que l'on dégage. Et moi j'étais dans un tel tourbillon que cela pouvait donner envie d'y être entraîné. » Et peu importe sa petite taille. Il dit qu'il a eu deux héros dans la vie, Bonaparte et le général de Gaulle... On comprend pourquoi.

Aujourd'hui, il s'est taillé une vie à ses mesures, passant la moitié de la semaine à Cannes, dans une jolie villa d'où on peut admirer les îles de Lérins. Tous les mercredis après ses enregistrements, il prend le train et part travailler au bord de sa piscine. Il y prépare ses émissions, écrit ses billets, tous les jours pour *Nice-Matin* et une fois par semaine pour *Le Figaro Magazine*, planche sur de nouveaux projets d'écriture : une pièce de théâtre justement, *Le Bourgeois théâtreux*, un recueil de portraits, tous les monstres sacrés qu'il a rencontrés, et un livre sur le jeu, son autre grande passion. À soixante-dix-sept ans, il est toujours aussi actif. « Toute ma vie, j'ai travaillé deux fois plus que la normale, et aujourd'hui que la moyenne nationale a baissé, trois fois plus. »

Auprès de lui se tient son épouse, cela fait cinquante-deux ans qu'ils sont ensemble, un bel exemple. Ils ont eu deux filles qui leur ont donné quatre petits-fils, et, la dernière fois que j'ai vu Philippe, je lui ai promis qu'on les présenterait à mes quatre petites-filles.

Voilà un homme heureux. Il avait trois rêves d'enfant qu'il a réalisés : le fauteuil de Lazareff, une bibliothèque avec une grande échelle et un théâtre. Alors, il peut ironiser : « Je n'ai pas de regret, quelquefois des remords... de ne pas avoir de regret ! »

En parlant de radio et de télévision, cela me fait penser à un autre ami, amoureux des mots, qui lui aussi a rencontré le succès sur le petit écran, mais de façon plus discrète. Si je vous dis son nom, Pierre Grimblat, vous ne verrez sans doute pas tout de suite de qui je veux parler, alors je vous citerai les séries dont il est l'auteur : *Navarro*, *L'Instit*, *Le Château des oliviers*, *Le Tuteur*...

C'est aujourd'hui un jeune homme de quatre-vingts ans qui vient de se remarier pour la cinquième fois avec une femme beaucoup plus jeune que lui. Cela ne m'étonne pas. Pierre a toujours été un charmeur. Il est gentil, attentionné et surtout il sourit tout le temps. En fait, il a les qualités d'une femme intelligente. Il sait écouter et faire des compliments. Que demander de plus ?

Je vais dîner chez lui l'autre jour et il me dit : « J'ai un très joli rôle à te proposer dans ma nouvelle série sur TF1. » J'éclate de rire. Mais il a l'air sérieux. Il veut absolument me faire tourner. Le come-back de Nadine

Tallier ! Il serait temps. Comme Line Renaud, je pourrais commencer une nouvelle carrière à la télévision. C'est vrai que je serais très bien en Mme Navarro ! Curieusement, Robert Hossein m'avait demandé la même chose quelques mois plus tôt. Un retour sur les planches. En remplaçante d'Adjani ?

Je n'ai bien sûr pas donné suite à ces gentilles propositions. Avec Pierre, j'ai détourné la conversation en lui posant des questions sur le recueil de poésie qu'il venait de publier. J'ignorais qu'il écrivait des poèmes depuis l'enfance. Cela me l'a rendu plus tendre encore et j'ai compris pourquoi il avait cette sensibilité presque féminine.

Pierre a grandi à Paris, rue Saint-Maur, où ses parents tenaient un magasin de radios. Il a passé ses jeunes années à rêver d'être un nouveau Charles Trenet et à griffonner des textes. Quand la guerre a éclaté, on l'a envoyé se cacher à Lyon. Il y a fait la connaissance de Maurice Siegel, le futur patron d'Europe 1, et est entré dans son réseau de résistants. Arrêté par la milice à Nice, il est jeté en prison. Il y restera trois mois. Pour échapper à l'angoisse d'être fusillé, il écrit encore et toujours. Il a dix-sept ans.

Le débarquement des Américains en Italie lui rend sa liberté. Il se cache en Auvergne, puis, à la fin de la guerre, remonte sur Paris. Mais il est seul au monde, il n'a aucune nouvelle de ses parents. Pour survivre, il traîne du côté de Saint-Germain-des-Prés, déclame des poèmes aux terrasses du Flore et des Deux-Magots. Le soir, il fait la même chose devant la porte du Club

Saint-Germain et se fait remarquer par un trompettiste de renom, Boris Vian. Ils deviennent amis et, grâce à lui, Pierre rencontre Raymond Queneau qui le fait entrer à la RTF.

Et comme toujours dans les histoires de réussite, un jour le présentateur de l'émission est malade et on lui propose de le remplacer. Sa voix plaît. Il est lancé. Il part faire un stage de six mois à New York à la radio NBC. Ils veulent le garder, mais Pierre est tombé amoureux d'une chanteuse à Paris et il a trop envie de la revoir.

À son retour en France, elle ne l'a pas attendu. Elle s'est mariée. Heureusement, professionnellement, c'est le succès. On lui confie une émission sur l'actualité culturelle. Il l'animera durant une douzaine d'années. Jacques Canetti (encore lui) lui propose de collaborer à la direction artistique des disques Philips. Il enregistre *Ne me quitte pas*, de Brel. Parallèlement, Pierre s'essaie à la publicité et entre chez Publicis... Il conçoit de nombreux spots pour Marcel Bleustein-Blanchet. Paris est vraiment tout petit.

Il est pris par le virus de la caméra. En 1960, il réalise son premier film, *Me faire ça à moi*, co-écrit avec François Truffaut qu'il a connu au Flore et dans lequel joue mon cher Eddie Constantine ! Il l'avait interviewé dans son émission de radio et le comédien s'était pris d'amitié pour Pierre. Il y aura ensuite d'autres films, dont un second avec Eddie, *L'Empire de la nuit*, coécrit avec Frédéric Dard, et le fameux

Slogan dans lequel il fait tourner Serge Gainsbourg et Jane Birkin.

Dans les années quatre-vingt-dix, c'est la consécration avec le succès de ses séries télévisées. Le plus étonnant, c'est qu'écrire les dialogues de Navarro ne l'a pas fait renoncer à sa passion d'enfant pour la poésie. Comme quoi tout est possible ! À chaque fois qu'il est au restaurant, il ne peut s'empêcher de griffonner quelques mots sur la nappe en papier. Chez Lipp où il a depuis toujours ses habitudes, la nappe est en tissu, alors Pierre trépigne jusqu'au moment d'avoir l'addition : elle est présentée dans un joli carton vierge qu'il s'empresse de recouvrir de son écriture !

Cette façon de se raconter, plus intime, plus privée, a toujours fait partie de sa vie. Mais il en gardait le secret. C'était une musique qui se souciait bien peu d'audimat. Seuls quelques proches pouvaient apprécier l'inventivité de sa prose. Aujourd'hui, avec ce recueil, il se révèle un peu et lève un coin de voile sur sa vraie nature, la gaieté s'y teinte de mélancolie, mais jamais rien de dramatique. Pour Pierre, il faut toujours voir les choses du bon côté. Et quand on lit ses poèmes, on a l'impression de petites chansons légères.

Nul doute que la présence près de lui de sa belle Élisabeth y est pour quelque chose. Elle lui a donné le courage de publier ses écrits et de renouer avec le jeune homme d'hier qui récitait ses vers en espérant quelques sous. Elle est là, au détour d'un mot, « Mon cœur, mon Élue, mon Éli... », et je l'imagine très bien sourire de bonheur devant une aussi jolie déclaration de son « chevalier suivant ». Quelle femme peut aujourd'hui se targuer d'être la muse d'un poète ?

Sentimentalement, Pierre a multiplié les conquêtes et le plus étonnant, c'est qu'après quatre divorces, il est resté ami avec toutes ses ex. Il l'explique ainsi : « Je ne suis pas un homme *à* femmes, je suis un homme *de* femmes... Je suis de leur côté. Je n'ai rien d'un prédateur. Et si j'aime me marier, c'est parce que c'est une manière de renouveler sa propre vie. J'ai aimé chacune de mes épouses de façon différente, si bien que j'ai l'impression qu'Élisabeth est mon premier amour. »

En fait, son premier amour s'appelait Huguette. Il l'avait croisée à Nice, à sa sortie de prison. Il avait pris son téléphone et, arrivé à Paris, l'avait aussitôt appelée. Dans le contexte de la Libération, elle incarnait une promesse de bonheur et au bout d'un an, il lui demandait de l'épouser. Il avait vingt et un ans. Elle accepta et lui donna deux enfants, Jean-Jacques et Caroline.

La deuxième épouse, Marion, il la rencontre à la radio, elle est monteuse et ils passent des nuits à monter ses émissions... « Et parfois, on a le vague à l'âme, vers trois heures du matin, dans les studios déserts... » Un rapprochement professionnel qui se conclut par sept ans de mariage.

Pierre n'est pas très fier de l'origine de sa troisième union : « Le soir, j'avais l'habitude d'aller chez Castel, avec deux copains, Philippe Junot et Alix Chevassu. Le premier épouse Caroline de Monaco, le second Maria Niarchos. Il fallait que je relève le défi. C'est alors que j'ai vu dans *Paris Match* la plus jolie fille du monde,

Kuniko, le célèbre mannequin de Cardin. » Il s'arrange pour faire sa connaissance et tombe finalement vraiment amoureux. La jeune femme est mariée mais le charme de Pierre fait de nouveau merveille. Elle divorce pour lui, l'épouse et lui donne un fils, Tokoto. L'aventure dure sept ans. Encore une fois. Décidément, avec Pierre, c'est toujours *Sept ans de réflexion* !

Il y aura ensuite Laurence, une agrégée de lettres classiques. Pour leur mariage, Pierre organise une grande fête de six cents personnes au Fouquet's. Mais là, le temps de réflexion sera plus court... Enfin, il y a cinq ans, c'est la rencontre avec Élisabeth. Et le cœur de Pierre de se remettre à battre la chamade. « Pourtant, au début, ça n'a pas du tout accroché. Puis, je l'ai rappelée et je l'ai invitée à dîner. Et là, assis l'un en face de l'autre, s'est levée une brume qui ne s'est plus jamais dissipée. » Un an plus tard, ils se mariaient en toute simplicité à Venise. La brume sans doute... Le commencement d'une nouvelle vie pour Pierre. « C'est vrai que j'aime conquérir une femme, découvrir son code secret et la voir s'ouvrir devant moi. » Des mots de poète.

« Un poète inoxydable », pour reprendre l'expression de son ami Bernard Quentin. Cela n'a rien d'étonnant quand on sait que les parents de Pierre avaient francisé leur nom autrichien. Grimblat vient de Grunblatt, qui signifie feuille verte... Que rêver de mieux comme symbole : l'écriture et l'éternelle jeunesse.

La dernière fois que je suis allée dîner chez lui, il

Une de mes premières couvertures de magazine, en novembre 1950. J'étais entrée quelques mois plus tôt comme danseuse au cabaret Ève, place Pigalle. En fait de danseuse, j'étais plutôt ce qu'on appelait à l'époque un « mannequin de cabaret ». Et j'avais très vite compris que pour réussir, il fallait avoir l'art de séduire.

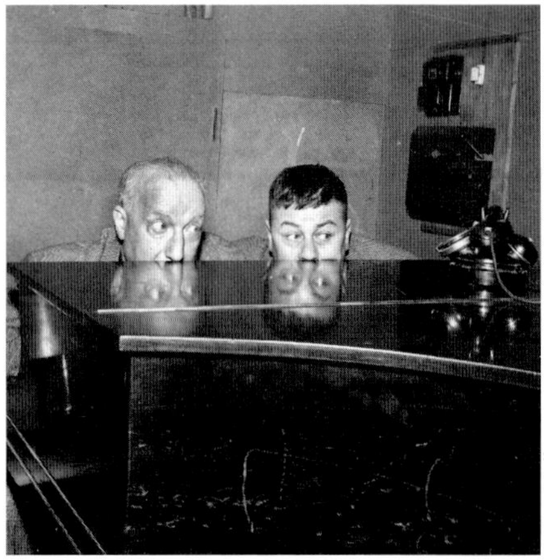

En haut : Après mes premiers pas de danseuse à Pigalle, je découvre le music-hall sur les grands boulevards. Je me produis au théâtre de l'ABC, où je fais la connaissance d'Henri Salvador, de Pierre Dac et de Francis Blanche. Ce sera, on l'imagine, l'occasion de grands éclats de rire !

À droite : Un des trois portraits que le peintre Jean-Gabriel Domergue a fait de moi. C'est grâce à lui que tout a commencé.

En bas : Mes débuts au cinéma dans *Femmes de Paris*, avec le délicieux Ray Ventura et au fond, son jeune neveu, Sacha Distel. À mes côtés, Roger Pierre et Jean-Marc Thibault.

© Lipnitzki / Roger-Viollet

© Rue des Archives/AGIP

© coll. particulière

En haut : Jean-Gabriel Domergue m'avait envoyé voir Marc Allégret. Il était l'un des réalisateurs les plus fameux de l'époque. Quelques années plus tard, le producteur Darryl Zanuck me faisait faire des essais à Hollywood.

À gauche : En attendant la gloire, j'enchaînais les films « immortels », comme ce *Cinq millions comptant*, avec Darry Cowl.

En bas : La même année, je tournais toutefois un film plus important, *Folies-Bergère*, avec Zizi Jeanmaire (et ici Jacques Castelot).

© Roger Corbeau / coll. particulière

© Yves Manciet/ Sipa

© René Jolivet/ Roger-Viollet

En haut à gauche : Chez Marc Allégret, je rencontre le beau Roger Vadim qui travaillait alors pour lui.

En haut à droite : Lorsque j'avais joué avec Ray Ventura, je n'avais pas été sans remarquer son charmant guitariste… Son nom ? Sacha Distel.

À droite : Mais le musicien qui m'avait vraiment fait de l'effet, c'est Boris Vian. Je l'avais connu à Saint-Tropez et avais été touchée par sa folie, sa tendresse, son côté écorché.

En bas : Autre jeune homme au charme irrésistible, Vicente Parra avec lequel je tourne en Espagne.

© Rue des Archives/ AGIP

© coll. privée

En haut : Je suis invitée au Festival de Cannes en mai 1958. J'y présente *Girls at Sea*.

En bas : Durant ces années cinquante, j'ai croisé à de nombreuses reprises le prince Ali Khan, après qu'il eut divorcé de Rita Hayworth. De même je voyais souvent Porfirio Rubirosa dans les soirées mondaines, mais je savais qu'il ne fallait rien attendre de ces play-boys et m'en tenais éloignée.

© Limot/Rue des Archives

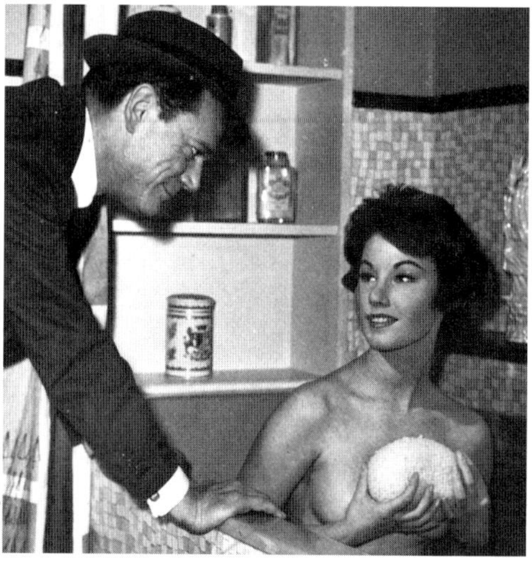

© coll. particulière

En haut : En 1956, ma carrière au cinéma s'emballe : je tourne *En effeuillant la marguerite*, avec Robert Hirsch, Brigitte Bardot et Daniel Gélin.

À gauche : Très régulièrement, je retrouve Eddie Constantine qui m'impose dans nombre de ses films. Ici, *Larry agent secret*.

En bas à gauche : Blonde platine avec Michèle Mercier, dans *Donnez-moi ma chance*.

En bas à droite : L'un de mes derniers films, *Les Grandes Familles*, avec Bernard Blier. Film prémonitoire ? J'allais effectivement bientôt faire mon entrée dans une grande famille…

© coll. particulière

© coll. particulière

En haut : En septembre 1963, j'épousais religieusement Edmond et me convertissais au judaïsme. Dès lors, Israël devint ma seconde patrie. J'y suis allée chaque année et j'ai connu tous les hommes politiques du pays, ainsi Teddy Kollek, le maire de Jérusalem.

À droite : Moshe Dayan venait souvent à la maison, à Césarée, et je dois dire qu'il exerçait un magnétisme incroyable, de son œil unique, il vous déshabillait des pieds à la tête.

En bas : Shimon Peres (ici avec l'amiral Limon) était aussi un ami intime. Éternellement mince et élégant, il était d'une grande séduction.

© coll. privée

© Éric Jansen

© D. R.

© D. R.

En haut : Épouser Edmond, c'était épouser un grand nom, mais aussi devenir une maîtresse de maison d'exception. Nous nous partagions entre une demi-douzaine de résidences réparties entre la France, la Suisse, l'Autriche et Israël. Pour décorer toutes ses demeures, je pus heureusement compter sur le talent d'Henri Samuel et d'Alain Demachy.

À droite : Henri Samuel redécora le château de Pregny à Genève et l'imposant château d'Armainvilliers en Seine-et-Marne. Il avait le don des reconstitutions historiques et savait parfaitement mettre en valeur les collections d'Edmond.

En bas : Alain Demachy eut en charge nos chalets de Megève et de Ischgl, et le domaine de Château-Clarke, à Bordeaux. Il sut y rendre parfaitement l'atmosphère Rothschild, mélange d'objets précieux et de confort.

© Éric Jansen

© Éric Jansen

© Rue des Archives/AGIP

J'aime beaucoup cette photo prise à Pregny en 1967. Benjamin a quatre ans et c'est l'un des rares clichés où il tient en place. Moment de bonheur parfait saisi sur le vif.

© Giovanni Coruzzi / Fue des Archives

© Rue des Archives/AGIP

© James Andanson/Sygma/Corbis

En haut : Malgré tous ses défauts, je n'étais pas insensible au charme d'Onassis. Et que dire de la beauté de Gianni Agnelli ! Il avait l'aisance de l'héritier et le corps de l'athlète.

À gauche et en bas : Mon mariage avec Edmond ne m'avait pas éloignée des milliardaires, bien au contraire. Ainsi, je fis la connaissance de David Rockefeller (ici avec la reine Beatrix des Pays-Bas, au sommet du Bilderberg, chez nous à Megève).

© coll. privée

© Lido / Sipa

En haut : Grâce au maquilleur Michel Deruelle que je connaissais bien, je pus un jour rencontrer Rudolf Noureev. À peine était-il entré dans la pièce que je fus fascinée par sa beauté animale.

En dessous : Moins animal, mon grand ami, Michou, me fait toujours mourir de rire. Dans un autre genre, plus mordant, Gérald Nanty qui règne sur les nuits parisiennes depuis des années.

© Éric Jansen

© Éric Jansen

© coll. privée

© coll. privée

Au-dessus et ci-contre : Mais leur maître à tous, l'empereur de la phrase qui fait mouche et du coup de patte assassin, c'était l'inénarrable Jacques Chazot que j'ai vu jusqu'à la fin de sa vie. Avec son frère ennemi, Thierry Le Luron, ils étaient très recherchés par les maîtresses de maison qui appréciaient leur esprit caustique mais tremblaient secrètement qu'ils ne se lâchent trop…

© Jacques Bourguet/Sygma/Corbis

En haut : Comment dire ? Avec Charles, cela fait si longtemps… Il est tout ce que j'aime : le talent, l'élégance, la discrétion, le cœur. Il est peut-être l'homme avec lequel je passe aujourd'hui le plus de temps : ses chansons m'accompagnent partout où je suis.

En bas à gauche : Des qualités qui sont aussi celles de Jean-Claude Brialy, avec en plus l'art de raconter des histoires. C'est toujours un bonheur de dîner avec lui.

En bas à droite : Marcel Bleustein-Blanchet était aussi un conteur. Il faut dire que le fondateur de Publicis avait eu une vie passionnante.

© Stéphane Cardinale/Corbis

© coll. privée

© Éric Jansen

En haut : Toutes les femmes sont sensibles à un homme en blouse blanche, surtout quand celui-ci détient le secret de l'éternelle jeunesse… Je suis donc avec beaucoup d'attention les travaux de mon ami, le professeur Beaulieu, inventeur de la DHEA.

En bas à gauche : Vivre à Genève a bien des avantages, dont celui de rencontrer Alain Delon lors de soirées de gala. Et inutile de dire qu'il est toujours aussi séduisant.

En bas à droite : Je connais Philippe Bouvard depuis les années cinquante et nous ne nous sommes jamais perdus de vue. J'aime son humour et accepte sans hésiter de venir dans son émission « Les Grosses Têtes ». En plus, c'est un épicurien, comme moi !

© coll. privée

© Éric Jansen

En haut à gauche : Après mes premiers pas de modèle, je tentais ma chance comme mannequin chez Jacques Fath. Il ne me fit pas entrer dans sa maison, mais je pus présenter ses maillots de bain.

En haut à droite : Pierre Cardin est mon voisin à Paris et je m'habille chez lui depuis des années. Ses robes sont élégantes et intemporelles.

Au-dessous : Dans le passé, j'étais aussi une cliente d'Hubert de Givenchy. Aujourd'hui, nous nous croisons quelquefois à Megève car son chalet n'est pas très éloigné du mien.

© Éric Jansen

En haut : Lors de mes séjours à Château-Clarke, je retrouve mon ami Alain de Condé, merveilleux peintre et esthète raffiné. C'est grâce à lui que j'ai pu entrer dans la société très fermée de Bordeaux.

En bas à gauche : L'autre homme indispensable à mon rôle d'ambassadrice de Château-Clarke, c'est Nicolas de Rabaudy, ami d'Edmond et grand connaisseur du vin. Avec lui, je sillonne le monde pour prêcher la bonne parole.

En bas à droite : Jean-Claude Killy est le plus adorable des hommes. Nous nous voyons à Genève, et pas seulement autour de la marmite de l'Armée du Salut !

© Éric Jansen

© coll. privée

Ils ont été nombreux, les hommes qui ont traversé ma vie... Maintenant, je passe beaucoup de temps seule, ici à Megève, ou à Paris, Quiberon, Trouville, Bordeaux. Sans état d'âme et sans mélancolie. Avec, au contraire, philosophie. Et au fond du cœur, les deux hommes que j'ai le plus aimés : Edmond et Benjamin.

m'a murmuré en partant un vers qu'il venait de composer : « Par les temps qui courent, je cours aussi, que le meilleur gagne ! » Et il me revient souvent en tête. D'ailleurs, ses poèmes ne me quittent plus, ils voisinent à présent, sur ma table de nuit, avec un autre livre que je relis régulièrement, œuvre d'un écrivain génial et grand amoureux lui aussi des femmes, je veux bien sûr parler de *Belle du Seigneur* d'Albert Cohen.

Tout le monde a lu cet hymne à la femme et à l'amour, mais peu d'entre elles ont connu son auteur, et je suis heureuse d'être de celles-là. Il était mon voisin à Pregny et pendant des années, il est venu déjeuner à la maison.

Il était né à Corfou, avait grandi à Marseille où il avait été à l'école avec Marcel Pagnol, mais vivait à Genève depuis 1914. Il avait alors dix-neuf ans et suivait les cours de droit à la faculté. Il avait ensuite étudié la littérature, avant de diriger *La Revue juive* dont le comité de rédaction était entre autres composé d'Albert Einstein et de Sigmund Freud... Au début des années trente, il devenait fonctionnaire au Bureau international du travail, une expérience dont on retrouve les échos dans *Belle du Seigneur*. Pendant la guerre, il avait fui à Bordeaux, puis à Londres, et n'était rentré en Suisse qu'en 1947.

Conseiller juridique du Comité intergouvernemental pour les réfugiés, il rejoignit l'ONU, avant de se consacrer complètement à son œuvre littéraire, allant jusqu'à refuser le poste d'ambassadeur d'Israël, une cause pourtant qui était au centre de ses préoccupations. Depuis son adolescence, Albert était sioniste. Outre *La Revue juive*, il publiait dès 1921 un recueil de poèmes, *Paroles juives*, puis ce fut l'histoire du jeune juif Solal, la fresque de *Mangeclous* et des *Valeureux*. Il disait : « La nécessité première de mes livres a été de dire mon amour pour le peuple juif, de dire sa grandeur. »

La deuxième nécessité a été de dire son amour des femmes. Si *Belle du Seigneur* raconte l'histoire d'un juif qui s'éprend d'une jeune aristocrate protestante, le roman est surtout une peinture réaliste des ravages de la passion et de la difficulté d'aimer. La femme y est objet de fascination et de désespoir. Les mécanismes de la séduction y sont décortiqués et le constat est pessimiste : il n'y a pas d'amour heureux... L'ennui finit toujours par s'immiscer, même dans le plus flamboyant des couples : « Devenus protocole et politesses rituelles, les mots d'amour glissaient sur la toile cirée de l'habitude. »

Quand Albert Cohen a publié *Belle du Seigneur* en 1968, il avait soixante-treize ans. C'était alors un monsieur âgé, petit et chauve, avec une fine moustache blanche. Quand j'allais chez lui, je me souviens qu'il portait une robe de chambre bleu marine à pois blancs qu'il décorait d'une pochette. Il avait cette élégance des vieux messieurs, charmante et désuète. Et ses grands yeux sombres s'éclairaient encore lorsqu'il parlait d'amour.

Il me récitait des poèmes, me faisait des compliments et de candides déclarations. Il disait que j'étais l'incarnation de son Ariane, la « Belle du Seigneur », tout cela sous le regard amusé de sa femme, Bella. Comme toutes ses compagnes, elle avait pour lui une véritable dévotion.

Elle était sa troisième épouse. Avant elle, il s'était marié en 1919 à Élisabeth qui était morte d'un cancer cinq ans plus tard. Il s'était consolé dans les bras d'Yvonne, avant qu'elle ne meure à son tour ! Il avait ensuite épousé Marianne avec laquelle il avait vécu une dizaine d'années, puis Bella rencontrée pendant la guerre. De sa première femme, il avait eu une fille, Myriam, que j'ai aussi bien connue. C'est elle qui lui avait présenté Bella à Londres.

J'avais rencontré par hasard Myriam Champigny chez un antiquaire. Quand je lui avais fait part de ma grande admiration pour son père, elle m'avait gentiment proposé de venir en parler chez elle, dans sa maison de Gilly, entre Genève et Lausanne. Elle y vivait entourée de ses six chats. Très vite, nous nous étions senties en confiance, comme deux amies, et elle m'avait montré la correspondance qu'avaient échangée ses parents dans les années vingt et qu'elle conservait religieusement. Je commençai à lire et fus presque gênée par ces cris d'amour et de désir :

« Ah ! je voudrais que tu m'emportes serrée contre

toi et que je sente l'étreinte forte de tes membres autour de mon corps. »

« Je suis fière que tout mon corps t'appartienne. Mes seins que tu aimes et que je regarde en pensant à toi qui les serres dans ta main. Je rêve de toi. »

Ces mots étaient ceux de sa mère, Élisabeth, fille d'un pasteur genevois tombée folle amoureuse d'un jeune homme juif, rencontré dans une pension de famille. Leur amour sera, hélas, brisé par la maladie. La genèse de *Belle du Seigneur* était là. Avec, ensuite, différents visages féminins venus se superposer. Albert Cohen mettra trente ans à parachever son œuvre.

Myriam était bien sûr fascinée par la personnalité de son père, son pouvoir de séduction sur les femmes : « C'est par son verbe qu'il faisait la conquête des femmes, lorsqu'il leur parlait, il était intarissable, passionné, excessif, drôle, irrésistible. Devant une femme, il existait pleinement, elle décuplait toutes ses facultés. (...) Il avait un tel besoin d'être admiré, aimé, qu'il se dépensait sans compter, il ne pouvait pas s'empêcher de faire du charme, même au téléphone, à des admiratrices inconnues. Il avait une façon particulière de leur faire la cour ; il prenait tout son temps, il inventait des histoires, il tournait de merveilleux compliments. On repartait de chez lui dans un état d'extrême exaltation. »

Pas un mot sur son physique. Le physique ne compte pas pour une femme subjuguée par la magie des mots. À l'heure de la sensualité débridée, je prône le retour à la galanterie et à l'art de faire la cour...

Messieurs, n'ayez pas peur de vous lancer. L'époque change peut-être, mais pas le cœur des femmes.

J'ai gardé pour la fin une autre forme de pouvoir, celui de la blouse blanche, et j'ai pu voir combien il était réel avec mon ami, le professeur Étienne-Émile Beaulieu. La médecine et la recherche intéressent toujours les femmes, surtout quand il s'agit de rajeunir...

Je n'ai pas besoin de présenter l'inventeur de la DHEA, « la pilule de jouvence » comme la presse l'avait baptisée un peu vite lors de sa médiatisation au début des années quatre-vingt-dix. En fait, la DHEA est une hormone que tout le monde produit mais qui diminue avec l'âge. Étienne a donc eu l'idée de combler ce manque. Il y avait pensé dès les années soixante, mais c'est seulement vingt ans plus tard qu'il met sur pied une étude sérieuse pour comparer les résultats. Et, indéniablement, il observe un mieux chez les personnes qui en prennent. La DHEA compense la baisse de certaines hormones responsables du vieillissement. C'est vrai pour le cerveau, les artères, la peau.

On comprend que, dès qu'il arrive dans une soirée, dès qu'il ouvre la bouche à un dîner, toutes les femmes et même quelques messieurs l'écoutent, fascinés. Les années qui passent, le corps qui s'abîme, son lent et inexorable déclin, c'est la préoccupation de chacun d'entre nous, et Étienne, même s'il s'en défend, semble détenir la recette de la jeunesse éternelle, il est comme le docteur Faust.

Certains seront sceptiques et ils ont bien le droit. Mais, en tout cas, il est pris au sérieux par L'Oréal qui prépare une crème à base de DHEA... Si son efficacité sur la peau était prouvée, ce ne sont pas cinq cent mille personnes comme aujourd'hui qui seraient clientes mais des millions !

Avec la fondation, nous aidons beaucoup Étienne dans ses recherches et dernièrement, grâce à notre soutien, des chercheurs ont pu travailler sur l'hypertension artérielle pulmonaire traitée par la DHEA. C'est une avancée majeure qui sera essentielle pour les fumeurs et les personnes âgées. Même les enfants souffrant de problèmes respiratoires pourront être ainsi soignés.

Les femmes lui sont aussi redevables pour une autre découverte. En 1982, Étienne inventait la pilule abortive RU 486, dite « pilule du lendemain ». La mise en place sur le marché quelques années plus tard déclenchait de vives polémiques mais répondait à un vrai besoin : aujourd'hui, trois à quatre millions de femmes l'utilisent chaque année.

Étienne comprend que le concept même de l'interruption de grossesse pose problème à certains, mais il regrette que ces questions morales aient freiné le développement de sa pilule. Car il s'est aperçu qu'elle avait d'autres potentialités : elle faciliterait l'accouchement, réduirait le fibrome de la femme de cinquante ans et, plus étonnant, soignerait des dépressions psychotiques. Ce qui est bien avec la recherche, c'est que c'est sans fin.

La dernière fois que je suis allée le voir dans son laboratoire, il était dans un grand état d'excitation. À peine avons-nous échangé quelques mots qu'il m'entraîne devant un microscope. Je glisse un œil et découvre de minuscules asticots qui me laissent perplexe. Étienne m'explique alors avec flamme pourquoi ces petits vers sont tellement intéressants. Je crois comprendre que ces charmantes bêtes ne vivent que quinze jours, mais qu'on peut trouver des mutants qui vivent plus longtemps et que les caractéristiques de leurs gènes laissent supposer qu'une hormone est responsable de cela... Bon, je cite de mémoire. En tout cas, Étienne avait l'air très enthousiaste, et voir un chercheur enthousiaste est un spectacle merveilleux ! On a l'impression qu'il tient le sort du monde entre ses mains et qu'il va apporter un peu de bien à la planète.

Je dois avouer qu'il est le meilleur des ambassadeurs de sa DHEA, il en prend chaque jour et, à soixante-dix-neuf ans, il en paraît dix de moins. Toujours aussi séduisant dans sa blouse blanche. On ne dira jamais assez combien le fantasme de la blouse blanche marche sur une femme ! Et dire que certains professeurs nous reçoivent à présent en costume ! Je vous en supplie, messieurs, si vous voulez nous déshabiller, rhabillez-vous !

Les copains

« Plus je connais les hommes, plus j'aime les femmes. »

Francis Blanche

Ma vie n'a pas été uniquement remplie de Pygmalions, de jeunes premiers et de milliardaires. Une autre catégorie d'hommes a partagé mon quotidien, et cela principalement au début de ma carrière, ce sont les copains. Avec eux, pas de jeu de séduction (encore que...), pas de gerbe de fleurs et d'invitation en week-end, mais une franche rigolade dans les coulisses, après le spectacle, en tournée.

J'aime rire. Je suis d'une nature gaie et joueuse. Un rien m'amuse. Très bon public. C'est sans doute ce qui a fait, en partie, mon succès. Cette bonne humeur naturelle. Aussi bien sur les planches qu'ensuite en tant qu'épouse. Il n'y a rien qui assomme plus un homme qu'une femme à problèmes, à états d'âme, et si elle fait des caprices, il faut vraiment qu'elle ait d'autres arguments pour compenser et se faire pardonner.

Aux répétitions des revues, dans les loges inconfortables comme sur les plateaux de tournage, j'étais toujours la même, espiègle et malicieuse, c'était mon étiquette d'ingénue perverse. Mon ami Alain de Condé me rappelait l'autre jour : « Quand on te voyait, tu faisais penser à une petite fille qui vient de voler les confitures. »

Mes « camarades » appréciaient cette attitude désinvolte, elle faisait de moi une starlette fréquentable, accessible, inoffensive. Si j'étais sexy, je l'étais sans le savoir (enfin, c'est ce que je laissais croire...), les hommes n'étaient donc pas effrayés ou embarrassés, ne sachant comment se comporter avec moi. Pour eux, j'étais un animal étrange et sympathique, attachant et insaisissable, ils savaient qu'il n'y avait rien à attendre de plus, bien que dans chaque regard il y ait toujours une pensée canaille.

J'aimais plaisanter, mais pas avec n'importe qui. Je l'ai dit, Fernandel et Louis de Funès ne m'amusaient pas du tout. J'ai tourné plusieurs films avec eux, sans un éclat de rire. Au début des années cinquante, Fernandel était déjà une vedette. Sur les plateaux, on ne le tutoyait pas. Exigeant, très conscient de son statut, il était capable de colères terribles. Il se brouilla d'ailleurs à cette époque avec Marcel Pagnol, son mentor, qui avait osé le traiter de « grimacier ». Il voulait qu'on l'estime comme comédien et faire oublier *Ignace*. Son modèle et ami était Jean Gabin. C'est tout dire. Alors les blagues étaient réservées à la caméra.

Pour Louis de Funès, c'était un peu différent : j'ai vraiment assisté à ses débuts. Il était un pianiste de bar qui rêvait de gloire au théâtre. Il avait tous ses cheveux et portait même une moustache. Pour arrondir ses fins de mois, il faisait de la figuration dans les films. Nous étions donc à peu près au même niveau. Mais son humour se limitait aux rôles qu'il tenait dans ses pièces. Il avait quarante ans et peut-être sentait-il l'heure tourner, ce qui ne le portait pas à la plaisanterie.

Avec *Ah ! les belles bacchantes*, le succès est enfin arrivé, et *Oscar* en a fait une vedette. Entre-temps, au cinéma, le film *Comme un cheveu sur la soupe*, de Maurice Regamey, lui avait donné son premier grand rôle comique. Il y incarne un compositeur incompris, malheureux en amour, qui décide d'en finir. Mais il n'est pas plus chanceux dans ses tentatives de suicide. Alors, il paie un tueur pour qu'il fasse le travail. Évidemment, à partir de ce moment, tout lui sourit : il rencontre l'amour et le succès. Il doit donc retrouver le tueur avant qu'il ne l'abatte.

J'avais un rôle dans le film, je jouais une entraîneuse de boîte de nuit, et comme Louis de Funès ne voulait pas faire la promotion du film à New York, c'est moi qui y suis allée. Le titre était devenu *Crazy in the Noodle*. Pas vraiment un chef-d'œuvre, mais le début de sa carrière cinématographique. Il trouva ensuite véritablement son registre avec *Pouic-Pouic*, puis la série des *Gendarmes*. Sans parler de sa consécration dans *Rabbi Jacob*. Au fond, sa « conversion » nous aurait peut-être rapprochés...

Les tournages de film ne donnaient de toute façon pas vraiment l'occasion de se lier. C'était plutôt au music-hall qu'on nouait des amitiés. L'ambiance y était plus décontractée et l'esprit d'équipe plus développé. Ainsi, au théâtre de l'ABC, je retrouvais tous les soirs les chansonniers et les humoristes d'alors, au premier rang desquels se trouvaient Pierre Dac et Francis Blanche.

Eux étaient vraiment drôles. Leur humour loufoque et surréaliste m'enchantait. Un exemple signé Pierre Dac ? « Si la fortune vient en dormant, ça n'empêche pas les emmerdements de venir au réveil. » Un autre signé Francis Blanche ? « C'est en sciant que Léonard devint scie. » Irrésistible, non ? Nous avions un numéro dans lequel j'étais habillée en nurse, poussant un landau. Déguisé en agent de police, Francis Blanche s'approchait de moi, me caressait le bras et s'exclamait : « Ah ! La peau lisse des nurses ! » Humour tout en finesse...

Au théâtre, j'étais un peu leur mascotte. Ils m'emmenaient souper après le spectacle au bar des Artistes derrière la rue des Capucines. On croisait les prostituées du quartier et parfois les deux compères les invitaient à s'asseoir avec nous. Ils s'amusaient à les faire parler et ne perdaient rien de leur conversation, de leurs expressions imagées, ils s'en resservaient pour leurs sketchs.

Les propos de ces jeunes femmes m'intéressaient aussi. La façon dont elles parlaient de leurs clients, leurs réflexions sur la nature humaine étaient riches d'enseignement. Elles m'ont, entre autres, fait comprendre que l'amour et le sexe n'ont rien à voir.

Les hommes n'attachent pas d'importance à l'aventure d'un soir. Comme disait Francis : « Après l'amour, dix pour cent des hommes se retournent sur le côté droit et s'endorment, dix pour cent font de même sur le côté gauche. Les autres se rhabillent et rentrent chez eux. »

Malgré un physique peu flatteur, Francis était un homme à femmes, il en changeait tous les quinze jours. Il avait alors trente-deux ans. Et sans doute sa drôlerie lui valait-elle ses succès. Mais elle cachait aussi une grande sensibilité et des angoisses plus sourdes. J'en eus conscience en voyant ses mains : il se mangeait les doigts jusqu'au sang.

Pourtant, professionnellement, son talent commençait à faire l'unanimité. Auteur de chansons (le *Débit de lait, débit de l'eau* de Charles Trenet, c'est lui), dialoguiste de films, il allait grâce à Pierre Dac rencontrer une vraie notoriété. Leur duo comique, né aux Trois-Baudets à la fin des années quarante, eut un tel succès qu'on les demanda partout et leur prestation à la radio les fit connaître de tous les Français. On se souvient de *Faites chauffer la colle !*, *Malheur aux barbus* et surtout *Signé Furax*.

Francis fit ensuite une carrière au cinéma, dans des films à l'humour noir bien en accord avec son tempérament. *Babette s'en va-t-en guerre*, *Les Tontons flingueurs* ou *Les Barbouzes* lui donnèrent des rôles à sa mesure : décalés, grinçants, absurdes. Ils sont aujourd'hui légendaires.

Pierre Dac était beaucoup plus âgé que Francis

Blanche, il avait déjà soixante ans lorsque je fis sa connaissance. Cela faisait longtemps qu'il s'était autoproclamé le Roi des loufoques. Avant-guerre, il était déjà connu dans les cabarets. Ses jeux de mots étaient célèbres. Il jonglait avec les paradoxes, flirtait avec le non-sens, inventait des aphorismes délirants. Son humour était cérébral, à l'opposé d'un Fernandel. Et que ce soit sur scène ou dans la vie, il ne pouvait s'empêcher de faire des calembours. Dîner avec lui était un feu d'artifice d'esprit et de fantaisie.

Le sketch du Sar Rabindranath Duval est encore dans toutes les mémoires. Devenu culte pour ses tirades hilarantes. « Le Sar dîne à l'huile. » Son complice Francis lui donnant la réplique de façon imperturbable, contenant toutefois difficilement un énorme fou rire. « Oui, il peut le faire ! » Mais Pierre n'était pas sans gravité. Et tous les sujets ne prêtaient pas à rire. On ignore souvent que l'humoriste qui semblait tout prendre à la légère s'appelait de son vrai nom André Isaac et qu'il avait été très courageux pendant la guerre.

Après l'appel du 18 juin, il avait décidé de rejoindre en Angleterre le général de Gaulle. Mais l'aventure n'était pas aisée. Arrêté et emprisonné à plusieurs reprises, il ne renonça pas pour autant. Finalement, il débarqua à Londres et participa pendant neuf mois à l'émission « Les Français parlent aux Français ». Il remontait le moral des auditeurs grâce à ses parodies de chansons connues et ses plaisanteries. Souvent mordantes. Ainsi est-ce lui l'auteur du tristement célèbre :

« Radio-Paris ment, Radio-Paris ment, Radio-Paris est allemand. » Et quand, sur ces ondes, Philippe Henriot s'attaqua aux Juifs français réfugiés à Londres, Pierre Dac lui répondit par un texte sans concession et sans humour, et il lui adressa son épitaphe : « Mort pour l'ennemi »... Des paroles prophétiques : Philippe Henriot fut abattu quinze jours plus tard.

Les gens qui connaissaient cette histoire le regardaient différemment. Et ne l'appréciaient que plus. Pierre avait été sérieux une fois dans sa vie. Cela suffisait. Il convenait à présent de traiter ce monde et son absurdité par l'ironie et le rire. Avec son éternel sourire aux lèvres et son œil pétillant de malice.

C'était d'ailleurs l'état d'esprit de cette famille d'artistes qui faisaient leurs premiers pas aux Trois-Baudets. Sans doute le contexte de l'après-guerre expliquait-il cette envie de s'amuser coûte que coûte. Quand Francis Blanche avait commencé en 1948 dans un spectacle intitulé « Ici l'on rit », il donnait la réplique à un autre gai luron, dont le rire est devenu célèbre : un certain Henri Salvador.

Henri était alors déjà une vedette. Il avait été repéré par Ray Ventura pendant la guerre et avait sillonné avec lui et ses Collégiens toute l'Amérique du Sud. Il avait même eu un tel succès au Brésil qu'il avait tenu seul l'affiche pendant plusieurs mois. À son retour en France, il avait enregistré ses premières chansons dont la fameuse *Maladie d'amour* que toute la France fredonnait.

Il avait joué ensuite dans la revue *Paris s'amuse* avec Mistinguett. C'est là où je l'avais vu pour la première fois, avant de le retrouver à l'ABC dans *Autre chose*, avec mes deux compères Pierre Dac et Francis Blanche. Inutile de dire qu'Henri faisait régner une ambiance délirante. Un jour, nous nous sommes tous retrouvés coincés dans l'ascenseur qui était en fait un antique monte-charge. On riait tellement que j'étais incapable de me hisser par-dessus la grille. Comme je ne pouvais rater mon entrée en scène, ils me firent la courte échelle, en me mettant franchement la main aux fesses. Je crois que je n'ai jamais eu autant d'hommes sous mes jupons !

Henri n'en profita pas car son attention était ailleurs. Tous les soirs dans la salle, une femme était assise au premier rang, entièrement habillée de blanc, si bien que même dans le noir on la distinguait. C'était très intrigant. Une tactique imparable pour se faire remarquer. Au début de chaque représentation, la troupe se demandait si elle serait là. Finalement, Henri a craqué et a voulu savoir qui était cette femme. Il a demandé au portier qu'il la conduise à sa loge. Ce qui fut fait. Et ils ne se sont plus jamais quittés.

Comme quoi, quand une femme crée le mystère, ça marche. Il y a toujours un moment où l'homme baisse la garde. Henri était bluffé par tant de détermination. Je crois qu'il a toujours été un peu dominé par les femmes. Celle-ci s'appelait Jacqueline Garabédian et elle est devenue son épouse, son imprésario, sa directrice artistique pendant vingt-six ans. C'est elle qui l'a poussé à créer sa propre maison de disques et sans elle, il n'aurait pas fait cette carrière.

Une autre rencontre allait être déterminante pour Henri, celle de mon tendre Boris Vian dont il fait la connaissance au même moment que moi. Le chanteur de charme, qui vient de sortir *Une chanson douce*, renoue alors avec ses premières amours : le jazz. Lui aussi a été fasciné à l'âge de seize ans par Duke Ellington, mais plutôt que la trompette il a choisi la guitare, a débuté au Jimmy's Bar et a même pu jouer avec Django Reinhardt.

C'est le pianiste d'Henri, Jack Diéval, qui les présente. Entre les deux piliers du Tabou et du Club Saint-Germain, c'est le coup de foudre. Ils deviennent inséparables. Non seulement ils partagent cette même culture musicale, mais aussi le goût des plaisanteries. Un exemple de leurs canulars ? Un jour, Boris passe une annonce dans le journal : un réalisateur cherche un bossu pour son prochain film. Le rendez-vous est fixé place de l'Alma à une heure précise. Évidemment, dans un coin, sont cachés Boris et Henri qui hurlent de rire en voyant débarquer deux cent cinquante bossus...

Tous les jours, « Bobo » rend visite à son copain « Riton » dans son appartement rue du Docteur-Blanche, dans le XVIe arrondissement. Ensemble, ils passent des heures à discuter et surtout à écrire des chansons. Henri improvisant une mélodie au piano ou à la guitare, Boris inventant aussitôt des textes ironiques, comme *C'est le be-bop, le blues du dentiste,* ou plus tard *Faut rigoler !* En tout, ils feront jusqu'à cinq cents chansons. Avec un troisième compère, Michel Legrand, ils iront même jusqu'à enregistrer quatre titres qui tournent en dérision le rock'n roll, alors si à la mode : *Rock and roll mops*, *Rock Hoquet*, *Dis-moi que tu m'aimes* et *Va t'faire cuire un œuf, man !* Pour l'occasion, Henri se rebaptise Henri Cording !

Une école de la parodie qui va marquer à jamais le chanteur. Bien après la mort de Boris en 1959, on en retrouve les traces, par exemple avec l'adaptation de *Shame shame shame* devenant *J'aime tes g'noux* ! Il n'a cependant pas repris l'aspect iconoclaste, anarchiste, politique de Boris. Ce n'était pas dans sa nature. Henri, « petit titi parisien à l'accent créole », comme il se définit, n'était pas allé très longtemps à l'école. C'est aussi pour cette raison que Boris, qui avait une connaissance universelle, le fascinait. Il ne se serait pas aventuré sur un terrain idéologique.

Et sans doute son épouse Jacqueline l'en aurait-elle dissuadé. Il avait trouvé son registre, pas question de s'en éloigner. À l'ABC et au théâtre des Capucines où je le retrouvai ensuite, il enchaînait les chansons nostalgiques et celles à l'humour enfantin. D'ailleurs, dans les années soixante, il deviendra le spécialiste de ce créneau avec *Minnie petite souris* et *Zorro est arrivé*, puis ce seront les adaptations en musique des succès des studios de Walt Disney.

Au fond, je crois qu'Henri n'aurait jamais voulu

quitter le monde de l'enfance. Ah ! Cette image de lui en barboteuse ! Il avait une grande sensibilité et voulait toujours faire plaisir. C'est pour cette raison qu'il était tellement attaché à Boris : il était son petit frère malade. Il n'avait pas les mots pour lutter contre la dureté de la vie, son injustice. Il n'avait que son rire, alors il le faisait retentir dès qu'il le pouvait, peut-être un peu à tort et à travers, mais on pardonnait tout à un homme qui avait un tel cœur.

Dernièrement, il est venu à la maison, accompagné de sa femme Catherine, et il était touchant à voir. Couvé du regard par cette jolie blonde originaire de Haute-Savoie, il ressemblait encore à un gamin et j'ai retrouvé son rire, intact. Âgée d'une quarantaine d'années, Catherine est sa quatrième épouse. La première fois, Henri s'était marié sur un pari : il marchait dans la rue avec un copain et avait croisé une fille superbe... « Une fille comme ça, si elle me dit oui, je peux me marier avec ! – Chiche ! » avait aussitôt lancé l'autre. Henri ne s'était pas dégonflé, il avait rejoint son coup de cœur, l'avait fait rire et finalement l'épousait ! « J'aurais dû y réfléchir à deux fois... Sept ans de malheur ! » Jacqueline fut la seconde épouse, le grand amour de sa vie. Puis, il y eut un troisième mariage qui s'acheva tristement, et enfin l'apparition de Catherine. C'était il y a douze ans à Monaco.

Mariés aujourd'hui depuis cinq ans, ils sont comme de jeunes amoureux. Ils rentrent du Brésil où Henri a enregistré son dernier album. Il a reçu là-bas un accueil royal, et pour cause : sa chanson *Dans mon île*, créée en 1957, a donné naissance à la bossa nova ! Quand ils ne sont pas à Paris, ils flânent du côté de Montréal où ils ont acheté un appartement, même si l'enfant des Antilles ne supporte pas le froid, « mais la gentillesse des gens me rappelle le Paris d'avant-guerre ».

La gentillesse, un mot clé pour Henri. Et la gaieté aussi bien sûr. Catherine ajoute : « Une certaine naïveté qui lui a permis d'avoir cette vie légère et insouciante. » C'est sans doute juste. Henri ne voit que le bon côté des choses et des gens. Une chance. La bêtise ou l'absurdité de la vie ne l'atteignent pas. À la différence de Boris qui en souffrait terriblement et qui les combattait à coups de mots.

Si Henri ne jonglait pas avec les mots, un autre allait s'en charger, digne successeur de Pierre Dac qu'il avait lui aussi côtoyé aux Trois-Baudets : Raymond Devos. C'est étonnant de voir que toute cette génération de comiques est née au même endroit. Pour ensuite passer au théâtre de l'ABC où je faisais leur connaissance.

Mais au début des années cinquante, Raymond n'est pas encore « le funambule des mots » que nous connaissons. Il se produit avec un compère, Robert Verbecke, et le duo s'appelle Les Pinsons... Déguisé en cow-boy, il chante, joue de la guitare et saute même sur un trampoline ! On a du mal à le croire, mais il est alors très sportif. À quinze ans, il était champion de barres parallèles. Ce n'est que plus tard qu'il deviendra rond. Peut-être est-ce parce qu'il combattait son trac en se bourrant de saucisson ! Finalement, son embonpoint fera partie de son personnage. Avec son nœud papillon et ses bretelles. Il dira : « C'est mon costume et mon complexe. »

Dans les années quatre-vingt, nous nous croisons en cure à Quiberon et je revois Raymond barbotant dans les bains bouillonnants en compagnie de Carlos et de Moustache... Un défi pour la thalassothérapie. Je les avais surnommés les Trois Grâces ! Rubens ne les aurait pas reniés.

Raymond n'a pas tout de suite trouvé son style. Depuis l'enfance, il est fasciné par le cirque, les clowns, les forains. Il a pris des cours de mime et de comédie, a joué avec la troupe de Jacques Fabbri, mais être comédien ne lui plaît que moyennement : il n'a pas envie de répéter le texte d'un autre toute sa vie. Ce qu'il aime, c'est raconter des histoires, comme quand il était enfant et que déjà il captivait son auditoire. Mais, pour cela, il faut savoir écrire et il n'ose se lancer. Sans doute complexé. Ses parents, ruinés, l'ont retiré de l'école à l'âge de douze ans et il se sent ignorant. La vocation naîtra par hasard. Ou grâce au destin.

Un jour qu'il est en tournée avec la compagnie Jacques Fabbri à Biarritz, il demande au serveur d'un restaurant si on peut voir la mer. Celui-ci lui répond :

« Impossible, elle est démontée.

– Et vous la remontez quand ? »

La question a fusé et a déclenché l'hilarité à table. Du coup, Raymond improvise pour la plus grande joie des convives. Indéniablement, il est bon. Le soir dans sa chambre, il creuse l'idée, l'enrichit et cela devient son premier grand sketch, « La mer démontée », créé en 1955 sur la scène des Trois-Baudets.

Il a trouvé sa voie. Il va apprivoiser les mots, les retourner dans tous les sens pour qu'ils deviennent absurdes et fassent rire. Ses sketchs naissent de situations de la vie quotidienne, d'expressions connues : « Trois fois rien, c'est déjà quelque chose. » Il est seul à présent en scène, ou plus exactement accompagné d'un pianiste qui l'épaule, met en valeur ses numéros dans lesquels il glisse un peu de mime, de prestidigitation et de jonglerie. Il est devenu le clown de son enfance, mais avec du texte en plus, un clown spirituel, et l'on est partagé entre le rire et l'émotion. Car quelquefois le clown pleure...

Pudique, Raymond n'ouvrait pas beaucoup son cœur. Il vivait une belle histoire d'amour avec son épouse Simone, une comédienne de la compagnie Jacques Fabbri qu'il avait rencontrée en 1946, mais il souffrait secrètement de ne pas avoir d'enfant. Il connaîtra une autre femme, mais beaucoup plus tard, trop tard, en 1985, et Françoise Maucq ne deviendra officiellement sa compagne qu'à la mort de Simone en 1999. Hélas, elle succombera à la maladie quatre ans après.

Cette absence d'enfant et la misère qu'il avait connue à ses débuts, lorsqu'à douze ans il avait dû travailler dans une crémerie des Halles, expliquent pourquoi Raymond sera très généreux ensuite avec les Orphelins d'Auteuil, les jeunes cancéreux de Villejuif ou l'association Perce-Neige créée par Lino Ventura.

Lino, c'était l'ami de toujours, pas un grand bavard, contrairement à Raymond, mais un cœur gros comme ça. Ses dîners spaghettis étaient célèbres et l'on y trouvait aussi les deux autres complices de la bande : Georges Brassens et Jacques Brel.

On se souvient de ma piètre prestation lors de mon premier soir à l'Olympia en octobre 1955. Parmi les chanteurs que j'avais été incapable de présenter, il y avait justement Georges Brassens. Avec cette douceur dont il ne se départait jamais, Georges m'avait alors gentiment réconfortée.

Sans doute se souvenait-il de ses propres débuts. Ils n'étaient d'ailleurs pas si loin. À peine trois ans. Auteur compositeur aussi timide que ses chansons étaient provocantes, il n'aurait jamais osé monter sur scène sans l'acharnement de – décidément il était partout – Jacques Canetti. Le patron des Trois-Baudets l'avait remarqué chez Patachou et le lança véritablement en l'engageant pour la première partie de... Henri Salvador ! Paris était vraiment un village.

Georges rencontra tout de suite le succès. Si ses chansons les plus osées comme *Le Gorille* étaient interdites d'antenne, elles faisaient parler de lui. Quant aux autres, poétiques et sensibles, elles plaisaient au public. Très vite, il a enchaîné les scènes prestigieuses, passant plusieurs fois à Bobino et à l'Olympia, puis les tournées en province et à l'étranger.

L'année où nous nous sommes croisés, il avait eu, en plus de ses mots réconfortants, un geste tendre : il m'avait offert un trèfle à quatre feuilles que j'ai longtemps gardé avec moi, jusqu'au jour où j'en ai fait cadeau à mon fils Benjamin quand il a eu vingt ans. J'estimais qu'il m'avait plutôt bien servi. Mais il me manquait, mon trèfle... C'est idiot comme on attache de l'importance à ce genre de choses. Coïncidence troublante, j'en ai retrouvé un il y a quelques années... devant la tombe d'Edmond à Clarke.

Nul doute, Georges m'aimait bien. Un peu trop ? Je n'en sais rien, mais je ne voulus pas tenter le diable. Il m'invita plusieurs fois de suite à dîner, après le spectacle, et je lui répondais invariablement : « Avec plaisir, Georges, mais demain plutôt. » Au bout d'un mois, il a compris que je le menais en bateau, alors un soir, il m'a dit, avant d'entrer en scène : « Écoute cette chanson, elle est pour toi. » C'était *Une jolie fleur dans une peau de vache* !

Un tel humour m'aurait presque fait craquer ! Mais, de toute façon, Georges avait quelqu'un dans sa vie, une femme d'origine estonienne qu'il avait connue à la fin des années quarante. Elle s'appelait Joha Heiman et il la surnommait Püppchen, « Petite poupée » en allemand. On aurait pu imaginer une grande blonde, c'était une petite brune rondelette, chaleureuse et maternelle. Elle lui sera fidèle jusqu'à la fin. Sans doute la singularité de leur couple explique-t-elle sa longévité : ennemi des conventions sociales, de leur hypocrisie, Georges ne pouvait supporter l'idée du petit couple bourgeois. Ils convinrent donc de ne pas vivre sous le même toit ! Il n'en aimait pas moins sa jolie Püppchen. Il disait : « Ce n'est pas ma femme, c'est ma déesse. » Ce fut un amour lumineux.

Elle était bien sûr là lors des opérations répétées qu'il dut subir. Depuis la guerre, Georges souffrait en effet de crises de coliques néphrétiques qui le faisaient souffrir à tel point qu'il était parfois obligé de quitter la scène. Sa carrière en pâtit. Malgré le succès toujours croissant de ses concerts et de ses disques, il dut renoncer à ses tours de chant au début des années soixante-dix. Curieusement, à la même époque, son autre ami intime, Jacques Brel, décidait de changer de vie, se sachant lui aussi gravement malade. Et les deux ont eu le même geste envers leur ami Lino : enregistrer leurs dernières chansons au profit de l'association Perce-Neige.

Les copains d'abord. C'était la chanson que Georges avait composée pour le film d'Yves Robert et sans doute celle qui le résumait le mieux. À ses yeux, l'amitié était plus sacrée que l'amour. Avec Raymond Devos, il partageait bien sûr le plaisir des mots, mais aussi le souvenir d'une expérience douloureuse : tous deux avaient dû faire le STO, le service du travail obligatoire en Allemagne. Avec Jacques Brel, il était peut-être plus attentionné encore : le chanteur belge avait eu des débuts plus difficiles que lui et sa nature torturée en faisait un être à part. À entourer de soins. Il l'appelait « Abbé Brel », parce qu'il avait commencé par chanter devant des organisations chrétiennes.

Une nouvelle fois, c'est Jacques Canetti qui lui a donné sa chance en le faisant venir de Bruxelles pour passer dans son cabaret. Il a vingt-quatre ans, un accent à couper au couteau, une allure gauche et provinciale, et le succès n'est pas au rendez-vous. Mais on sent en lui une force, une sincérité, une profondeur, qui ne laissent pas indifférent. Cet homme-là est « habité ».

Comme je l'ai déjà raconté, nous avons fait une tournée ensemble à cette époque, ce devait être en 1954, et si elle n'est pas très concluante pour moi, Jacques n'a guère plus de succès. Il n'y a que Georges Brassens qui s'en sort. Ce n'est que trois ans plus tard avec sa chanson *Quand on n'a que l'amour* qu'il décolle véritablement. Et l'année suivante, à l'Olympia, en première partie de Philippe Clay, c'est lui qu'on acclame.

Il a laissé tomber sa guitare et travaillé sa voix. Dans son petit costume très comme il faut, il ne paie pas de mine au départ, mais peu à peu il s'enflamme, gesticule, transpire. Il interprète ses chansons avec rage et émotion. Comme un comédien. Il est de la race d'une Piaf. Le public ne s'y trompe pas et le porte en triomphe.

Je dois reconnaître qu'il était impressionnant, mais au quotidien, pas facile à vivre. Beaucoup trop neurasthénique pour moi. Sujet aux sautes d'humeur, entre blues et colères, fumant cigarette sur cigarette, buvant verre sur verre. J'ai voyagé à deux reprises avec lui, lors de cette tournée et en 1957, quand nous sommes allés avec Georges de Caunes présenter la première émission de télévision à Alger, il y avait là également Philippe Clay. Cette prestation a failli d'ailleurs être la dernière : quelques minutes après la fin de l'émission, une bombe explosait sous la scène !

On sentait chez Jacques une urgence, un compte à rebours qui trottait, pourtant il n'était pas encore condamné, mais il ne tenait pas en place. Sur scène, il donnait tout, il en était même malade ; avant d'entrer sur scène il vomissait de trac. Et le succès entraînant des tournées à travers le monde, il s'épuisait véritablement. Mais quand il a estimé qu'il n'avait plus rien à dire, il a arrêté ! C'est dire le caractère de l'homme.

Ses adieux resteront un moment mémorable. C'était en 1966 à l'Olympia, soit seulement huit ans après son premier triomphe. Georges Brassens avait écrit un hommage dans le programme, le Tout-Paris s'était bien sûr déplacé et Jacques a chanté quinze chansons, pas une de plus, il ne faisait jamais de rappel. Cependant, il est revenu saluer à plusieurs reprises, le public ne se décidant pas à partir, jusqu'à apparaître en peignoir et pantoufles !

Jacques voulait vivre d'autres vies. Faire du cinéma d'abord, dans lequel il prouva vite son talent (ah ! *L'Emmerdeur* avec son copain Lino !), et puis partir, voyager, faire du bateau et de l'avion, être libre. Sa rencontre avec Madly, une jeune comédienne, sur le tournage de *L'Aventure c'est l'aventure* de Claude Lelouch, le conforta dans cette nouvelle direction.

Il n'oublia pas complètement sa première femme Miche qu'il avait épousée à vingt et un ans. Elle l'avait suivi à Paris, avait connu les périodes de galère et ensuite la rançon du succès, quand il ne rentrait pas certains soirs... Elle lui avait aussi donné trois filles qu'il emmenait en croisière sur son voilier.

La maladie précipita les choses. Jacques s'installa avec sa compagne aux îles Marquises et y passa les dernières années de sa vie. Son cancer était incurable. Il trouva encore la force d'écrire quelques chansons. Et c'est là qu'il repose, à côté de la tombe de Gauguin. Bien loin de son *Plat pays*.

Puisque je l'ai évoqué, un mot sur Philippe Clay qui était le plus charmant des hommes. Avec son mètre quatre-vingt-dix, sa longue silhouette dégingandée et son visage anguleux, il ne passait pas inaperçu. Il avait ce qu'on appelle « une gueule ».

Il faisait partie de la bande de Saint-Germain-des-Prés, était ami de Boris Vian et de Jacques Prévert. Lui aussi avait fait ses classes aux Trois-Baudets, mais avant il avait suivi des cours d'art dramatique au Conservatoire. Comédien dans la troupe du palais de Chaillot, il était devenu chanteur par hasard, en gagnant un concours amateur, et avait commencé avec des chansons signées d'un inconnu, Charles Aznavour.

Il jouait sur les deux tableaux, à la fois acteur et chanteur. Au cinéma, il devint populaire avec le film *French Cancan* de Jean Renoir dans lequel il interprétait Valentin le Désossé. Il y eut ensuite *Notre-Dame de Paris* avec la belle Gina. Philippe prêtait ses traits si particuliers au chef de la Cour des Miracles. Cette notoriété lui permit de se produire sur des scènes de plus en plus grandes, et finalement à l'Olympia.

En 1958, je tournais avec lui *En bordée*, un film de Pierre Chevalier. L'histoire de trois matelots qui faisaient escale dans un port et rencontraient trois jolies filles. Je jouais Muguette, la jolie serveuse du snack-bar. Les deux autres matelots étaient interprétés par Jean Richard et André Gabriello.

Inutile de dire qu'on était loin de l'inspecteur Maigret ! D'ailleurs, si Georges Simenon avait vu la prestation de Jean Richard, je ne suis pas sûre qu'il aurait accepté de lui confier le rôle neuf ans plus tard. Le registre de l'acteur était encore proche du comique troupier, dans le genre ahuri. Je crois que ce qui l'a au fond décidé, c'est que Jean Richard, comme Maigret, fumait la pipe.

Il est vrai qu'il avait aussi tourné *Elena et les hommes*, de Jean Renoir, il avait donc des capacités, mais sa filmographie ne recèle pas que des chefs-d'œuvre ; il était le premier à en convenir. Lorsqu'il se consacra à la vraie passion de sa vie, son cirque, il plaisantait : « Je suis le seul homme à nourrir des lions avec des navets. »

Ses grands copains s'appelaient Roger Pierre et Jean-Marc Thibault. Ils avaient débuté ensemble dans un spectacle burlesque, *Quelques pas dans le cirage*, et il était même devenu leur imprésario. Après guerre, Jean Richard avait été responsable du théâtre aux armées dans l'Allemagne occupée, il avait donc un grand sens de l'organisation d'un spectacle.

Roger Pierre et Jean-Marc Thibault ont beaucoup fréquenté le cabaret L'Amiral, rue Arsène-Houssaye, près de l'Étoile, ils y ont présenté au moins une dizaine de revues. C'est là que je les vois pour la première fois. Mais il y avait aussi le caveau de la République, Chez ma Cousine, Chez Tonton, le théâtre Fontaine où ils jouaient un spectacle baptisé *Popocatepetl*...

Ils enchaînaient les revues et les cabarets de façon boulimique. À vélo, ils passaient de l'un à l'autre, avec leur grosse valise d'accessoires ficelée au porte-bagages, et faisaient leur tournée jusqu'à deux heures du matin. On imagine la qualité du public à cette heure... Le cabaret est sans doute l'école la plus dure du spectacle : vous avez affaire à une assistance qui est venue pour boire, manger, rigoler, pas spécialement bien disposée à votre égard. Et il faut la captiver, la dompter, « l'emballer ». C'est tuant !

Roger Pierre et Jean-Marc Thibault avaient commencé en 1947 dans un cabaret rue de la Huchette qui s'appelait le Caveau de la terreur ! Ils interprétaient des sketchs qu'ils avaient écrits quelques heures auparavant et chantaient accompagnés par un pianiste. Évidemment, pour Jean-Marc qui avait été l'élève de René Simon, ce n'était pas encore le répertoire de la Comédie-Française. À vingt ans, il avait cru que sa carrière démarrait en jouant dans *Premier de cordée* de Louis Daquin. Mais la gloire est capricieuse... En attendant, il fallait faire rire par tous les moyens et jouer dans des films pas forcément immortels. Comme les deux « chefs-d'œuvre » que nous tournons ensemble en 1953...

Je rappelle qu'alors les films se faisaient en deux mois, Jean Boyer avait donc enchaîné *Femmes de Paris*, dont j'ai déjà parlé, et *Une vie de garçon*, ce qui m'avait valu une petite photo dans *Cinémonde*. Pas pour l'histoire qui, encore une fois, était aussi légère qu'une bulle de champagne. De mémoire, Roger Pierre venait enterrer sa vie de garçon chez Maxim's en compagnie de son copain Jean-Marc Thibault.

Mais quelle ambiance sur le plateau ! Dès le maquillage, on riait aux éclats. Les deux « zozos » n'arrêtaient pas de faire des blagues, Roger dans le genre délicat et pince-sans-rire, Jean-Marc plus premier degré. Ils nous racontaient les frasques de la veille, leur tournée dans les clubs de Pigalle, essayaient sur nous de nouvelles idées de sketchs.

Un an auparavant, Roger Pierre avait eu plus de chance avec Jean Boyer : il avait joué dans son film *Le Trou normand* au côté d'une jeune débutante, Brigitte Bardot ! Et il avait même dû l'embrasser. Ce qui avait plongé la jeune fille dans l'embarras. C'était la première fois qu'elle embrassait « un homme qui n'était pas son fiancé... » – à l'époque, Roger Vadim.

Avec Roger et Jean-Marc, nous ne nous sommes jamais vraiment perdus de vue. En 1955, je suis allée voir un spectacle qu'ils avaient créé avec Boris Vian, *Ça, c'est un monde*. Un an plus tard, je les présentais à l'Olympia dans le fameux « Programme de la jeunesse et de la joie ». Ensuite, j'ai suivi la réussite de leur carrière à la télévision, Jean Nohain les avait pris sous son aile et les invitait régulièrement à *Trente-six chandelles*. Puis, ils ont eu leurs propres émissions, *La Grande Farandole, Les Grands Enfants*, et à la radio, *La Cavalcade*. Sans parler de leurs chansons : *À Joinville-le-Pont Pon Pon !*

Il y avait aussi bien sûr le cinéma qui continuait à les demander. La mode était aux comédies légères. Alors, ils réalisèrent leurs propres films : *La Vie est belle*, *Vive les vacances* et *Un cheval pour deux*. Dans leur entourage, on retrouvait toujours la même bande de copains : Francis Blanche qui les fera tourner dans son film *Tartarin de Tarascon*, Fernand Raynaud avec lequel j'ai obtenu enfin un premier rôle avec *Fernand cow-boy* en 1956 et surtout, l'inénarrable, le drôlissime, le génial et très regretté Darry Cowl.

Encore un qui est passé par les Trois-Baudets. Mais au début, André Darricau, rebaptisé Darry Cowl, accompagnait les humoristes au piano. Pas question de réciter un texte ou encore moins d'improviser. Il ne voulait pas parler. Il zozotait, bégayait et il en avait honte. Il ne voulait pas faire rire à ses dépens. On racontait qu'il avait été traumatisé par sa gouvernante à l'âge de huit ans. Pour le punir d'une de ses blagues, elle l'avait suspendu par les pieds... Il avait aussi appris, après la mort de son père, que sa vraie mère était l'une de ses maîtresses. Pour sauver les apparences, Mme Darricau avait simulé une grossesse pendant six mois !

Petit à petit, Jacques Canetti réussit à le convaincre de prendre la parole. Darry osa quelques blagues, joua de petits sketchs entre deux chanteurs, accepta quelques propositions de films. Et, en 1956, Sacha Guitry le lança dans *Assassins et voleurs*, aux côtés de Michel Serrault et Jean Poiret.

La même année, je tourne avec lui dans un film d'André Berthomieu, *Cinq millions comptant*. Toujours des millions ! Je n'y échappe pas. Le producteur et le compositeur de la musique est Francis Lopez. Je ne savais pas que, quarante ans plus tard, il me proposerait d'écrire le livret de *Sissi*, sa dernière opérette.

Dans le film, je joue Céleste que Darry Cowl aime et j'ai beaucoup de mal à garder mon sérieux pendant les prises. Avec sa chevelure frisottée, ses lunettes, son air ahuri et son bégaiement, il était irrésistible. « Femme qui rit à demi dans son lit » ? Pour ma part, je n'ai pas testé, mais je crois qu'il arrivait souvent à ses fins. Il avait beaucoup de succès avec les femmes.

Il en épousa une qui était, elle aussi, musicienne. Et

ils avaient une façon très romantique de se dire leur amour. La jeune fille lui envoyait des partitions qu'elle avait composées pour lui et qui retranscrivaient toutes les nuances de ses sentiments. Il s'installait au piano et les déchiffrait en s'exclamant : « Comme elle m'aime ! Comme elle m'aime ! » Il lui répondait alors en faisant de même.

En 1957, avec *Le Triporteur* de Jacques Pinoteau, il devient une vedette très populaire. Cette fois, son bégaiement est complètement assumé, voire exploité. C'est sa carte de visite. Il enchaîne ensuite film sur film, sans trop regarder à la qualité. C'est que Darry a un gros défaut : il est joueur. Et les sommes qu'il perd au casino l'obligent à ne pas être trop exigeant. Entre 1955 et 1965, il tournera soixante films ! Il ne faisait souvent qu'une apparition, une ou deux scènes, de quoi gagner quelques milliers de francs pour rembourser ses dettes. Il souffrait de cette situation, mais n'arrivait pas à s'en sortir.

Parmi tous ses films, j'oublie d'en citer un autre où nous nous sommes croisés, c'est *En effeuillant la marguerite*. Il y avait là aussi Daniel Gélin avec qui j'ai beaucoup sympathisé. Il était charmant, affable et toujours de bonne humeur, très bien élevé. Il avait alors divorcé de Danièle Delorme et était entouré de jolies femmes. J'ai raconté que, dans le film, il jouait un journaliste qui préférait la compagnie de Brigitte

Bardot à la mienne… Nous n'allons donc pas revenir là-dessus. Daniel n'était pas à proprement parler un jeune premier au physique bouleversant. Mais il plaisait beaucoup, dans le genre grand intellectuel avec la mèche sur l'œil et le regard sombre. Il avait un côté « Saint-Germain-des-Prés ». D'ailleurs il avait eu du succès dans le film de Jacques Becker, *Rendez-vous de juillet*, qui était une évocation de la jeunesse de cette époque et de ce milieu.

Daniel n'était pas un humoriste comme mes autres camarades de jeu, il ne venait pas de l'univers des cabarets et son registre n'était pas vraiment comique. C'était un acteur, un vrai. Il avait fait le cours Simon et le Conservatoire d'art dramatique, et sa carrière avait démarré tout de suite au théâtre, puis au cinéma. En 1950, il tournait dans le chef-d'œuvre de Max Ophüls, *La Ronde*. Et six ans plus tard, Hitchcock le prenait pour son film *L'Homme qui en savait trop*. Il y eut ensuite *Le Testament d'Orphée*, de Jean Cocteau, et puis Costa-Gavras, René Clément, Claude Chabrol, Louis Malle… Inutile de dire que sa filmographie est impressionnante.

J'ai eu dernièrement l'occasion de parler de lui avec sa fille… Maria Schneider. Sa fille naturelle. Nous étions toutes les deux invitées à une soirée organisée par mon amie Dominique de Rabaudy, un dîner ne réunissant que des natifs du Bélier. Il y avait là aussi Claudia Cardinale et Jean-Claude Brialy. Elle m'évoqua avec pudeur ce père qui ne l'avait pas reconnue, et qui pourtant était la délicatesse même, comme en témoignent ses recueils de poésie. La naissance de Maria avait été la cause de sa séparation avec Danièle Delorme. Mais il n'avait pas pour autant épousé sa mère. Il a refait sa vie avec une autre femme qui lui a donné deux enfants, puis il en a épousé une troisième qui, elle aussi, a eu une fille. « C'était un séducteur. » Et Maria de me raconter l'enterrement où femmes et maîtresses se côtoyaient. Comme pour Roger Vadim. Danièle Delorme, bien sûr, était là. Et alors qu'elle l'avait ignorée durant toute sa vie, elle a finalement eu un mot gentil pour Maria.

Enfin, il y a un acteur avec lequel j'ai tourné à la même époque et qui est toujours là, bien vivant, remportant un véritable succès populaire avec sa série télévisée, c'est le commissaire Cordier, alias Pierre Mondy.

J'ai fait sa connaissance sur le tournage de *Folies-Bergère* d'Henri Decoin, le film avec Zizi Jeanmaire. Puis, je l'ai retrouvé dans *Cigarettes, whisky et p'tites pépées,* de Maurice Regamey, où là je lui donnais vraiment la réplique. J'avais le troisième rôle. On se souvient de l'histoire : un centre sportif sur la Côte d'Azur, dirigé par Annie Cordy, une cache de whisky et de cigarettes de contrebande découverte par une jeune fille un peu naïve (jouée devinez par qui...), et un dangereux bandit qui veut récupérer sa marchandise, interprété par Pierre Mondy.

Le tournage a eu lieu de juin à août 1958 à Marseille et c'était comme des vacances. Le soleil, la mer, la gaieté d'Annie Cordy et la tendresse débonnaire de Pierre. J'ai vraiment pu l'apprécier à cette occasion. Ce n'était pas un comique comme Louis de Funès ou Darry Cowl, il ne grimaçait pas, il était plutôt le « bon gars » dépassé par les événements. Dans le rôle du méchant Max, il ne faisait pas vraiment peur.

Comme Daniel Gélin, il avait fait le cours Simon et avait débuté dans le film de Jean Becker, *Rendez-vous de juillet*. Il était toutefois un peu plus jeune que lui. Il tourna presque autant, mais avec toujours une prédilection pour les comédies. On le retrouve dans *Le Triporteur* et il devient vraiment populaire dans les années soixante-dix avec *La Septième Compagnie*. Ce qui ne veut pas dire qu'il ne pouvait endosser de grands rôles dramatiques : il a composé un Napoléon dans le film *Austerlitz* d'Abel Gance qui lui a valu de vifs éloges.

Sur le tournage de *Cigarettes...*, il m'avait donné des conseils pour une scène où j'étais ivre. Il n'y a rien de plus difficile à jouer. Et je ne pouvais pas tricher, je n'ai jamais bu une goutte d'alcool. J'avais déjà dû simuler l'ivresse dans *Comme un cheveu sur la soupe* et ça n'avait pas été brillant. En revoyant ma scène avec Annie Cordy, je ne suis pas sûre d'avoir fait des progrès.

Cela amusait beaucoup Pierre. Il avait toujours ce petit sourire en coin qui ne l'a pas quitté. Je l'ai revu bien des années plus tard au théâtre, qui a été, je pense, sa vraie passion. Et puis, bien sûr, à la télévision où il a pu se faire connaître et apprécier d'une nouvelle génération.

J'aimerais terminer ce tour d'horizon de mes copains de l'époque par l'évocation de deux chanteurs que j'ai vus débuter, Serge Lama et Charles Aznavour.

J'ai connu Serge jeune adolescent, quand il venait voir son père, Georges Chauvier, se produire au théâtre des Capucines. C'était en 1954. Il avait onze ans et rêvait déjà de music-hall. Il regardait fasciné « les p'tites femmes de Paris » qui descendaient de leurs loges en culottes et décolleté... On comprend où il a puisé l'inspiration !

Son père était baryton, il chantait dans des opérettes, mais la vie n'était pas facile pour la petite famille qui vivait dans un meublé. Son épouse voulait qu'il se trouve une situation plus sûre, et il finit par lui donner raison : il renonça à sa carrière et devint représentant de commerce. « Vendeur de bière », comme il disait. Ce sacrifice bouleversa Serge qui, lui, entendait bien être artiste. Il admirait son père et sans doute y a-t-il aussi dans sa vocation une envie de lui rendre hommage.

Après avoir fait son service en Algérie, il entre au Petit Conservatoire de Mireille. Il y fait ses classes et parvient à se faire engager à L'Écluse. Le jour de ses vingt et un ans, il y débute au côté de Barbara. Ils deviennent amis et se retrouvent quelques mois plus tard à Bobino, en première partie de Georges Brassens. Il enregistre son premier disque. Le succès est en marche.

Mais l'année suivante, en tournée avec Marcel Amont, Serge est victime d'un très grave accident de voiture. Il s'écrase contre un arbre. Sa petite amie, Liliane Benelli, qu'il avait connue à L'Écluse où elle était pianiste, est tuée sur le coup. Lui s'en sort, mais dans quel état ! Il est à demi paralysé.

Avec beaucoup de courage, Serge fait face. Pendant un an et demi, il reste allongé et suit une rééducation. Il ne perd pas espoir. Il compose dans son lit, enregistre même de nouvelles chansons. Dehors, on ne l'oublie pas. Bruno Coquatrix organise un gala de soutien à l'Olympia. Et en 1967, le chanteur est de retour sur la scène prestigieuse, en première partie d'une nouvelle amie : Nana Mouskouri. Le succès est au rendez-vous et, cette fois, il ne va plus le lâcher.

Je n'ai jamais vu quelqu'un avec tant d'énergie. Il est loin, le petit jeune qui se faufilait dans les coulisses. Avec sa taille imposante, sa voix qui porte et son rire tonitruant, Serge occupe tout l'espace et, dans les années soixante-dix, on ne voit que lui. Ou devrais-je dire, on n'entend que lui : entre *Je suis malade*, *Les Petites Femmes de Pigalle* et *Femme femme femme*, difficile de lui échapper sur les ondes. J'en suis la première ravie, je suis une inconditionnelle de ses chansons. Dans ma voiture, j'ai tous ses CD, à côté de ceux de Sinatra et de Charles...

Il y en a un que j'aime particulièrement, c'est l'album dans lequel Serge reprend les chansons de Brel. Album hommage qui évoque tellement de souvenirs. Au début des années quatre-vingt, il fit aussi un autre disque en l'honneur de quelqu'un qu'il aimait et qu'il admirait : son père. Georges Chauvier chantant sur le disque de son fils, quelle plus belle récompense pouvait se souhaiter cet artiste à la vocation sacrifiée ?

En parlant de récompense, j'étais présente à sa remise de la Légion d'honneur par le maire de Bordeaux, Alain Juppé. Nous nous retrouvons aussi quelquefois chez Marie-José Bobet, dans sa maison de Saint-Tropez, et j'ai appris depuis que Serge a eu un fils, à qui il transmet sans doute son amour de la chanson comme son père l'avait fait pour lui.

Aujourd'hui, Serge continue sa carrière avec moins de fougue. Dans ses chansons, il se fait plus intimiste, plus nostalgique, sans doute a-t-il ressenti le besoin de montrer que derrière son exubérance (on se souvient de sa comédie musicale *Napoléon* !) se cachait un homme timide et sensible. Un petit garçon qui se glissait dans les loges des danseuses et rêvait le cœur battant...

J'ai gardé le meilleur pour la fin, mon ami Charles Aznavour. Nous ne nous sommes jamais perdus de vue et aujourd'hui qu'il est installé à côté de Genève, je continue à le croiser à des soirées, dans des avions. Et je suis avec beaucoup d'admiration toutes les actions humanitaires qu'il mène pour son pays, l'Arménie.

J'ai rarement rencontré quelqu'un d'aussi gentil, toujours à l'écoute, attentionné, fidèle en amitié. Et ils sont nombreux, ses amis ! Depuis ses débuts dans les cabarets, il a fait une carrière tellement riche en rencontres et en expériences.

Lorsque je le présente en 1956 à l'Olympia, il n'est pas encore tout à fait « en haut de l'affiche », mais pas loin. Comme Serge, son père était baryton mais, contrairement à lui, Charles a grandi dans une ambiance d'artistes. Sa mère est comédienne, et si les parents tiennent à présent un petit restaurant arménien, ils inscrivent sans problème leur fils à l'école du spectacle. Charles rêve de devenir acteur. À l'âge de quatorze ans, il joue un des collégiens dans *Les Disparus de Saint-Agil.* Le cinéma est donc sa première vocation, mais pendant la guerre il fait la connaissance d'un jeune auteur compositeur, Pierre Roche, et sa vie prend une autre direction.

Ils s'associent et leur duo devient une des multiples attractions des cabarets de la capitale. Ils y côtoient tous ceux dont nous venons de parler et y rencontrent un certain succès. Même Charles Trenet s'enthousiasme. Ce qui comble de joie Charles : le « Fou chantant » est son Dieu. Il dira de lui : « C'est le coup de jeune dans la fourmilière de la routine, c'est un ouragan de fantaisie et de tendresse, c'est la poésie à l'état pur, du jamais vu ni entendu ! »

Édith Piaf aussi est sensible à leur talent et leur

permet de se produire aux États-Unis et au Canada. Premier voyage en Amérique et premier triomphe pour Charles. Il y en aura beaucoup d'autres ensuite.

Mais lorsqu'il rentre en France, il est seul. Son copain Pierre Roche a rencontré l'amour et est resté là-bas. Charles doit repartir presque à zéro. Et ça ne marche pas. Heureusement, il compose pour Mistinguett, Patachou, Juliette Gréco, Piaf, et est de plus en plus reconnu par le milieu. Parallèlement, il revient à ses premières amours et tourne dans des films guère plus mémorables que les miens...

Ce n'est qu'en 1954 qu'il commence à percer. Il fait un premier passage à l'Olympia. Une précision à ce propos que j'aurais peut-être dû faire plus tôt : passer à l'Olympia à l'époque, ce n'est pas comme aujourd'hui avoir son spectacle, c'est faire partie d'une dizaine d'artistes qui se produisent chaque soir. Ensuite, on monte les marches progressivement, on devient vedette américaine, puis vedette en tête d'affiche.

Charles le sera trois ans plus tard. Et ne quittera plus jamais ces sommets. En 1960, il chante *Je m'voyais déjà*... Il y est bel et bien. Tout lui sourit, même le cinéma. Après avoir joué au côté de Jacques Charrier dans *Les Dragueurs* de Mocky, il tourne avec François Truffaut dans *Tirez sur le pianiste*, ce qui accroît sa notoriété. À tel point que New York le réclame et Charles part chanter au Carnegie Hall. C'est le début de la gloire !

J'aurais peut-être pu profiter de cette gloire... Dans

un *Cinémonde* de 1958, je lis ceci à la rubrique potins : « On en parle à l'Élysée-Club. Aznavour a promis d'écrire des chansons pour Nadine Tallier. Elle va débuter dans le tour de chant... » Inutile de dire qu'il n'en a jamais été question, ou peut-être passée une certaine heure, après quelques coupes de champagne et dans un grand éclat de rire !

À un moment, nous étions très proches. Je me souviens qu'il était venu chez moi, j'avais alors un appartement à Neuilly, et je le revois, d'une timidité folle, assis sur une fesse, au bord du canapé. Peut-être parlions-nous de cette future collaboration, peut-être parlions-nous d'autre chose... Cela ne s'est pas fait et c'est sans doute mieux pour nous deux !

Sous des airs un peu de chien battu, Charles n'était pas sans charme. La gentillesse, tout d'abord, fait fondre plus d'une femme. Et puis, la voix était irrésistible. Quand il chantait *Après l'amour*, chanson qui avait été interdite de radio, on avait des étoiles dans les yeux. Bon, maintenant, dans ma voiture j'écoute *La Mamma* !

À sa manière, Charles était un séducteur. Il sait caresser avec des mots. Il se maria à l'âge de vingt-deux ans à Micheline, qui lui donna une fille et un garçon. Puis, il y eut Évelyne et un nouveau fils. Enfin, la sublime suédoise Ulla qu'il épouse à Las Vegas en 1968, mère d'une autre fille et de deux garçons. C'est ce qu'on appelle une famille recomposée. Aujourd'hui, il a trois petits-enfants et il est un grand-père gâteau !

Quand il regarde en arrière, Charles a de quoi être fier. Quelle vie ! Des titres de légende, *La Bohème*, *Hier encore*, *Mourir d'aimer*, *Les Plaisirs démodés*, *Emmenez-moi*, repris par les plus grands, Ray Charles, Fred Astaire, Bing Crosby, des tournées à travers le monde, des triomphes à Broadway, des millions de disques vendus, et quelques bons films, comme *Un taxi pour Tobrouk* ou plus tard *Le Tambour*, de Volker Schlöndorff.

Je suis allée à son concert au Palais des Congrès lorsqu'il s'est produit en duo avec son amie Liza Minnelli. Et c'était comme la consécration d'une carrière, le symbole d'une réussite totale : c'était un bonheur de voir son plaisir de chanter avec une telle star.

En plus, *last but not least*, il adore le bordeaux. Il a sans doute une des plus belles caves que je connaisse. Dans le fond, j'aurais dû m'en apercevoir, il avait vraiment tout pour plaire !

Les irréductibles (encore que...)

« Les hommes sont des femmes comme les autres. »

Groucho Marx

Parmi toutes les chansons de Charles Aznavour, il y en a une qui me bouleverse chaque fois que je l'écoute, c'est *Comme ils disent.* « J'habite seul avec maman, dans un très vieil appartement... » Et je suis toujours étonnée : comment un homme qui aime les femmes et qui semble complètement étranger à cet univers a pu si bien décrire la détresse d'un travesti ? Quelle intelligence et quel tact ! Tout est juste. Et quel courage ! Il faut pouvoir chanter : « Je suis un homo comme ils disent » !

Cette chanson me touche d'autant plus que j'ai toujours été entourée d'homosexuels. Aujourd'hui peut-être encore plus qu'hier. Et sans la moindre interrogation, la moindre gêne. Au contraire. Je supporte tout sauf la bêtise. L'intolérance engendre la vieillesse. Je connais leurs souffrances, leurs espoirs, leur sens de la fête et leur humour. Ils ont un esprit tellement incisif, parfois cruel, ils se damneraient pour un bon mot, et ils savent aussi bien rire des autres que d'eux-mêmes. Se tourner en dérision est d'ailleurs un de leurs grands jeux.

Je ne m'amuse jamais autant qu'avec eux car, s'ils ne l'accompagnent pas dans son lit, ils savent mettre en valeur une femme. En leur compagnie, vous êtes toujours la plus belle et la mieux habillée, ce sont de grands flatteurs et dans la flatterie on n'en fait jamais trop : « Chérie, tu es divine ! »

Dès le commencement de ma carrière, ils étaient là autour de moi. Quand j'étais jeune danseuse au cabaret Ève place Pigalle, je les fréquentais sans les voir. Je ne savais pas encore distinguer l'homme à femmes de celui « qui était perdu pour les dames ». Il n'y avait que les travestis qui vraiment se singularisaient. Et ils étaient nombreux dans les cabarets de Pigalle. Chacun avait son look et une gloire relative, mais un couple avait réussi à sortir du milieu de la nuit et à rencontrer un véritable succès populaire, c'était Charpini et Brancato.

Je fis leur connaissance au théâtre des Capucines et à l'ABC, où ils se produisaient. Et je dois dire qu'ils étaient désopilants. Ils parodiaient des opérettes comme *Ciboulette*, *Véronique* ou *Mannequins*, en réécrivant les textes et en les ponctuant de réparties. Charpini jouant les sopranos et Brancato les ténors. Certaines chansons étaient devenues de véritables tubes comme « J'aime bien mes dindons » tirée de *La Mascotte*, une opérette des années trente.

Ils avaient commencé à cette époque. Ils enchaînaient les numéros au Liberty's, place Blanche, et au Bosphore, rue Thérèse. En 1932, ils imitaient Yvonne Printemps dans une reprise de « J'ai deux amants » à la fin d'un dîner organisé par Sacha Guitry pour fêter ses trente ans de théâtre.

« J'ai deux amants, c'est beaucoup mieux
Car je fais croire à chacun d'eux
Que l'autre est le monsieur sérieux.
Mon Dieu, que c'est bête un homme ! »

Lorsque je les rencontrai, ils avaient donc une bonne cinquantaine d'années. Un peu Michel Serrault dans *La Cage aux folles,* en plus élégant, Charpini s'habillait comme une bourgeoise du XVIe arrondissement, d'ailleurs il habitait avec son compère Antoine Brancato l'avenue Victor-Hugo, quartier conservateur s'il en est. Il devait être la meilleure cliente de chez Franck et Fils ! C'est lui qui m'a appris ce qu'était la féminité, il était incollable sur la combinaison en soie et le porte-jarretelles. « Nadine, c'est l'arme absolue de la femme. Aucun homme ne résiste. Pas même moi ! » Il me disait aussi : « Le vêtement est un langage, on se dévoile selon la robe que l'on porte, moins nous en montrons, plus nous sommes désirés. »

Il m'a également appris à me déplacer sur scène, ce qui n'était pas si évident que ça... À l'ABC, je me souviens que nous nous produisions dans une revue où j'incarnais un melon !

Je les accompagnais souvent au Liberty's qui existait toujours, mais qui avait été rebaptisé Chez Tonton. On dînait dans une toute petite salle, puis venait le spectacle. Roger Pierre et Jean-Marc Thibault y présentaient des sketchs. On voyait aussi Jackie Sardou qui chantait *Les Trois Cloches*, moulée dans une petite robe noire façon Piaf. Les serveurs prenaient leur voix la plus aiguë et faisaient les chœurs. Tout était prétexte à gag. Les mêmes, lorsqu'ils servaient les fromages, étaient déguisés en Andalouses et agitaient leur éventail pour dissiper l'odeur. Le café était servi par Ali, un superbe Noir habillé à l'orientale. Enfin, il y avait un autre personnage haut en couleur, un fakir tout de blanc vêtu, Bouadanah Printemps. Il prédisait l'avenir aux clients. Je ne sais s'il avait un vrai don mais il me promit un destin incroyable...

Dans ces années cinquante, un autre travesti allait connaître une gloire comparable à celle de Charpini et Brancato, c'est Coccinelle.

En 1953, Jacques Dufresnoy débute Chez Madame Arthur, rue des Martyrs, autre lieu célèbre pour ses travestis, avec une chanson de Danielle Darrieux, tiré du film *Premier rendez-vous*. « Ah ! Qu'il doit être doux et troublant, l'instant du premier rendez-vous... » Il connaît l'endroit depuis son adolescence, sa mère y vendait des fleurs. Son surnom est né un soir de carnaval, à cause d'une robe rouge à pois noirs. Jacques est devenu Coccinelle et a débuté dans le spectacle. Joli garçon brun, il s'est métamorphosé en une superbe blonde platine, copie de Martine Carol, et les regards ont commencé à le dévorer... Un article dans *France-Soir* le consacre et fait le succès de Madame Arthur. On se presse pour voir cette si troublante Coccinelle. Les hommes qui aiment les hommes aiguisent l'imagination des femmes. Et peut-être aussi la jalousie...

Car ce n'est pas seulement un très joli travesti, sa féminité est réelle, il bouge, il parle, il séduit comme une femme. Et un jour de 1958, Jacques Dufresnoy saute le pas : il part se faire opérer à Casablanca ! Une première ! Et une libération pour lui : « Tout petit déjà, vers quatre ans, j'ai compris que j'étais différent... J'étais une fille mais personne ne le voyait. J'étais Jacqueline prisonnière du corps de Jacques ! »

Coccinelle est le premier transsexuel français et la presse se passionne pour le sujet. Son « cas » défraie la chronique. Elle fait la une de tous les journaux et sa notoriété devient internationale. Un engouement et une curiosité pas toujours très saine renforcés deux ans plus tard par son mariage ! Coccinelle épouse un journaliste sportif. Et à l'église ! En robe blanche de Guy Laroche et au bras de son père ! À nouveau, les conventions sont bousculées. Mais pour elle, rien de plus normal : elle est simplement une femme amoureuse. Pour l'occasion, Jacqueline a juste dû se faire rebaptiser. C'est le petit Jacques qui avait été baptisé vingt ans plus tôt...

Le mariage ne durera qu'un an mais ne la fera pas renoncer pour autant. En 1963, elle tombe sous le charme d'un beau garçon brun qui fait de la figuration dans sa revue. Elle ne l'aurait pas remarqué si son talon ne s'était coincé dans le plancher du théâtre et qu'il ne l'avait aidée à se sortir de ce mauvais pas. Il s'appelle Mario et ils vivront quatorze ans ensemble, jusqu'à ce qu'un cancer l'emporte.

Entre-temps, Coccinelle a enchaîné spectacle sur spectacle. Elle s'est même retrouvée à l'affiche de l'Olympia. Toujours en 1963, Bruno Coquatrix créait spécialement pour elle une revue, *Chercher la femme*. Vedette du cabaret Le Carrousel de Paris, rue du Colisée, elle fascinait une société élégante et c'est là que je la découvris, plus belle que jamais, mêlant avec art glamour et insolence, lovée dans les fourrures, le strass et les paillettes. Elle chantait : *Je cherche un milliardaire*, *On fait tout à la main*, *La Marie-Vison*, *Mon gigolo*...

Elle fit quelques disques et tourna quelques films, mais sans grande conviction. L'histoire ne retiendra pas vraiment ses apparitions dans *Nuit d'Europe*, *Interpol attaque*, ou *Les Don Juans sur la Côte d'Azur*... Elle préférait voyager. Réclamée à travers le monde, elle partait en tournée en Australie, au Canada, en Amérique du Sud. Elle chanta même pour le shah d'Iran ! À la fin des années soixante-dix, elle s'installa à Berlin où elle resta neuf années. Un soir que j'étais moi-même de passage à Berlin, j'accompagnais un ami qui était fou d'elle, dans une boîte où elle se produisait... Mon Dieu, comme elle avait changé ! Elle avait grossi et semblait avoir des problèmes. J'appris qu'elle avait perdu ses parents, son mari, et qu'elle ne se plaisait pas à Berlin. Elle n'avait même pas essayé d'apprendre l'allemand ! Elle rêvait de rentrer à Paris. Un de ses fans organisa son retour : un livre biographique publié chez Filipacchi et un tour de chant chez Madame Arthur. De quoi faire un come-back.

En 1987, Coccinelle est sur la scène de ses débuts. Prête pour un nouveau départ. Elle a cinquante-six ans. Si la féminité s'est épaissie, l'enthousiasme est intact. Et le public est au rendez-vous. Coccinelle est devenue une icône. Pascal Sevran l'invite régulièrement dans son émission *La Chance aux chansons* et même sur le plateau du Casino de Paris où il a créé un spectacle. Coccinelle y fait un triomphe. Des producteurs lui proposent alors de monter une comédie musicale basée sur sa vie. Elle accepte aussitôt. Elle suit un régime draconien pour retrouver sa silhouette de jeune fille et les répétitions commencent. Malheureusement, la guerre du Golfe et le contexte d'insécurité qui suit brisent ce beau rêve.

Coccinelle décide alors de partir vivre dans le sud de la France. Elle y suit un admirateur qu'elle finira par épouser. Ensemble, ils ouvrent le cabaret Chez Coccinelle à Marseille et, pendant trois ans, elle sera la reine de la nuit sur la Canebière. Avec l'âge, elle quitte définitivement la scène et se consacre à l'association qu'elle a créée, Devenir femme... Dans la mesure de ses moyens, elle aide les personnes qui ont des problèmes d'identité et souhaitent changer de sexe. Un combat dans lequel elle a été pionnière. Et quand elle a fini de répondre à son nombreux courrier, elle regarde *Les Feux de l'amour*, sort faire ses courses ou déjeune avec ses copines au soleil. Comme elle le dit : « Je suis devenue Madame tout le monde »... Une vieille dame qui s'est éteinte très discrètement il y a quelques mois.

À quelques mètres de Chez Madame Arthur, dans cette rue des Martyrs qui monte vers Montmartre, un autre établissement faisait parler de lui dans les années soixante : Chez Michou.

C'était l'adresse d'un garçon qui avait le même âge que Coccinelle et qui, comme elle, était issu d'un milieu ouvrier mais amateur de chinchilla ! Dans son petit restaurant, un soir de Mardi gras, il s'était amusé à imiter France Gall et deux de ses amis avaient fait Nana Mouskouri et Sylvie Vartan... Un gag, le temps d'une soirée, si ce n'est qu'un article dans la presse signé Edgar Schneider allait lancer l'endroit. Devant le succès de la formule, Michou monta une revue avec des travestis, ou plus exactement des transformistes.

La nuance a son importance : ces hommes qui prenaient les traits de toutes les vedettes de la chanson d'alors pouvaient être, lorsqu'ils rentraient chez eux, de bons pères de famille. C'était un métier, pas un choix sexuel. Et toutes les célébrités qui ont assisté au spectacle, de Joséphine Baker à Bernadette Chirac en passant par Line Renaud ou Sophia Loren, ne se sont jamais senties mal à l'aise.

Pour ce qui est de Michou, il n'a jamais caché qu'il

aimait les garçons. S'il ne s'habille pas en femme, ses lunettes bleues électriques et son brushing blond bien cranté ne sont pas, à proprement parler, ceux d'un macho... Dans son cabaret, il s'était rebaptisé Miss Glassex ! Mais cette excentricité est trompeuse. Sous ses airs un peu fofolle, il dit souvent qu'il est « un vrai mec » ! Et je le crois volontiers : on sent en lui une grande force de caractère, du courage et de la volonté, pas le genre à se pâmer dans le vison ! Quand on travaille dans le monde de la nuit, il faut savoir se faire respecter, et Michou n'a jamais eu de problème ni avec la police ni avec les voyous.

En 1978, il sortait une chanson légère et ironique : *Moi j'suis Michou.* « Mi-figue, mi-raisin, mi-fille, mi-gamin, mi-morue, mi-pingouin, moi j'suis Michou ! » Mais il est loin d'être stupide, mon ami. Il a la tête sur les épaules. Il ne s'est jamais pris pour une starlette. Il est le patron d'une PME de trente-trois employés. « J'ai toujours été une bosseuse », plaisante-t-il. À vingt-cinq ans, il ouvrait son restaurant et, cinquante ans plus tard, son établissement est toujours là et il fait le plein tous les soirs.

Ce qui ne l'empêche pas d'aimer les plaisirs de la vie. Ainsi, tous les jours avant le déjeuner, on peut le voir à la terrasse du Berkeley en train de boire une bouteille de champagne. Et il y a toujours quelqu'un pour venir le saluer et s'asseoir à sa table. « Même les chauffeurs de taxi me klaxonnent et me disent bonjour ! » Il faut avouer qu'on peut difficilement ne pas le voir. « C'est pour cette raison que je m'habille en bleu... Pour être sûr qu'on va me reconnaître ! » C'est sa marque de fabrique.

À Montmartre, il a le titre de ministre et, suprême hommage, on a récemment baptisé une cuvée Michou. Les vendanges de la Butte sont une affaire qu'il prend très au sérieux. À Quiberon où il a ses habitudes, il vient souvent me rendre une petite visite dans ma maison de pêcheur. « Après la cure, rien de mieux que de vider un bon bordeaux ! »

Il est aussi d'une grande gentillesse. Toujours un mot aimable et ce rire si communicatif ! Dans le XVIIIe arrondissement, il est vénéré par les personnes âgées auxquelles il offre un déjeuner par mois dans son cabaret. Sans doute cet attachement s'explique-t-il par son enfance. Né le 18 juin 1931 à Amiens de père inconnu, le jeune Michel Catty a été élevé par une grand-mère qu'il adorait : Élise. « Elle pleurait, la pauvre vieille, quand je suis descendu à Paris, j'avais dix-huit ans... Elle est morte l'année qui a suivi mon installation rue des Martyrs. » Il n'a pu la choyer comme il l'aurait voulu, alors il se rattrape avec les grand-mères de son quartier. Un jour, il m'a même fait une confidence : il pensait donner son appartement et ses biens à une fondation pour les personnes âgées.

Aujourd'hui, des petites dames permanentées viennent applaudir de fausses Dalida, Mireille Mathieu ou Mylène Farmer, acclamées aussi par toute la province de passage à Paris, et même moi qui ne résiste pas au plaisir de faire découvrir ce spectacle bon enfant à mes amis étrangers. Il n'y a aucune connotation sexuelle chez Michou, le strass et les paillettes servent à faire rire, pas à séduire. Et encore moins à fantasmer. Les Michettes sont bonnes filles ! Et comme il résume : « Et on peut venir chez Michou en sortant du Sacré-Cœur ! »

Cette ambiance festive me rappelle les folles soirées aux Enfants terribles, un bar à la mode à Megève que je découvrais avec Edmond au début des années soixante. L'établissement était tenu par Georges Boisson et Jean Bernaud.

Georges Boisson était une figure de Megève, il avait racheté après-guerre l'hôtel du Mont-Blanc et avait demandé à son ami Jean Cocteau de parrainer son bar. Le poète non seulement accepta que l'endroit s'appelle Les Enfants terribles mais le décora de fresques. Le bar eut aussitôt du succès. Megève était alors la station la plus élégante de Savoie et le Tout-Paris se pressait, après dîner, pour voir le spectacle. On côtoyait Brigitte Bardot, Jean Marais, Jeanne Moreau, Christian Marquand, Joséphine Baker, le baron Empain. On venait applaudir Suzy Solidor ou Coccinelle.

Fantaisie, éclats de rire et délires en tout genre. Tout était permis. L'ami de Georges, Jean Bernaud, que vingt années séparaient de lui, se douchait au champagne sur les tables ou faisait des numéros de strip-tease sur les manteaux de fourrure des clientes !

C'est aujourd'hui un monsieur très comme il faut qui vit à Annecy et se souvient avec émotion de cette époque : « Quelle vie nous avons vécue ! Georges savait tout faire, c'était un magicien. D'un minable établissement, il a fait un quatre-étoiles. Et il disait que j'étais sa cinquième... »

Comment ne pas être touchée devant un tel amour ? Georges et Jean ont vécu cinquante-deux ans ensemble et ils ne se sont jamais tutoyés. C'est peut-être cela la recette d'un couple qui tient.

À leur côté, il y avait Charley, autre figure mégevanne que je rencontre encore quelquefois dans la rue. Il avait commencé aux Enfants terribles, puis au début des années soixante-dix était devenu la vedette d'un nouvel établissement, le Chatham, fameux pour son spectacle de travestis. Sur la scène, la grosse Bertha (cent vingt kilos) faisait Sylvie Vartan, Edwige la Callas et Mitsou Mireille Mathieu... Quant à Charley, je me souviens l'avoir vu en Jane la Tarzane... Très convaincant ! « Ç'a été huit années de folie », se souvient-il. En 1977, le Chatham a brûlé et Megève a peu à peu perdu son aura. Pourtant, la nuit était toujours aussi débridée, Charley se produisait au Chelsea et Georges Boisson avait ouvert la première boîte homosexuelle, la Cave. Mais d'autres stations étaient devenues à la mode et la clientèle élégante allait s'amuser à Courchevel ou à Val-d'Isère.

Aujourd'hui, Charley passe l'été à Megève et l'hiver dans l'appartement de sa fille à Rome. Je l'ai revu récemment pour l'écriture de ce livre et il m'a raconté une anecdote amusante : son amour du spectacle et du déguisement était né lors de ses débuts au Club Méditerranée d'Agadir en 1969. Nos chemins s'étaient donc déjà croisés une première fois. Et cela m'a rappelé tous les garçons que j'avais rencontrés lors de mes nombreux séjours au Club. Beaucoup d'entre eux étaient homosexuels. Ainsi Jeannot le barman de Chez Tonton que je retrouvais là par hasard.

Le film *Les Bronzés* a rendu compte d'une certaine liberté sexuelle, mais pas complètement de la réalité. Les GO et les chefs de village n'étaient pas tous obsédés par la conquête de jolies filles. Ce qui d'ailleurs rendait l'ambiance plus légère. C'est un lieu commun, mais les homosexuels sont les meilleurs pour organiser une fête, réussir une soirée, et au Club on les engageait en toute connaissance de cause. On savait que leur humour, leur enthousiasme allaient faire merveille. Animateurs hors pair, toujours prêts à se déguiser, contrairement à un homme hétérosexuel, qui a toujours un peu peur du ridicule. Une seule fois, cela a posé un problème : lorsque je suis venue inaugurer le Club Med au Mexique. Les officiels ont été accueillis par un spectacle de GO travestis... Scandale ! Les ministres ont tourné les talons, horrifiés. Le macho mexicain n'était pas encore très tolérant.

À Paris, j'accompagnais Edmond chez Castel ou chez Régine, pas vraiment dans des lieux de garçons. Mais quelquefois, avec des amis, je m'aventurais du côté de la rue Sainte-Anne, alors haut lieu de la nuit parisienne. J'y retrouvais des voisins de table qui, après un dîner mondain, aimaient venir s'encanailler. Encore une fois, ce n'était pas très méchant : si l'assistance était plutôt masculine, les femmes élégantes y étaient reçues chaleureusement.

Le grand ordonnateur des fêtes d'alors s'appelait Gérald Nanty et trente ans plus tard, il est toujours le personnage clé de la vie nocturne à Paris. Ami de tout le monde, intarissable conteur à la mémoire infaillible ! En 1996, il a repris rue de Ponthieu un bar d'hôtel et l'a transformé en un boudoir intime, tendu de velours rouge, le Mathi's. Très vite, sans aucune publicité, simplement par la force du bouche-à-oreille, le monde du spectacle et les personnalités en mal d'incognito en ont fait leur point de chute en fin de soirée.

Marraine de l'établissement, Françoise Sagan y avait sa banquette. Pour lui rendre hommage, Gérald voulait appeler son bar La Chamade, mais elle avait trouvé ça trop prétentieux. « On a alors pensé aux noms de ses chiens, toutefois Banco ou Lulu, ce n'était pas terrible pour un bar... Si bien qu'on a opté pour le mien qui s'appelait Mathis. Et j'ai ajouté l'apostrophe. » Quand Françoise n'était pas là, il y avait toujours une vedette pour électriser l'atmosphère : Isabelle Adjani, Pierre Palmade, Valérie Lemercier. Et quelques beaux garçons pour servir d'écrin.

Devant ce succès, Gérald a récupéré le restaurant à côté et à nouveau en a fait l'adresse la plus courue de la capitale. Seulement trente couverts, mais que des gens connus. Ou plus exactement, que les amis de Gérald. Au coude à coude, Yves Saint Laurent,

Amanda Lear, Orlando, Frédéric Botton, Valentino. Celui-ci est une très ancienne connaissance... Gérald raconte qu'il l'a connu à la terrasse du Flore à l'âge de seize ans. Ce fut le coup de foudre. Ils vécurent ensemble deux ans à Paris, puis cinq ans à Rome. « Je l'ai aidé à monter sa maison de couture. »

À son retour dans la capitale, Gérald ouvre une agence de mannequins, puis sa première boîte de nuit, le Club 65. Nicoletta est aux platines et Guy Marchand au bar. Il y aura ensuite le Prélude, en face de chez Castel, nous sommes en 1968 et Gérald vient de rencontrer Françoise Sagan. « Au milieu des émeutes, elle avait failli me renverser avec sa voiture. » Ils deviennent aussitôt amis. C'est elle qui lui conseille de reprendre un bar rue Bernard-Palissy et de le rebaptiser Le Nuage. L'adresse, à deux pas du Flore, devient incontournable. Mais en 1972, Gérald se lance dans une nouvelle aventure, il traverse la Seine et s'installe rue Sainte-Anne. Son dernier-né, le Colony's, est plus ambitieux : un restaurant et une discothèque décorés par Jacques Grange. Juliette Gréco chante pour l'inauguration, suivie par Annabel Buffet, et jusqu'en 1977, l'endroit accueille un carambolage de mondains, d'artistes et de jeunes gens raffinés.

C'est là que je connus Gérald et surtout ses deux acolytes, véritables frères ennemis, Jacques Chazot et Thierry Le Luron.

« Quasiment tous les soirs, ils dînaient à ma table, ce qui était terrible pour les clients qui allaient au bar ou descendaient à la discothèque, car ils passaient devant eux et immanquablement, ils avaient droit à un commentaire. » Gérald en rit encore. « Mais j'ai finalement été obligé de construire un mur, les gens n'osaient plus affronter leurs sarcasmes ! »

Il faut reconnaître qu'ils avaient la dent dure. Et ils étaient drôles tant qu'ils ne s'en prenaient pas à vous. Jacques parlait toujours au féminin. « Tu as vu cette folle qui entre ? » Et je voyais un monsieur moustachu ! C'était très audacieux pour l'époque mais ça passait. Tout le monde l'adorait. Il était reçu partout car il était malgré tout bien élevé et désopilant, ce que recherche toute maîtresse de maison, même la plus snob. Ainsi était-il un familier de Marie-Hélène de Rothschild. Elle adorait qu'il lui raconte les derniers potins parisiens et Jacques, sortant tous les soirs, était au courant de tout. Il venait aussi souvent à la maison. Il était là pour mes quarante ans et je me souviens de sa boutade lorsque Edmond m'avait offert une ravissante minaudière en or. Jacques a regardé l'objet avec un air un peu déçu et lui a lancé : « J'espère au moins que tu lui as aussi offert les valises ! »

Éternel célibataire, on pouvait toujours l'appeler en catastrophe. Il faisait un quatorzième à table idéal. Mais il était rarement libre. Pas une fois, il ne dînait chez lui. Il se levait à deux heures de l'après-midi, allait jouer aux cartes, puis se préparait à sortir. Après le dîner, il finissait toujours la nuit chez Régine, Castel ou Jean-Marie Rivière.

Ce n'était toutefois pas qu'un mondain obsédé de reconnaissance sociale. Il avait derrière lui une vraie carrière. Il avait fait ses classes à l'Opéra, ses premiers pas dans les ballets de Janine Charrat, puis était devenu danseur étoile de l'Opéra-Comique. Parallèlement, il avait exercé ses talents comme maître de ballet à la Comédie-Française, et était même l'auteur de chorégraphies comme *Pas de trois, Fête arlésienne* ou *Banderilles*.

En 1967, il créait l'événement en dansant un ballet qu'il avait imaginé avec sa grande amie Françoise Sagan : *L'Échange d'un regard*. Elle racontait qu'ils s'étaient retrouvés tous les deux dans sa maison en Normandie, un après-midi sous la pluie, et que, pour tromper leur ennui, ils avaient écrit cette petite histoire : Jacques y danse en costume XVIIIe et, révolution, y fait des pointes ! Le seul homme à avoir jamais osé.

La complicité avec Sagan était une vieille histoire. Déjà en 1958, elle lui avait écrit *Le Rendez-Vous manqué*. Elle était alors en pleine gloire. Quatre ans plus tôt, elle avait publié *Bonjour tristesse*. Puis, il y avait eu *Un certain sourire* et son accident de voiture qui avait plus encore bâti sa notoriété... Le ballet avait été mis en scène par Roger Vadim avec des décors de Bernard Buffet. Le peintre n'était pas un inconnu pour Jacques : il avait posé pour lui, d'ailleurs il avait commencé comme ça à dix-sept ans, modèle à Montparnasse. Cela me rappelle quelqu'un...

Deux ans auparavant, il avait quitté sa Bretagne et était arrivé à Paris, avec le rêve fou d'entrer à l'Opéra. Une petite chambre d'hôtel pour dormir et des kilos de sucre en guise de repas ! Finalement, il avait été accepté à l'Opéra-Comique et avait vite trouvé ses repères. Après Buffet, Jacques connut François Mauriac, Coco Chanel, Françoise Sagan, Pierre Lazareff, Louise de Vilmorin, il était lancé. Présentateur officiel du Bal des débutantes en 1961, il allait faire perdurer avec panache cette institution et c'est à son bras que j'ai ouvert en 1985 « mon » Bal des débutantes à Genève. Comme on a ri ! Jacques était désespéré par l'ignorance totale des jeunes filles en matière de valse. Il les faisait répéter dans les salons de l'hôtel Intercontinental et s'épongeait le front. À bout de patience, levant les yeux au ciel, il s'était écrié : « Mais c'est pas la valse qu'elles dansent, c'est la bourrée ! »

Il faut dire que Jacques était un valseur extraordinaire. Je me souviens d'une émission de télévision dans laquelle il faisait valser Brigitte Bardot, c'était magnifique à voir. Et il était d'une élégance folle. Sa longue silhouette mise en valeur par sa queue-de-pie, un beau profil, le nez droit, de longs cils, des lèvres fines, il était vraiment beau. Une vraie gravure de mode, un maintien aristocratique, un compliment qui ne pouvait pas lui faire plus plaisir.

Dans les années soixante-dix, il a continué à danser au Châtelet, mais ce sont ses apparitions à la télévision qui l'ont véritablement fait connaître du grand public. Curieusement, son personnage passait, alors qu'il n'hésitait pas à se montrer la sophistication même, en rajoutant dans l'air hautain et précieux, l'humour pince-sans-rire, le ton persifleur. Mais c'était tellement unique que les gens restaient bouche bée. Encore une fois, son esprit pétillait comme du champagne et, à l'époque, on aimait ça à la télévision... On se souvient tous de ses histoires de Marie-Chantal, la caricature de la bourgeoise du XVIe coincée qui découvre le monde et qui est d'un tel snobisme qu'elle en est ridicule. Marie-Chantal qui prend le métro pour la première fois et qui demande une couchette, Marie-Chantal qui ne comprend pas pourquoi les gens font la queue devant les magasins en Russie, alors qu'il est si simple de se faire livrer, etc.

Et puis, il avait une aisance incroyable à la télévision : il a animé des dizaines d'émissions, recevant tous les chanteurs et comédiens d'alors, jouant les maîtres de cérémonie, rôle dans lequel il excellait. Il avait aussi écrit une pièce pour le petit écran, *Les Cabotines*, avec Sophie Desmarets et Marie Debs. Ses talents étaient multiples. Il avait même fait deux prestations au cinéma dans *Les Bidasses au pensionnat* et *Qu'est-ce qui fait craquer les filles...* Comme on l'imagine, ce ne sont pas des chefs-d'œuvre du septième art, mais sans doute Jacques les a-t-il faits pour des raisons d'argent. Il a toujours vécu au-dessus de ses moyens. Il disait : « Je préfère finir dans le caniveau plutôt qu'avoir une vie plate. »

Il s'était aussi essayé à l'écriture, pensant qu'il aurait peut-être le succès de son amie Françoise Sagan. En

1975, il publiait son autobiographie. En exergue, une phrase de Louise de Vilmorin : « J'ai toujours envie de rire et toujours le cœur gros. » Comme cela lui allait bien ! Il y racontait son amitié amoureuse avec Sagan, « le charmant petit monstre » comme l'avait baptisée François Mauriac, et qu'il appelait Minou. Ils passaient beaucoup de temps ensemble et principalement les vacances en Normandie et à Saint-Tropez. Une relation si intime qu'il était le parrain de son fils Denis et qu'ils avaient même pensé se marier !

Trois ans plus tard, il renouvelait la tentative littéraire avec *À nous deux les femmes*, un recueil d'anecdotes et de bons mots que lui avaient racontés toutes ses amies femmes du monde. Mais je ne suis pas sûre qu'il eut beaucoup de succès.

À la fin de sa vie, Jacques avait de gros problèmes d'argent. Et peu de gens l'aidaient. Coqueluche des dîners en ville, il souffrait en vérité d'une grande solitude. Je ne lui ai pas connu d'histoire d'amour, du moins de compagnon. Lorsqu'il tomba malade, sa situation empira. Durant quatre ans, il souffrit d'un cancer de la gorge, il fut opéré à deux reprises, sans parvenir à enrayer le mal, et il ne pouvait plus parler les six derniers mois de sa vie. Le comble pour le prince de la répartie ! Pierre Bergé payait son appartement avenue de Suffren et c'est chez Jean-Claude Brialy, qui l'avait recueilli à Monthyon, qu'il est mort en 1993. Jacques allait avoir soixante-cinq ans. Dans une interview de Philippe Bouvard, il avait déclaré, en esthète : « La mort ? Je ne voudrais pas que ça soit laid. » Hélas, la mort est toujours laide.

Jacques, qui pouvait assassiner d'un mot une personne, était aussi, évidemment, capable de gestes tendres. Ainsi, j'ai encore un petit portrait dans un cadre rond qu'il m'avait offert. Il adorait chiner chez les antiquaires, aux Puces, et collectionnait un nombre infini de choses. Son appartement tenait du sanctuaire. Il avait une passion pour le XIXe siècle et plus particulièrement tout ce qui concernait les femmes célèbres de cette époque. Ainsi, après sa mort, des objets ayant appartenu à George Sand et à Sarah Bernhardt ont été légués au musée de la Vie romantique à Paris, en tout cinquante-six pièces.

Un autre geste étonnant : avant qu'il ne tombe malade, il allait faire valser les retraitées le samedi après-midi, à la mairie de Paris. Et il aimait beaucoup ses petites mamies. Comme Michou !

Jacques était inséparable de l'autre méchante langue de Paris, Thierry Le Luron. Ils étaient très durs avec les gens, mais aussi entre eux : un duel permanent. Jacques était plus âgé que Thierry, vingt-quatre ans les séparaient, alors il le traitait un peu comme un enfant, d'autant que c'est lui qui l'avait introduit dans le monde. Avant Jacques, Thierry ne voyait que les gens de la nuit. Il était en quelque sorte son élève ès mondanités et son aîné jouait de ce pouvoir sur lui. Il le coupait tout le temps d'un implacable : « Tais-toi, figurante ! »

Mais l'autre ne se laissait pas faire. Gérald Nanty a des dizaines d'anecdotes à raconter sur le sujet : « Thierry était une petite peste. Un jour, il arrive au Colony's dans un état surexcité. Il rentrait d'un gala et avait trouvé les origines de Jacques. Évidemment, ce n'était pas du tout ce qu'il laissait supposer... Il faut dire qu'il l'avait un peu cherché à toujours prendre des airs : "Je dois aller chercher mère à la gare, elle arrive avec toutes ses Vuitton..." Thierry avait traversé la petite ville de Locmiquélic, dans le Morbihan, et était tombé sur la boulangerie Chazot ! Trop beau pour être vrai ! Sa mère boulangère ! Elle lui avait dit : "C'est mon fils mais je vous en supplie, ne dites rien, il va me tuer !" Évidemment, Thierry n'a pas résisté. Il est arrivé au Colony's, avec une baguette emballée dans un papier de la boulangerie Chazot et l'a offerte à Jacques qui dînait avec Jacqueline de Ribes. Cela a fait un drame ! »

Le plus étonnant, c'est que Thierry avait également honte de ses parents. Son père était maître d'hôtel et Gérald se souvient l'avoir vu servir boulevard Saint-Germain à une réception donnée par... son fils ! Mieux, sa mère faisait le vestiaire ! En revanche, sa grand-mère, qui avait une allure plus chic, avait droit de trôner au salon.

Entre les deux compères, il y avait vraiment beaucoup de similitudes et leur amour-haine trouvait sans doute son origine dans cet effet de miroir. Même fierté, même snobisme, même sensibilité, avec ce que cela signifiait de compliqué en matière d'amour... Même désespoir maquillé d'ironie. Avoir l'autre sous les yeux, c'était contempler ses propres failles, ses ridicules. Et si Thierry prenait plaisir à torturer Jacques, il ne l'en aimait pas moins. Un jour, il lui avait fait cette jolie dédicace : « À Jacques Chazot, l'humour de ma vie. »

Thierry ne pouvait pas s'empêcher de se moquer, quitte à être méchant. Il imitait avec beaucoup de talent ses amies Alice Sapritch, Line Renaud, Dalida, et il ne les épargnait pas. Elles en étaient très malheureuses, il le savait mais pas question d'être moins drôle en allégeant le trait. Line était toujours brocardée sur son âge : « Je remercie les ouvrières qui m'ont aidée à enfiler ma robe et l'entreprise de maçonnerie qui a créé mon maquillage. » Quant à Dalida, elle lui avait écrit pour qu'au moins il ne la fasse pas loucher, peine perdue !

En même temps, Thierry pouvait se montrer très généreux. Ainsi, en 1978, il achetait le bar L'Échelle de Jacob et le mettait au nom de Gérald, sans le lui dire. C'était aussi un pied de nez qu'il faisait au destin : il était venu là passer une audition en 1969, mais on lui avait alors conseillé d'arrêter les imitations et de changer de nom... C'est ce qui s'appelle avoir du flair !

Un an plus tard, Thierry passait à la télévision, au *Jeu de la chance*, une séquence de *Télé Dimanche*. Six semaines de suite, le public le redemande. Il n'a pas tout à fait dix-huit ans et chante alors des airs d'opérette, mais pour l'anniversaire de Jean Nohain, il innove : il fait une imitation du présentateur et de Chaban-Delmas tout à fait convaincante, et remporte un triomphe. Il a trouvé sa voie.

Il sort un disque, fait la première partie de la tournée de Claude François, puis se lance en solo. Les galas s'enchaînent, il a vingt et un ans, une bouille d'enfant de cœur et un bazooka en guise d'encensoir... Il se spécialise dans les parodies des vedettes de l'époque, tourne en dérision Johnny Hallyday, Charles Aznavour, Luis Mariano, Brigitte Bardot... Et ce n'est pas du play-back comme chez Michou, il a un véritable don pour imiter les voix. Les politiques ne sont pas en reste : on se souvient de son « Bon choix madame, bon choix mademoiselle, bon choix monsieur », et du claquement de langue qui l'accompagnait. Giscard plus vrai que nature.

Philippe Bouvard, lui-même imité (« Il est tellement petit qu'il ne peut pas avoir de demi-frère »), l'accueille à la radio. Quant à la télévision qui l'a fait connaître, elle va le rendre encore plus populaire, au fil des émissions qu'il anime comme *Le Luron du dimanche*. En dix ans, il obtient un succès considérable et gagne beaucoup d'argent qu'il flambe avec superbe. Joli appartement et Rolls-Royce. À ce propos, Gérald me racontait que Thierry avait fait faire un siège spécial pour être plus haut derrière le volant... Il souffrait terriblement de sa petite taille.

Sans doute ce complexe expliquait-il son désir d'en découdre, cette rage qui l'animait, et ses coups de griffes faciles. Lorsqu'il était venu dîner rue de l'Élysée, j'avais pu observer combien il était intelligent et rapide, mais aussi sensible, voire hypersensible. Il y avait là une blessure qui refusait de cicatriser, un malaise qui empêchait une attitude sereine et bienveillante. Les écorchés vifs sont toujours les plus mordants.

Dans les années quatre-vingt, ses imitations sont devenues plus politiques, plus engagées. Mitterrand est sa cible préférée. Il chante *L'emmerdant, c'est la rose* sur l'air de *L'important, c'est la rose*, de Gilbert Bécaud. Mais il attaque tout autant Le Pen ou Fabius. Il se fait de plus en plus d'ennemis, son impertinence n'a pas de limite, et bien souvent la censure s'exprime. Pire, les redressements fiscaux pleuvent. Thierry s'en moque, il s'estime intouchable et pousse toujours plus loin la provocation. Son mariage « pour le meilleur et pour le rire » en 1985 avec Coluche travesti en mariée en est le summum. L'événement fait la une des journaux. Pour la petite histoire, il voulait ainsi se moquer d'Yves Mourousi qui venait de convoler, mais finalement ce n'était pas de très bon goût. Ce que nous ignorions alors, c'est que Thierry était malade et qu'il allait décéder un an plus tard. Cancer ? Sida ? On ne saura jamais et peu importe. Toujours est-il que mourir à trente-quatre ans devrait être interdit.

La dernière fois que je l'ai vu, c'était en plein faubourg Saint-Honoré, il s'est arrêté au milieu des voitures pour venir m'embrasser. Il était comme un enfant et s'amusait beaucoup de l'encombrement provoqué. Ce souvenir me rend nostalgique. Thierry était si drôle. Un de ses bons mots m'est resté en mémoire : « Je suis pour l'égalité des sexes... Je prendrai moi-même les mesures. » J'en ris encore.

Parmi les acteurs avec lesquels j'ai tourné au début des années cinquante, tous ne me faisaient pas une cour assidue. S'ils avaient un physique de jeune premier, des airs de séducteur qui bouleversaient le cœur des spectatrices, il n'en était rien dans l'intimité. Mais à l'époque, pas question de laisser planer le moindre doute. Ces garçons étaient les « Canada Dry » de l'amour.

Ainsi lors du tournage en 1952 de *Manina, fille sans voile*, de Willy Rozier, avec Brigitte Bardot, je n'avais pas été sans remarquer le charme du bel aventurier joué par Howard Vernon... Acteur raffiné, à l'accent suisse allemand, il avait été quelques années plus tôt le bel officier nazi du *Silence de la mer* de Jean-Pierre Melville. On tournait durant l'été en Corse, aux îles Lavezzi, ce qui m'avait valu un magnifique coup de soleil, et le soir on dormait à Bonifacio, toutes les comédiennes dans un même grand dortoir. L'horreur ! Cette promiscuité féminine m'était insupportable et je rêvais de m'échapper avec le beau Howard... Las ! Il ne me proposa jamais une virée au clair de lune. D'autres rêves l'agitaient sans doute.

En 1953, j'avais droit à mon premier article dans *Cinémonde* grâce au film de Léonide Moguy, *Les Enfants de l'amour*. Nous étions une brochette de filles mères recueillies par un beau médecin qu'incarnait Jean-Claude Pascal. Il était alors au début de sa carrière, mais déjà sublime. Grand, les cheveux et les yeux noirs, le sourire ravageur, il était l'archétype du héros romantique. Le soir, après le tournage, il m'emmenait dîner, ce qui rendait folles de jalousie les autres filles, elles n'avaient pas droit à ce traitement-là. Moi qui n'aimais pas les acteurs, je me laissais faire la cour par celui-là, parce qu'il n'était pas entreprenant et qu'il m'offrait des porte-jarretelles ! Ses parents avaient une usine de lingerie.

Au cours de nos conversations, j'appris qu'il avait commencé comme styliste chez Hermès, puis chez Christian Dior. À l'occasion, il servait aussi de modèle. Il était venu au théâtre en dessinant les costumes du *Dom Juan* de Molière mis en scène par Louis Jouvet. Il avait alors eu une révélation : devenir comédien. Il avait suivi les cours d'art dramatique de René Simon, où, contrairement à moi, il était resté plus d'une semaine, et en 1949, il faisait ses débuts sur les planches aux côtés d'Edwige Feuillère, dans *La Dame aux camélias*. Jean-Claude Villeminot devint Jean-Claude Pascal.

Très vite, il se fit remarquer et enchaîna les rôles souvent en costume, son physique se prêtant parfaitement aux films de cape et d'épée. On le voit dans *Le*

Grand Jeu, *Le Chevalier de la nuit*, *Si Versailles m'était conté*, *Le Fils de Caroline chérie*, *Les Mauvaises Rencontres*, *Le Salaire du péché*, *La Belle et l'Empereur* où il joue avec Romy Schneider. Pendant dix ans, on le réclame partout, puis la Nouvelle Vague ralentit sa carrière à l'écran. Qu'à cela ne tienne ! Il rebondit dans la chanson.

En 1961, il gagne le Grand Prix de l'Eurovision avec *Nous les amoureux*. Sa carrière prend une nouvelle direction. Il fait son premier gala à Bobino. Sa voix grave, suave, masculine fait merveille. Il chante Charles Aznavour, Serge Gainsbourg, Guy Béart, Jean Ferrat. Au fil des années, il enregistre une cinquantaine d'albums et sillonne le monde. Il devient une star en Allemagne. Il ne renonce pas pour autant complètement au cinéma, on le voit dans *Angélique et le Sultan* en 1967, et apparaît aussi au théâtre et dans de grandes séries à la télévision.

Dans les années quatre-vingt, il tourne la page et se consacre à l'écriture. Dans sa superbe maison d'Hammamet, au milieu de ses coussins et de quelques bustes d'éphèbes romains, il savoure le plaisir d'une vie bien remplie. Il écrit son autobiographie, *Le Beau Masque*, puis un récit historique, *L'Amant du roi,* qui raconte la liaison entre Louis XIII et Charles d'Albert de Luynes, et enfin une biographie de *Marie Stuart.*

C'est dans ces années-là que je le revois. Ma secrétaire me dit qu'il souhaite un rendez-vous. Je reçois donc Jean-Claude qui m'explique qu'en fait c'est avec

Edmond qu'il aimerait s'entretenir. Il a hérité de l'usine de textile de ses parents et ne sait que faire. J'ai alors une pensée émue pour les porte-jarretelles de mes débuts… Il a rencontré Edmond, mais je ne suis pas sûr qu'ils aient fait affaire et je n'ai jamais su où ont terminé les petites culottes de Jean-Claude !

Jean-Claude Pascal marchait sur les brisées d'un autre jeune premier d'une beauté fougueuse, renversante, virile, et pourtant guère intéressé par les femmes : Jean Marais.

Lorsque je fais sa connaissance sur le tournage de *Nez de cuir* en 1951, je n'ai aucune idée de sa vie sentimentale… Je n'ai jamais entendu parler de Jean Cocteau, j'ai dix-neuf ans et une culture littéraire encore balbutiante. Il n'a d'ailleurs jamais été question d'allusions, ou alors elles me passaient au-dessus de la tête. De toute façon, comment aurais-je pu me douter de quelque chose en voyant le véritable fan-club féminin qui l'entourait ? Depuis *L'Éternel Retour* et *La Belle et la Bête*, Jean Marais jouissait d'un prestige incomparable et des hordes de jeunes filles rêvaient d'avoir un jour la chance de prendre la place de Madeleine Sologne ou de Josette Day dans ses bras. Les pauvres, si elles avaient su…

Pour ma part, je n'étais pas sous le charme, ce n'était pas mon genre (heureusement, d'ailleurs…), trop beau, trop fort, son physique d'athlète m'ennuyait : comme je l'ai déjà dit, j'aime les hommes marqués par la vie. Il était alors en pleine ascension avec ses rôles de cape et d'épée, ses cascades et ses cavalcades à cheval. Avant *Nez de cuir*, il avait tourné *Ruy Blas*, puis ce sera *Le Comte de Monte-Cristo*, *Le Bossu*, *Le Capitan*, *Le Capitaine Fracasse*, *Le Masque de fer*...

Je n'étais pas sensible à ces numéros de bravoure, toutefois j'ai pu constater sur le plateau qu'il était d'une grande gentillesse et d'une simplicité touchante. Et ce n'est que bien plus tard que j'ai appris qui il était vraiment. Il me semble que j'ai compris en 1955, lorsque Jean Cocteau a été reçu à l'Académie française et que Jean Marais se tenait auprès de lui. Et puis, bien sûr, à la mort du poète en 1963, on parlait de leur relation et de cette affection qui les avait unis... Tout cela exprimé en termes voilés et faussement innocents.

C'est alors que j'ai découvert les films que Cocteau lui avait offerts : *L'Éternel Retour* et *La Belle et la Bête* bien sûr, mais aussi *L'Aigle à deux têtes*, *Les Parents terribles*, *Orphée*, *Le Testament d'Orphée*... Autant d'œuvres poétiques et uniques, entrées définitivement au panthéon du cinéma. Avec les années, Jean Marais en était de plus en plus conscient et n'avait de cesse de répéter combien il remerciait Jean Cocteau. « Cette rencontre a été pour moi une seconde naissance. » Devenu un vieillard très digne, il pouvait même se « lâcher » et parler de l'amour qui les avait unis. Personne n'y trouvait à redire, car Jean Marais n'était pas Jacques Chazot, sa virilité le protégeait des quolibets.

Il ne manqua toutefois pas de courage, quand il publia les lettres que lui avait écrites Cocteau, des lettres qui étaient autant de déclarations d'amour et qui témoignaient d'un véritable amour partagé. Encore que...

Quand en 1937 Jean Cocteau tombe amoureux de ce jeune comédien venu passer une audition pour sa pièce *Œdipe Rex*, vingt-quatre ans les séparent. Jeannot a fait ses classes chez Charles Dullin et ses premiers pas devant la caméra de Marcel L'Herbier. Son physique lui a déjà ouvert quelques portes, mais il n'a pas encore décollé. Il cherche le Pygmalion qui fera vraiment de lui une vedette...

La légende raconte que Jean Marais avait découvert, chez un ami, des dessins de Cocteau. Des dessins qui semblaient être des portraits de lui... Il s'était alors promis de tout faire pour rencontrer le poète. Il avait vu juste. Celui-ci se fit la même réflexion : le garçon qu'il avait rêvé sur le papier se tenait devant lui. C'est comme si la Providence lui offrait l'être aimé.

Sans doute, Jean Marais en abusa un peu. On sent aux détours des lettres que son protecteur a dû avaler quelques couleuvres... Mais il fut ensuite d'une fidélité absolue à sa mémoire et fit tout pour promouvoir son œuvre. Mieux, il se comporta très bien avec le fils adoptif de Cocteau, Édouard Dermit. Jean adopta lui-même un garçon, Serge.

Retiré à Vallauris où il s'adonnait à la sculpture et

à la poterie, il connut une fin de vie paisible, mis à part quelques problèmes financiers. « Ma vie est une énorme injustice : je suis trop heureux », avait-il coutume de déclarer. Et c'est vrai que tout lui a souri, dès la naissance : Il était né le 11 décembre 1913, soit 11.12.13... Un premier clin d'œil du destin. Il le rendait bien : toujours souriant, sympathique et gai, la voix éraillée si chaleureuse et le rire tonitruant.

Aux États-Unis, il y avait aussi de nombreux « Canada Dry », des acteurs au physique irréprochable, au sourire désarmant et à la prunelle tueuse, parfaits dans leur rôle de séducteurs à l'écran mais guère bouleversés par les dames à la ville. Ainsi, des rumeurs de bisexualité ont toujours entouré James Dean, Montgomery Clift ou même Marlon Brando... Sans doute parce qu'ils faisaient aussi bien fantasmer les femmes que les hommes.

Dernièrement, un livre sur Cary Grant révélait qu'il avait eu plus que de l'amitié pour l'acteur Randolph Scott, avec lequel il avait vécu durant des années à Los Angeles. Il est vrai que partager sa vie avec son meilleur ami, quand vous avez toutes les stars d'Hollywood à vos pieds, peut laisser supposer un certain désintérêt pour le gent féminine, mais rien n'a jamais été clairement prouvé. Cary Grant s'est tout de même marié cinq fois !

Toutefois, si Hitchcock, le maître de l'ambiguïté, le

fit tourner à quatre reprises, c'est bien qu'il aimait en lui son côté insondable, cette réserve élégante qui pouvait cacher un secret, cette beauté lisse qui gardait sa part de mystère. Et ce dandysme affiché était-il vraiment viril ? Ses origines *british*, me répondra-t-on. Sans doute... De son vrai nom Archie Leach, il était né à Bristol et ses manières étaient plus anglaises qu'américaines. D'ailleurs, c'est à Londres que je l'ai croisé la première fois.

C'était à l'époque où je tournais *Girls at Sea*, il était sur le plateau à côté et je dois avouer qu'il avait une allure incroyable, superbement nonchalant, désinvolte et ironique. Il jouait avec Sophia Loren et tout le monde disait qu'une idylle était née entre eux. C'est vrai qu'ils formaient un couple magnifique, mais où s'arrêtait la comédie, où commençaient les vrais sentiments ? Le film s'appelait *Houseboat* (*La Péniche du bonheur*) et si Cary l'épousait dans le film, Sophia convolait la même année avec Carlo Ponti !

Je me souviens qu'une anecdote avait alimenté ces quelques jours de tournage. Sophia s'était fait voler ses bijoux à l'hôtel et Cary Grant avait eu cette phrase : « Oh ! Elle les avait déjà tellement portés ! » Une pique drôle et cruelle qui, maintenant que j'y réfléchis, aurait pu être celle d'un Chazot... Cette forme d'humour n'est pas donnée à n'importe quel homme.

Tout de même, il y avait eu en 1934 le mariage avec l'actrice Virginia Cherrill mais l'union n'avait duré qu'un an... Cary Grant avait ensuite enchaîné les liaisons, comme avec Ginger Rogers, puis il avait rencontré Barbara Hutton qu'il épousait en 1942. Curieusement, son ami Randolph Scott s'était lui aussi marié à une femme riche, Mariana du Pont... En plus, l'héritière qu'avait séduite Cary n'était pas du genre simple : la pauvre petite fille riche avait des affres existentielles qui la rendaient difficile à vivre et elle avait connu, avant lui, une vie sentimentale mouvementée. Elle avait déjà eu deux maris, le prince Mdivani et le comte Reventlow, et pas mal d'aventures, dont la plus fameuse avec Howard Hughes.

Mais il semble que Cary avait pour elle une grande affection, sans doute sa sensibilité d'artiste lui permettait-elle de comprendre les failles, les doutes et les attentes d'une milliardaire perdue dans un monde de dupes et ne sachant comment se faire aimer autrement que pour son argent. Lui-même avait quelques problèmes personnels. Il ne s'était jamais remis de la mort de son jeune frère dont il se sentait coupable, et surtout d'avoir découvert à trente ans que sa mère qu'il croyait décédée avait en fait été placée en hôpital psychiatrique...

Cary et Barbara avaient donc le même besoin d'être aimés, le même problème d'image, lui trop beau, elle trop riche, et sans doute leur relation reposait-elle sur une volonté de s'aider mutuellement. L'amour ? Le coup de foudre ? La passion sensuelle ? J'en doute. Mais deux partenaires qui décident de s'épauler pour trouver un équilibre personnel. D'ailleurs, le document que signe l'acteur lors de leur mariage va dans ce sens : Cary Grant s'engageait à ne pas demander sa part en cas de divorce. Ce qui ne tarda pas à arriver. Deux ans plus tard pour être précis.

S'il aima un temps jouer son ange gardien, la protégeant de ses angoisses et lui redonnant confiance, Cary perdit vite patience. Leurs vies étaient trop différentes. Il fuyait les journalistes, Barbara ne pouvait s'empêcher de les courtiser. Il tournait toute la journée, elle s'ennuyait et buvait. Il était avare, elle dépensait sans compter. Toutefois, après leur séparation, il traversa une période de doute et de dépression. Il revint vers elle et essaya de recoller les morceaux. En vain.

En 1949, il tente un troisième mariage avec l'actrice Betsy Drake. Cette fois, la relation dure huit ans. Mais sur le tournage d'*Orgueil et passion*, il tombe sous le charme de Sophia Loren, ou plutôt est-ce l'inverse, enfin toujours est-il que ce marivaudage a raison de son couple. L'année suivante, il retrouve la belle Italienne pour *La Péniche du bonheur*, mais le flirt n'a pas de suite.

Cary se console avec la jeune actrice Dyan Cannon. Quand il l'épouse en 1965, il a soixante et un ans, elle en a vingt-huit... Le mariage défraie la chronique, Cary s'en moque car, grâce à elle, il devient pour la première fois père d'une petite Jennifer. « Ma meilleure production », déclare-t-il à la presse. L'heure de la sérénité semble arriver. Pourtant, dix-sept mois plus tard, ils se séparent. Que s'est-il passé ? Mystère. Dyan raconte qu'il l'a battue parce qu'elle lui avait désobéi...

Cary Grant décide d'arrêter le cinéma et de se consacrer à l'éducation de sa fille. C'est à ce moment-là que je le revois à Los Angeles. Je rends alors souvent visite à mon fils Benjamin inscrit à l'université de Malibu. Il est toujours aussi beau et élégant. Une véritable publicité ambulante et ce n'est pas un hasard si la maison Givenchy lui demande d'être son ambassadeur. Une activité qui lui fait rencontrer à Londres une *public relation* du nom de Barbara Harris qu'il épouse en 1981... Son cinquième mariage, il a soixante-dix-sept ans !

Alors, évidemment, difficile de croire qu'il n'aimait pas les femmes. Toutefois, certains diront que tous ces échecs amoureux cachent quelque chose, d'autres raconteront que son entourage était constitué de beaucoup d'amis homosexuels, enfin les cinéphiles se rappelleront cette scène de *L'Impossible Monsieur Bébé*, où il apparaissait en robe rose et déclarait : *« I just went gay ! »* « Je suis devenu gay ! » La première fois qu'on utilisait au cinéma le mot dans ce sens !

Un autre acteur américain en revanche allait faire parler de lui de façon plus explicite mais, hélas, dans un contexte dramatique, c'est Rock Hudson lorsqu'il annonça son sida en 1985... Il était entré à l'Hôpital américain, à Paris, et se savait condamné. Il avait déclaré : « Je ne suis pas heureux d'être malade. Je ne suis pas heureux d'avoir le sida. Mais si cela peut aider les autres, je saurai alors que mon infortune a eu quelque chose de positif. » Ses mots avaient créé une onde de choc dans le monde. La maladie était alors complètement taboue. Son amie Liz Taylor n'avait pas encore fait son extraordinaire travail de sensibilisation.

Rock Hudson avait été auparavant opéré du cœur et on avait dit qu'il avait été infecté lors d'une transfusion sanguine... Il est permis d'en douter. Le sida faisait alors des ravages dans la communauté gay américaine. Comme ses collègues, Rock avait toujours entretenu un flou autour de ses relations amoureuses. Toutefois, contrairement à Cary Grant, il n'avait été marié qu'une fois, au début de sa carrière, avec Phyllis Gates, la secrétaire de son agent, Henry Willson. Le mariage arrangé avait tenu trois ans. Il n'y eut ensuite plus trace de relation féminine...

Mais sa taille, sa carrure, sa virilité lui servaient d'écran de fumée. Jamais le public n'aurait imaginé que cet ancien mécanicien de la Navy aimait les garçons. Et même Doris Day, sa partenaire dans de nombreuses comédies, n'avait rien vu ! Peut-être Liz Taylor, avec qui il avait tourné *Géant*, se doutait-elle de quelque chose : elle avait l'habitude de ces garçons durs à la sensibilité cachée (elle avait aussi joué avec Montgomery Clift et James Dean...), mais Rock était toujours parfaitement convaincant dans ses rôles de cow-boy ou de militaire. Il était très respecté aux États-Unis, les femmes aimaient sa force tranquille, les hommes rêvaient de lui ressembler. Lorsque je l'avais rencontré à Los Angeles, à un dîner de gala, à la fin des années soixante-dix, je lui avais trouvé encore fière allure. Il était de la race des Clark Gable, Burt Lancaster ou Robert Mitchum. Quelle n'a pas été ma stupeur quand je l'ai revu à la télévision dans les années 80 ! La maladie avait brusquement métamorphosé son corps. On parla d'un cancer... puis du cancer gay !

On le sait, le sida fit des ravages parmi les artistes. Ce fut pour le monde du spectacle une perte considérable. En une dizaine d'années, des personnalités souvent de tout premier plan disparurent de la scène. Je pense par exemple au dieu de la danse qui devait s'éteindre dans les mêmes conditions en 1993 : Rudolf Noureev.

Un jour, le maquilleur Michel Deruelle me dit que Noureev a pris rendez-vous chez lui. Ils doivent travailler ensemble sur un nouveau maquillage pour un ballet. L'idée de rencontrer ce monstre sacré de la danse, à la fois génial, autoritaire et fantasque, m'amuse. Je demande à Michel de me faire passer pour son assistante, ce qu'il accepte volontiers ; il me devait bien ça, c'est moi qui lui avais offert son appartement de l'avenue Victor-Hugo.

Comme de bien entendu, Noureev arrive en retard, avec une fougue, une sauvagerie telles qu'on l'imagine. Un tourbillon entre dans la pièce et c'est à peine s'il me jette un regard. Il était d'une beauté étrange, exotique : bien sûr ses origines tartares, il était né dans le Transsibérien en route vers Vladivostok, mais il avait en plus une fierté extraordinaire dans le port de tête, dans la façon dont il s'adressait aux gens, dans sa gestuelle de seigneur.

On sentait qu'il avait l'habitude que tout tourne autour de lui, que l'exigence, la rigueur, la précision et la rapidité étaient ses principes fondamentaux. Il se les imposait assez pour juger normal de les imposer aux autres. Sûr de la supériorité de son talent, il ne souffrait aucun contretemps, aucun obstacle, aucune réserve.

Je me souviens l'avoir vu danser avec Margot Fonteyn. Un enchantement. À la fin de la représentation, les gens étaient debout, ils hurlaient, le couple rentrait en coulisses, puis revenait saluer, et les applaudissements reprenaient de plus belle. Une dernière fois, ils sont apparus, et Margot Fonteyn a esquissé une révérence, déclenchant un tumulte plus grand encore, ce que n'a pas supporté Rudolf : il l'a entraînée en coulisses et est revenu saluer seul...

Ils formaient un couple étonnant. Ils s'étaient connus à Londres en 1962. Un an plus tôt, le danseur « était passé à l'Ouest », comme on disait alors. « Un saut de la liberté » qui avait fait la une de tous les journaux. Venu en tournée en France avec le Kirov, il avait brusquement refusé d'embarquer au Bourget et demandé l'asile politique. On l'avait autorisé à rester sur le sol français et dès le lendemain, il était engagé dans les ballets du marquis de Cuevas.

Il dansa au théâtre des Champs-Élysées, puis traversa la Manche et prit véritablement son envol à Covent Garden. Il y interpréta avec Margot Fonteyn une *Giselle* restée dans toutes les mémoires. Quelle superbe soirée ! Elle avait quarante-deux ans, lui vingt-trois... Elle était au sommet de sa carrière, il était en pleine ascension, et la réunion des deux danseurs allait être magique. Parfait alchimie de professionnalisme et de jeunesse, de maîtrise et d'énergie.

Mais le véritable couple, c'est avec le danseur danois Erik Bruhn qu'il le forme. Ils se rencontrent à la même époque et ne vont plus se quitter, mêlant vie professionnelle et vie sentimentale, disputes violentes et réconciliations. De dix ans son aîné, Erik Bruhn est un peu son mentor, Rudolf l'admire et complète auprès de lui l'enseignement qu'il a reçu en Union soviétique. Il enrichit son style et bientôt pourra se lancer dans la création de chorégraphies. Surtout, Erik Bruhn le conforte dans l'idée qu'un homme doit danser de façon aussi expressive qu'une femme. Avec Rudolf, le danseur est aussi acteur.

De 1965 à 1982, il mène une carrière internationale extraordinaire, dansant à travers le monde, alternant ballets classiques comme *La Belle au bois dormant* ou *Casse-Noisette* et créations de Balanchine, Béjart, Petit, Ashton, Martha Graham... Le succès fait de lui un homme riche, célèbre pour ses multiples résidences, ses collections de tableaux, d'objets d'art et d'instruments de musique. Au fil des ans, il se produit avec des dizaines de troupes jusqu'au jour de 1983 où il est nommé directeur de la danse de l'Opéra de Paris. Consécration pour l'enfant pauvre qui avait commencé à danser dans une ville du fin fond de l'Oural !

Les dix dernières années de sa vie seront émaillées de triomphes, de douleurs (Erik Bruhn meurt en 1986), de légendaires coups de gueule et d'admirables preuves de courage. Jusqu'au bout, alors que la maladie rongeait son corps, il dirigera sa troupe d'une main de fer et continuera à danser. Il disait : « Chaque pas doit porter la marque de son sang. » Il vécut cette phrase littéralement, donnant à la danse une dimension qu'elle n'avait jamais eue jusqu'alors et qu'elle n'a plus retrouvée. On comparait souvent Noureev à la Callas et c'est tout à fait juste : même exigence, même conception de la création dans la souffrance, même présence, même don de soi.

Je connais un autre danseur qui partage cette rigueur, tout en mettant moins de violence dans ses emportements, c'est Patrick Dupond, la gentillesse faite homme. Je le vois souvent à Quiberon, nous sommes voisins et il est toujours d'une douceur exquise. Enfin, avec moi car je sais qu'il n'en a pas toujours été ainsi : le monde de la danse est une jungle et il faut savoir montrer les crocs... Patrick s'est battu pour parvenir à son rêve : devenir étoile.

Dès la cour de récréation, il a dû apprendre à se faire respecter quand les insultes pleuvaient. Ensuite, ce ne fut qu'embûches, jalousies, brimades et ordres arbitraires qu'il fallait encaisser. Patrick avait du mal à se plier à la règle et ruait un peu dans les brancards. Ses professeurs le disaient indiscipliné mais quelle carrière : à seize ans, il intègre le corps de ballet de l'Opéra de Paris ; l'année suivante il est consacré « meilleur danseur au monde » aux olympiades de Varna ; à vingt et un ans, il est danseur étoile et dix ans plus tard, il succède à Rudof Noureev comme directeur de la danse à l'Opéra. Il est à son tour devenu une star. Avec, lui aussi, une forte personnalité mais moins de frasques. Il est acclamé à travers le monde, tourne dans des films, s'étourdit un peu de sa gloire.

Ce règne, hélas, sera brutalement interrompu en 1997 : membre du jury au Festival de Cannes, il s'absente trois jours alors qu'il est en répétition et est licencié sur-le-champ ! Insubordination. On ne rigole pas à la direction de l'Opéra. Patrick connaît un moment de profonde dépression, parvient à s'en sortir, mais est ensuite victime d'un terrible accident de voiture qui l'oblige à repartir de zéro... Avec un courage et une détermination exceptionnels, il trouve la force de réapprendre à danser. Quatre ans de travail acharné et il remonte sur scène dans un spectacle qui rend hommage à Claude Bessy, sa marraine, « sa petite mère ».

On ne peut qu'être admiratif devant une telle volonté. La danse est vraiment l'école de la vie : elle fait tellement souffrir qu'elle vous endurcit pour toujours et vous donne une colonne vertébrale, ce qui me semble la chose la plus essentielle à avoir. Patrick est un merveilleux exemple de ténacité. J'aime les gens qui gardent la tête haute dans l'adversité. Et avec ça, toujours disponible quand il s'agit de soutenir une bonne cause. J'ai pour lui une grande tendresse.

« Que la fête continue ! » C'était la dernière phrase de son livre autobiographique, *Étoile*, et je trouve qu'elle se prête merveilleusement bien à la fin de ce chapitre. Oui, que la fête continue, malgré tous les aléas de la vie, l'insolence du destin, la mort qui rôde, grâce à ces garçons sensibles, drôles et brillants. Ils ont été pour moi, et ils le sont toujours, de merveilleux compagnons de route, parce que leur sensibilité me soutient, leur gaieté me rend la vie plus légère et leur attention constante me donne de la force.

Il y a des signes qui ne trompent pas : le premier livre que j'ai eu entre les mains, c'est un jeune Iranien qui me l'a offert. J'avais onze ans, j'habitais Puteaux, dans un deux-pièces sinistre au 6 de la rue Agathe, avec ma mère, mon beau-père et ma sœur Nadeige. Du linge pendait aux fenêtres, l'escalier était raide et branlant, la peinture des murs s'écaillait, on allait chercher l'eau au fond de la cour, et, dans les appartements autour de nous, il n'y avait que des étrangers, les travailleurs immigrés de l'époque. Ce n'était pas à proprement parler le cadre idéal pour apprécier les poésies d'Omar Khayyam... Et pourtant, ce fut mon premier contact avec la culture, la beauté, la rêverie.

J'ai toujours gardé ce livre avec moi, c'était mon

talisman. Et de nombreuses années plus tard, alors que j'étais mariée, l'Iranien de mon enfance m'a écrit. Je l'ai rencontré et j'ai été plus qu'agréablement surprise. L'étudiant raffiné qui m'avait fait découvrir un monde inconnu était devenu un homme d'une grande beauté. Je ne pouvais détacher mon regard de ses yeux noirs sublimes, mais lorsque je lui ai demandé s'il était marié, je les ai vus se troubler et j'ai compris. Il m'a souri légèrement et m'a répondu que non. Il se serait presque excusé et moi, je l'aurais embrassé.

Les artisans de la beauté

« Le luxe, ce n'est pas le contraire de la pauvreté, c'est le contraire de la vulgarité. »

Gabrielle Chanel

À leur façon, ils ont aussi été des Pygmalions. Les hommes que je vais évoquer à présent ne m'ont peut-être pas lancée dans la vie mais ils m'ont appris à éviter les faux pas. Sans eux, sans leur goût, leur œil, je n'aurais pas fait ce parcours. Que ce soit dans l'univers du spectacle ou ensuite dans le monde dans lequel j'entrais, ces professionnels de la mode et de la décoration m'ont donné les clefs. Ils m'ont révélée, mise en valeur, sublimée. Et ils ont construit autour de moi un écrin de rêve, le joli papier de soie qui enveloppe l'objet précieux...

Durant cinquante ans, j'ai connu grâce à eux une vie raffinée, élégante et subtile. Car là aussi, il fallait faire preuve de discernement. Les pièges étaient nombreux. Le succès et l'argent peuvent vous conduire à commettre de fatals dérapages. Et lorsque vous êtes en pleine lumière, toujours passée au crible de la critique, qu'elle soit journalistique ou mondaine, on se doit d'être inattaquable. On pouvait faire des commentaires sur mes prestations scéniques, mon talent de chanteuse, mon art de la comédie, je n'avais rien à redire, c'était de bonne guerre, mais sur mon allure, ma silhouette, mes maisons, je n'avais pas le droit à l'erreur.

Prudente, je n'ai jamais suivi la mode aveuglément. Même lorsque je n'y connaissais encore rien, j'ai opté pour une élégance sobre et discrète, des couleurs unies, avec comme seule fantaisie les pois et quelques imprimés d'été. Je savais instinctivement qu'il fallait laisser les paillettes et le lamé dans la loge.

Jacques Fath a été mon premier contact avec la couture. Je m'étais présentée un matin dans le hall de son hôtel particulier 39, avenue Pierre-Ier-de-Serbie. J'avais déjà pris un peu d'assurance et, avec l'insouciance de la jeunesse, j'avais voulu tenter ma chance comme mannequin... Évidemment, mon mètre soixante-quatre était un handicap mais je misais sur ma bonne mine et j'avais mis des talons hauts ! En plus, je ressemblais à son mannequin vedette, la merveilleuse Bettina, même nez en trompette, même taches de rousseur, même air mutin et parisien. C'est lui qui l'avait lancée quelques années auparavant, en lui trouvant ce prénom unique et en lui coupant les cheveux. Peut-être aurais-je moi aussi ce privilège...

C'était au début des années cinquante et la maison de couture était alors en pleine heure de gloire. Plus de six cents employés s'y activaient. Jacques Fath dessinait même une collection uniquement pour les États-Unis. Il y était célèbre depuis qu'il avait reçu l'Oscar de la couture à Dallas et surtout qu'il avait habillé une certaine actrice hollywoodienne pour son mariage... Son nom ? Rita Hayworth. J'ai déjà évoqué cette union de conte de fées, à Vallauris, avec le prince Ali Khan. Ai-je précisé qu'elle ne dura pas ? Et que, quelques années plus tard, Ali tomba sous le charme de Bettina... qui avait présenté à Rita sa robe de mariée !

Inutile de dire que je n'avais pas choisi le petit styliste qui démarrait. On m'a fait patienter, puis la porte s'est ouverte et Jacques Fath m'a reçue. En le voyant, je perdis un peu mes moyens : j'avais devant moi un homme souriant d'une quarantaine d'années, grand blond aux yeux bleus, au beau visage racé et aux manières distinguées. Élégant et courtois, il m'a demandé comment je m'appelais, tout en me détaillant des pieds à la tête. Avec beaucoup de tact, il m'a fait comprendre que j'étais trop petite pour être mannequin, mais il m'a proposé de présenter ses maillots de bain à un concours de miss en Suisse. Ce que j'acceptai aussitôt. Et c'est ainsi que je me suis retrouvée sur les bords du lac de Genève, rebaptisée miss Ricard, moi qui ne buvais pas une goutte d'alcool !

C'étaient des débuts guère glorieux qui me permirent toutefois de le connaître un peu. Jacques Fath était un rayon de soleil, toujours gai et virevoltant. Il avait épousé une très belle femme, Geneviève, qui lui avait servi de modèle au tout début de sa carrière dans les années trente. « C'est un cocktail de Greta Garbo, de Carole Lombard et de Marlene Dietrich », commentait-il, galant. Le couple qu'il formait était d'ailleurs parfaitement assorti, pareillement beau et blond, et Jacques en profitait, ayant compris avant les autres combien l'image compte pour faire vendre des robes. Il était son meilleur attaché de presse, n'hésitant pas à se mettre en avant, à poser pour les photographes, à jouer son propre rôle au cinéma et à donner de grandes fêtes qui étaient commentées dès le lendemain dans les journaux.

Dans son château de Corbeville, près de Thoiry, il enchaînait les bals. Je me souviens qu'il avait donné une réception sur le thème de l'Ouest américain : « Square Dance ». Le Tout-Paris s'était déguisé en cow-boys et en Indiens ! Puis, il y eut « Hollywood 1925 », ambiance charleston et hommage à Maurice Chevalier. Mais la fête la plus délirante avait été une reconstitution du Carnaval de Rio... Avec une troupe de musiciens et de danseurs venue spécialement du Brésil. Quel spectacle ! L'assistance, dans laquelle on trouvait aussi bien Ginger Rogers, Orson Welles que Gene Tierney, avait été totalement envoûtée par la samba ! Sans parler de Jacques Fath à moitié nu, déguisé en « sauvage de la pampa » plus vrai que nature !

Il adorait être le roi de la fête. D'ailleurs, à un autre bal, celui de Charles de Beistegui à Venise en 1951, il n'hésita pas à faire son entrée en... Roi-Soleil !

Hélas, ce feu d'artifice prit brusquement fin : trois

ans plus tard, Jacques Fath fut emporté par une leucémie à l'âge de quarante-deux ans. Geneviève reprit la direction de la maison jusqu'au printemps 1957, puis le rideau tomba sur cette gaieté insouciante et tellement élégante.

Heureusement, d'autres maisons voyaient le jour à la même époque. En 1952, Bettina rejoignait un jeune couturier qui se lançait et qui n'était pas sans rappeler le physique de Jacques Fath : Hubert de Givenchy. Grand jeune homme (un mètre quatre-vingt-seize !), peut-être un peu plus réservé mais pas moins distingué.

Hubert avait ouvert sa maison rue Alfred-de-Vigny, sur le parc Monceau, après avoir fait ses classes chez Jacques Fath, Robert Piguet, Lucien Lelong et Elsa Schiaparelli. Il avait vingt-cinq ans. Tout de suite, il se singularisa par la fraîcheur qu'il apporta à la haute couture. Ses maîtres lui avaient enseigné une certaine liberté par rapport aux codes établis. Il alla plus loin encore, pressentant que le luxe allait se démocratiser et qu'il fallait proposer aux femmes un chic décontracté plus en rapport avec leur nouveau style de vie. Exemple de cette légèreté de bon ton : la blouse blanche à manches bouffantes immortalisée par Bettina.

Un an après l'ouverture de sa maison, une autre femme entra dans sa vie. Alors qu'il est en train de travailler à sa collection, on lui annonce que Mlle Hepburn est là... Hubert manque défaillir. La star américaine chez lui ! Katharine Hepburn est alors au sommet de sa gloire. Elle vient de tourner *African Queen* avec Humphrey Bogart. Il se précipite dans l'escalier et découvre... une jeune fille coiffée d'un canotier de gondolier, fine comme une brindille. Elle se présente : Miss Audrey Hepburn. Décontenancé, l'homme n'en est pas moins sous le charme de ce petit visage, de ces yeux de biche, de ce sourire si doux, de ce corps gracile. Le coup de foudre est immédiat des deux côtés.

Audrey aimerait une garde-robe pour *Sabrina*, le film de Billy Wilder qu'elle s'apprête à tourner. Hubert lui ouvre toutes grandes les portes de sa maison et la jeune comédienne choisit quelques tenues, avant de devenir non seulement une cliente régulière mais son ambassadrice à travers le monde. Pendant quarante ans, il va l'habiller, autant à la ville qu'à l'écran, et cette collaboration, sur fond d'amitié, aura un effet décisif pour tous deux. Ensemble, ils inventent un style, une silhouette, un chic moderne. Robes à la ligne épurée, cou de cygne, corps de liane, pas de poitrine, peu de hanches et une sophistication traitée avec nonchalance. Une nouvelle femme du monde est née et le film *Breakfast at Tiffany's* l'immortalise à jamais.

Pour ma part, je pousse la porte de chez Givenchy après mon mariage. J'aimais son élégance, son sens de la mesure. Je n'étais pas la seule à fréquenter la maison qui avait à présent pignon sur l'avenue George-V :

Hubert avait comme clientes Jackie Kennedy, qu'il avait habillée lors de sa venue en France, Grace de Monaco, Liz Taylor, Marlene Dietrich, ou encore l'incontournable duchesse de Windsor, autre adepte de la sobriété et de la rigueur. On connaît son mot : « *Less is more.* » En d'autres termes, moins il y a de chichis, mieux c'est ! Elle avait raison. Quand on a passé vingt ans, la fantaisie est risquée. Elle disait aussi : « Je ne suis pas belle, alors je me dois d'être impeccable. » Pari gagné. Elle n'était peut-être pas très sympathique mais elle ne commit jamais la moindre faute de goût. Et c'est Givenchy qu'elle choisira pour l'habiller aux funérailles du duc en 1972.

Jackie était aussi une admiratrice d'Hubert mais moins fidèle... *First lady* oblige, elle le « trompait » à New York avec Oleg Cassini, et cette rivalité avait le don de faire sortir Hubert de sa réserve légendaire. On le comprend : elle demandait à Oleg de lui faire du Givenchy ! Moi-même, je l'avoue, n'hésitais pas à faire un crochet par chez lui quand j'allais aux États-Unis. Il faut dire qu'il était le plus séduisant des couturiers, un vrai play-boy. Avec sa fine moustache et ses yeux de renard, il était irrésistible. Toutes les stars d'Hollywood sont tombées dans ses bras. Il avait épousé Gene Tierney, avant d'être le fiancé de Grace Kelly... Et il y a encore dix ans, lors d'un dîner, il me faisait du charme : « Tu es la seule femme à qui je n'ai jamais pu tendre un piège... »

Pour en revenir à Hubert, la vie mondaine, les dîners, les soirées de gala me permirent de mieux le connaître et je ne pus qu'approuver ce qu'avait dit de lui un jour Audrey : « Il est tel un arbre, grand, droit et beau. » C'est vrai qu'il était le charme incarné, et comme avec Jacques Fath, il n'y avait pas de frontière entre l'univers de ses clientes et le sien. Peut-être était-il moins démonstratif, moins « fêtard » que lui mais il évoluait dans le même cadre raffiné. Durant des années, au sommet de sa gloire, il a incarné un style de vie rêvé : hôtel particulier à Paris, manoir à la campagne, villa sur la Côte d'Azur, voilier, collection de meubles et d'objets d'art, amies américaines richissimes qui partageaient comme lui l'amour des jardins qu'il arpentait, un pull-over sur les épaules, entouré de ses labradors... Toujours cette idée d'un chic discret et décontracté, le style Givenchy.

C'était (et c'est encore !) un gentilhomme, un *gentleman* comme s'appelait tout naturellement sa ligne pour hommes, la gentillesse même. Toujours calme, posé, il s'adresse à vous avec une politesse qui semble d'un autre siècle, le buste un peu penché et la voix douce. C'est comme si le temps brusquement s'était arrêté. Il se souvient de chaque détail, pose des questions précises et écoute les réponses, ce qui n'est pas si courant...

Je le croise souvent à Megève où nous sommes voisins. Avec son ami Philippe Venet, ils viennent quelquefois à la maison et nous évoquons nos souvenirs communs, la grande époque de la haute couture. Ils s'étaient connus chez Schiaparelli et en 1962, Philippe ouvrait à son tour sa maison en haut de la rue

François-Ier. J'allais y acheter des manteaux parfaitement coupés et légers comme une plume. Comme cela me semble loin ! Le temps passe si vite.

En 1995, Hubert faisait ses adieux... Un dernier défilé au Grand Hôtel où il vint saluer, toujours impeccable dans sa blouse blanche, entouré de ses Premières d'atelier et de Janette, la fidèle secrétaire. Dans la salle, nous avions tous les larmes aux yeux. Fin d'un épilogue commencé sept ans plus tôt, lorsqu'il vendait sa maison à un certain Bernard Arnault. Le groupe LVMH n'était encore qu'au début de son ascension.

Une autre rencontre avait été décisive dans son incroyable réussite. La même année où il faisait la connaissance d'Audrey, on lui présentait Cristobal Balenciaga. Le couturier espagnol régnait alors en souverain. Depuis 1937, sa maison sise au 10, avenue George-V accueillait une clientèle prestigieuse, têtes couronnées et grandes figures du gotha. Il faut dire que ses modèles tout de rigueur et d'élégance classique convenaient parfaitement aux reines d'Espagne ou de Belgique...

S'il cherche à rendre le chic décontracté, Hubert de Givenchy n'en est pas moins admiratif devant la construction des robes de Balenciaga, leur architecture. Une seule ligne, une seule couture. Il y puise son goût de l'épure, son désir de perfection. Il est aussi fasciné par l'homme, sa discrétion, son côté ténébreux, sa fierté de grand d'Espagne. Lorsqu'ils font connaissance, le couturier a cinquante-huit ans et ses conseils sont précieux pour le jeune homme qui se lance.

Véritable mentor, il sera là pour chaque étape décisive. Ainsi, en 1956, quand ils décident de présenter leur collection simultanément à la presse et aux acheteurs, pour éviter la contrefaçon. Un an plus tard, c'est lui qui encourage Hubert à créer sa propre société de parfums plutôt que d'accepter les offres de compagnies américaines. En 1961, c'est encore Balenciaga qui le pousse à installer sa maison de couture, en face de chez lui, avenue George-V. Ce qui était pratique pour nous les clientes : on passait d'un trottoir à l'autre.

Je me suis aussi beaucoup habillée chez Balenciaga. Pour les grands dîners officiels, les réceptions très formelles, ses robes dignes et austères, à la Zurbarán, étaient parfaites. Et je retrouvais dans les salons Grace de Monaco, Wallis Simpson et, la plus belle de toutes, Mona Bismarck. Des figures hors du commun qui n'étaient pas pour déplaire à l'Espagnol car il partait du principe que c'était la personnalité de la femme qui rendait la robe distinguée ou vulgaire. Lui ne faisait qu'« habiller le pur-sang ».

Avec ses lunettes qui lui donnaient un air sévère et sa bouche pincée, l'homme n'invitait pas à la plaisanterie. Mais en ce début des années soixante, Cristobal Balenciaga n'avait pas le cœur à rire. Pour lui, la belle époque de la haute couture était morte (déjà !), le monde moderne, la société de consommation, la rue (dont les créateurs aujourd'hui sont tellement fous) l'avaient tuée. Il résistait à sa façon, mais sans illusion, il savait qu'il serait balayé un jour ou l'autre. Il n'en admirait que plus Hubert de Givenchy qui parvenait à concilier l'inconciliable, l'élégance et la mode... Mais, en 1968, il décida que c'était assez. Il ferma sa maison avec seulement ce commentaire : « Cette époque n'est plus mon genre. »

C'est vrai que tout changeait tellement vite. Mais pour les jeunes femmes dont j'étais, s'il fallait encore s'habiller selon des codes assez stricts aux soirées mondaines, on n'en aimait pas moins des créations plus modernes et colorées. Edmond m'aurait bien vue tous les soirs dans un tailleur qu'il adorait, un modèle en broché or, bordé de vison, que Marc Bohan avait dessiné pour Dior, mais moi j'avais envie de changement et de légèreté.

Ainsi étais-je une cliente d'André Courrèges qui, coïncidence, avait fait ses classes chez Balenciaga. Il lui en était resté le goût de la ligne, poussé à son maximum : André dessinait des tenues aux formes géométriques, avec une prédilection pour la ligne trapèze. Sa formation d'ingénieur en travaux publics devait y être pour quelque chose. Toujours est-il qu'il était furieusement à la mode dans les années soixante. D'autant qu'il avait contribué au succès de la mini-jupe.

Lancée à Londres en 1962 par Mary Quant, elle apparaissait à Paris dans la haute couture d'André trois ans plus tard. Traitée de façon futuriste, elle défraya la chronique. Chanel ne cacha pas son dégoût. Sans doute n'avait-elle pas tort mais la tendance ne l'écouta pas. Le look « fille de lune » fut aussitôt adopté par toutes les jeunes femmes et les moins jeunes qui voulaient retomber en enfance.

Avec ses petits manteaux bien coupés et ses minibottes en plastique, on avait l'impression d'être retournée en cour de récréation, prête à sauter à la marelle. Sur Françoise Hardy, Catherine Deneuve ou Brigitte Bardot, cela produisait un effet charmant. Je dois avouer qu'il m'avait fait, pour mes quarante ans, une robe dans laquelle j'en paraissais vingt ! Un jour, lors d'un essayage, j'ai croisé Rose Kennedy, la vieille dame connue pour son élégance était comme liftée ! Et plus récemment, passant rue François-Ier, je suis entrée à nouveau dans la boutique. Je suis tombée sur Coqueline, l'épouse d'André qui a repris les rênes de la maison, et tout mon passé m'est revenu. Je n'ai pas pu résister à un manteau parme et un ensemble vert d'eau.

Un autre couturier, moins révolutionnaire, rajeunissait la haute couture, c'était le délicat Guy Laroche. J'étais allée chez lui pour la première soirée qu'Edmond avait donnée en mon honneur, dans l'ancien hôtel particulier de la famille rue Pierre-Leroux. C'était en 1962. Nous n'étions pas encore mariés et j'allais être présentée au Tout-Paris. J'avais intérêt à être sublime... Je portais pour l'occasion une ravissante robe en satin blanc rebrodée de perles et de petits diamants, et je crois pouvoir dire que je passai brillamment l'examen.

Le nom de Guy Laroche était alors sur toutes les lèvres. Après avoir ouvert sa maison en 1957 avenue Franklin-Roosevelt, il venait d'emménager avenue Montaigne et surfait sur le succès. Dès sa première collection, il était devenu célèbre. Ses coupes, ses matières et surtout ses couleurs étaient surprenantes. Ses robes osaient le rose, l'orange, le corail, le topaze, le turquoise... Un feu d'artifice subtil qui réveillait la garde-robe.

Il disait : « Mon intention est d'essayer d'adapter la haute couture aux exigences actuelles : faire des robes simples et chics. » Il avait étudié aux États-Unis et en rapportait un certain *way of life*. Sa mode était élégante, légère et sexy, ce qui était nouveau pour la haute couture. Ainsi, il n'hésitait pas à dessiner des décolletés osés pour l'époque, des dos nus étonnants qu'il baptisait « dos bénitier » ou « dos surprise ». Et on se souvient tous de celui qu'il avait créé pour Mireille Darc dans *Le Grand Blond avec une chaussure noire*...

Dans les années soixante-dix, Guy Laroche ouvrit rue du Faubourg-Saint-Honoré une boutique pour hommes, où j'allais faire mon marché pour Edmond. Sur le chemin, j'en profitais pour faire aussi un peu de shopping pour moi... Car à deux pas de là, il y avait la maison de couture de mon ami Louis Féraud qui habitait en face de l'Élysée. Souvent, on allait prendre un café à côté, rue de Duras.

J'aimais sa simplicité, sa gaieté, sa joie de vivre, son sourire caressant, son accent chantant, il était né en Arles où il avait commencé comme boulanger. Louis Féraud était un couturier qui aimait *vraiment* les femmes et cela se sentait. Il me témoignait plus que de l'intérêt professionnel... Ses créations lui ressemblaient : ensoleillées, simples et fraîches, on comprend pourquoi elles avaient séduit Brigitte Bardot. C'est elle qui le lança dans les années soixante.

Il connut trente ans de succès avant de passer la main à sa fille Kiki. Homme aux multiples talents, hédoniste patenté, il se passionnait aussi pour la peinture et y consacra la majeure partie de son temps. Ses nus et ses paysages n'étaient d'ailleurs pas sans charme. Il écrivit également deux romans, *L'Été des pingouins* et *L'Hiver des fous*. Une boulimie d'activités artistiques qui disait combien il aimait la vie, mais elle, ingrate, ne lui donna pas une vieillesse clémente : la maladie d'Alzheimer assombrit ses dernières années. Comme un méchant nuage sur ce soleil éclatant.

En 1960, Louis engageait comme premier dessinateur un jeune inconnu que j'allais mieux connaître par la suite : Jean-Louis Scherrer. Deux ans plus tard, ce charmant jeune homme ouvrait sa propre maison, toujours sur ce faubourg Saint-Honoré qui était alors le cœur de la mode, avec bien sûr l'autre adresse incontournable de la couture, l'avenue Montaigne.

J'ai été une de ses premières clientes car non seulement j'étais séduite par ses robes de cocktail drapées en imprimé fauve, fleuri et à pois, qui deviendront ses classiques, mais parce qu'il savait habiller les petites femmes. Ce qui n'est pas le cas de tous.

Jean-Louis connut très vite le succès et, au début des années soixante-dix, il s'installait avenue Montaigne. Avec son épouse Laurence, ils formaient un couple très en vue, reçu absolument partout et menant grand train. Les Japonais faisaient un triomphe à la marque, on s'arrachait ses robes au Moyen-Orient et ses fourrures étaient le comble du luxe. Une réussite dont Jean-Louis sut profiter. En homme avisé, il vendit sa maison au début des années quatre-vingt-dix à un groupe japonais.

Il profite aujourd'hui de la vie, entre Paris, sa maison de Honfleur et son pied-à-terre de Tanger. Il est séparé de Laurence mais je continue à le croiser dans les soirées mondaines, plutôt culturelles, car c'est un grand amateur d'opéra et de danse.

Je ne peux évidemment pas faire le tour du quartier sans citer mon voisin le plus proche et surtout le couturier qui continue à m'habiller : Pierre Cardin.

Entre ses différents appartements, ses boutiques, sa maison de couture avenue Matignon et Maxim's rue Royale, je suis cernée. Pierre a tout le pâté de maisons ! Comme il le dit en plaisantant : « Cela fait soixante-cinq ans que je fais le trottoir ici ! » C'est peut-être lui finalement que j'aurais dû épouser. D'ailleurs, il est toujours temps...

Je m'habille chez lui depuis la fin des années soixante. À l'époque, c'était son ami André Oliver, son second, qui faisait les essayages des clientes. Car cela n'amusait que moyennement Pierre, plus occupé à dessiner des modèles futuristes, géométriques, à lancer des idées, qu'à créer des robes portables pour des femmes du monde. « Avec lui, j'ai appris qu'on pouvait faire un chapeau avec une chaise », commentera un de ses anciens assistants, un certain Jean-Paul Gaultier.

Pierre n'en est pas moins un couturier rompu au métier. À seize ans, il faisait son apprentissage chez Paquin, puis chez Schiaparelli, avant d'entrer chez Dior. Il sait tout de la coupe, du tombé d'un tissu, de la forme d'une manche mais, artiste visionnaire et boulimique, il cherche surtout à innover, à surprendre, voire à provoquer. Il n'est pas ennemi de la publicité que cela peut lui rapporter. D'autre part, la mode n'est pas suffisante pour nourrir son ambition, son désir de se réaliser pleinement, tous les talents qu'il aimerait exploiter, la vie est tellement courte. C'est pour cela qu'il se lance des défis en permanence, car tout l'intéresse.

S'il n'avait été couturier, il aurait voulu être danseur ou comédien. Ses premiers dessins étaient d'ailleurs pour des costumes de théâtre. Il avait appris auprès d'experts en la matière : Jean Cocteau et Christian Bérard sur le tournage de *La Belle et la Bête*... La mode l'avait détourné de cette première vocation mais, au début des années soixante-dix, il renouait avec elle en achetant en bas des Champs-Élysées le théâtre des Ambassadeurs qu'il transformait en salle de spectacle et rebaptisait Espace Cardin. Quand je pense que lorsque nous nous sommes connus, Edmond m'avait proposé de me l'acheter...

Pierre s'y fit l'ami des comédiens et y gagna ses galons de mécène. Artistes débutants comme stars mythiques (ah ! le dernier concert de Marlene...) s'y sont succédé. Sur la Côte d'Azur, il bâtit à côté de son étonnant Palais Bulles un amphithéâtre pour servir de cadre à un festival durant l'été. Plus récemment, il rachetait le château du marquis de Sade, à Lacoste, et lançait dans cet environnement de ruines un nouveau festival lyrique. À Saint-Ouen, il réaménageait d'immenses entrepôts pour en faire une sorte de villa Médicis. À défaut d'artistes résidants, il y a installé ses robes et ses meubles. Car Pierre a aussi dessiné bureaux, fauteuils et canapés, en pleine époque « design ». Un mobilier qu'on redécouvre aujourd'hui où les années soixante-dix reviennent à la mode.

Ses multiples talents artistiques ont été couronnés par son entrée à l'Académie des beaux-arts et ce n'est pas sans fierté qu'il aime le rappeler. D'ailleurs, il est tellement heureux de siéger parmi les immortels qu'il ne manque pas une occasion d'arborer son joli uniforme... Ainsi n'hésite-t-il pas, lors d'une rétrospective de son œuvre, à venir saluer ainsi vêtu à la fin du défilé ! Cette coquetterie peut prêter à sourire, mais c'est tout à fait Pierre : génial et enfantin.

Il a aimé créer des vêtements en avance sur l'époque, dès 1954 ses « robes bulles » faisaient scandale, mais plus encore il a aimé les exporter aux quatre coins de la planète. Voyageur infatigable, il est intarissable sur ses déplacements qui sont autant de premières et de « coups » : avant tout le monde, il traitait avec le Japon, les pays de l'Est du temps du rideau de fer, l'URSS, la Chine. En 1981, il rachetait le restaurant Maxim's et, deux ans plus tard, il en ouvrait un à Pékin ! Le symbole de la richesse en plein bastion communiste, il fallait oser !

Redoutable homme d'affaires, il règne sur un empire dont on ne sait rien. On dit que deux cent mille personnes travaillent indirectement pour lui. Que son nom est inscrit sur plus de huit cents articles. En tout cas, des centaines de licences lui assurent une confortable rente. Sans parler de tous les produits alimentaires qui portent dorénavant la marque Maxim's. Mais ennemi du luxe ostentatoire, il n'en laisse rien paraître. Aucun train de vie dispendieux, seule une accumulation de maisons trahit une certaine fortune.

Ce n'était pas comme cela du temps d'André Oliver. Beaucoup plus mondain que Pierre, il donnait de somptueux dîners chez lui rue du Cherche-Midi, où toutes les clientes et amies défilaient. En plus, il était sur le même palier que Cristiana Brandolini, alors c'était les vases communicants entre les deux appartements ! Il avait beaucoup de charme et, au fond, ils se complétaient très bien avec Pierre. L'un plongé dans la vie parisienne, l'autre dans les chiffres... « Car c'est moi qui payais ! » plaisante-t-il.

Depuis 1994, Pierre n'organise plus de défilé, juste une présentation à ses clientes dans ses salons. La directrice Maryse Gaspard, qui s'occupait déjà de moi il y a vingt ans, est toujours là. En revanche, Nicole Alfan, qui était la *public relation* de la maison, a été remplacée par la délicieuse Monique Raimond.

Je me souviens que Nicole Alfan m'avait donné un conseil de savoir-vivre avant mon mariage : « Lors d'un dîner, vous commencez la conversation avec votre voisin de gauche, quand arrive le plat principal vous vous tournez vers votre voisin de droite, et au moment du dessert, vous êtes libre de poursuivre avec celui que vous voulez. » J'ai toujours appliqué cette règle à la lettre.

Aujourd'hui, les grandes soirées se font plus rares et que dire des bals !... La haute couture meurt faute d'occasion de la porter. Mais pour les cocktails, les dîners habillés, je suis restée fidèle à Cardin. Pourquoi ? Parce que chaque année, il m'élargit le modèle ! Je plaisante, encore que... Plus sérieusement, j'ai trouvé chez lui des robes qui me vont et que je recommande dans une autre couleur, une autre matière. C'est un gain de temps et un confort pour l'esprit.

Pour la vie de tous les jours, je m'habille en prêt-à-porter chez Fabrice, un garçon que j'ai découvert rue Bonaparte. Il propose dans sa boutique un sportswear chic qui me convient tout à fait.

Pour mes sacs, j'ai là aussi abandonné les grandes maisons. Je ne résiste pas à faire un tour chez Hermès, en voisine, mais cela fait longtemps que j'ai remisé le Kelly pour lui préférer la jolie ligne de bagages d'un garçon étonnant. Alors que j'étais en cure à Quiberon, il y a quelques années, je remarque, dans la vitrine du centre de thalasso, une ravissante pochette. Je l'achète aussitôt et demande qui en est le créateur. « Stephan Hellec », me répond-on. Le nom ne me dit rien. On me précise qu'il habite entre Quiberon et Auray. L'idée m'amuse de le rencontrer. Et je découvre un Breton fantasque et sympathique, enthousiaste et attachant. Depuis, nous sommes devenus amis.

Mais j'ai oublié de citer, parmi mes chers couturiers, le plus délicieux d'entre eux : Azzedine Alaïa. J'en vois qui sourient : la baronne de Rothschild moulée dans une robe d'Alaïa... C'est qu'ils ignorent qu'avant de trouver son style avec ce stretch qui vous habille et vous déshabille en même temps, Azzedine a commencé par faire des robes tout ce qu'il y a de plus portable.

Il était arrivé à Paris à la fin des années cinquante et il payait son loyer en faisant du baby-sitting ! J'allais le voir dans son petit appartement rue de Bellechasse et je croisais dans l'escalier Louise de Vilmorin, Liliane Bettencourt, Cécile de Rothschild... Son adresse se murmurait de bouche à oreille et toutes les femmes du monde défilaient chez ce jeune Tunisien si talentueux. À l'époque, il faisait des modèles plutôt classiques et j'ai d'ailleurs conservé un ravissant ensemble de satin marron et dentelle, avec une veste au col en plumes de coq. Rien à voir avec ce qui a ensuite fait son succès dans les années quatre-vingt, ce style sexy immortalisé par Madonna, Tina Turner ou la sculpturale Naomi Campbell. Le seul petit problème, c'est qu'il ne livrait jamais à temps, la robe arrivait au dernier moment, on était presque obligé de s'habiller dans l'ascenseur, ce qui rendait Edmond fou de rage !

Enfin, je me dois d'évoquer le majestueux, l'impérial Valentino que toutes les femmes peuvent remercier. La féminité dans la couture, le glamour, c'est lui ! Le magicien du flou ! De la mousseline imprimée dans des tons pastel à se damner. Quand j'avais encore ma taille de guêpe, il faisait toutes mes robes de cocktail, les essayeuses venaient à Pregny pour les retouches. Il y en avait très peu... Et pour les vacances sur le *Gitana*, je commandais tous ses modèles de la ligne Croisière.

Car Valentino connaît parfaitement le corps de la

femme et le respecte ; mieux, il le magnifie. Aucune provocation chez lui, aucun désir de lancer des modes. Mais une simple évidence : « J'habille les femmes pour les hommes, pour qu'ils aient envie de les sortir. Je suis un couturier qui plaît aux maris. » On n'en demande pas plus. Et la qualité des tissus est irréprochable. J'ai dans mes armoires des manteaux tricotés de toute beauté. Ils ont vingt ans.

Quant à lui, c'est pareil, il ne bouge pas. Peut-être un peu trop bronzé mais toujours fringant malgré ses... Nous avons le même âge. Quand je pense au jeune Valentino Garavani débarqué à Paris à dix-huit ans ! Après avoir suivi les cours de la Chambre syndicale de la couture, il a fait ses armes chez Jean Dessès et chez Guy Laroche, puis en 1959, il rentre à Rome ouvrir sa propre maison. Dès lors, le succès ne le quitte plus. La *dolce vita* le porte, les stars l'adulent, et Liz Taylor, qui tourne alors *Cléopâtre*, le lance véritablement. Il y eut ensuite Jackie Kennedy qu'il habille pour son mariage avec Onassis et Audrey Hepburn qui s'autorise quelques infidélités à Hubert... Sans parler de Salimah Aga Khan, Diana, Rania de Jordanie ou Sharon Stone.

Gstaad, Capri, Los Angeles, Cannes, Venise, Valentino est partout où se donnent rendez-vous le monde du cinéma et la *jet-set*. Très naturellement, il en épouse le style de vie. Château, villa, yacht, collection de tableaux et d'objets d'art, cela fait penser à Givenchy mais avec plus de démesure, de *show off*, le côté italien sans doute. La couleur fétiche de Valentino est le rouge, ce n'est pas pour rien.

Je ne peux terminer ce tour d'horizon de la mode sans évoquer mon ami, le modiste Jean Barthet. J'allais souvent le voir dans sa boutique de la rue Tronchet. À l'époque, on ne pouvait se rendre aux courses sans chapeau et je me souviens qu'il m'avait fait, pour le Grand Prix d'Ascot, une jolie capeline blanche avec un nœud en grain noir. Jean était alors incontournable pour toutes les femmes du monde. Les courses, mais aussi les mariages, les garden-parties, les réceptions officielles, les occasions étaient encore nombreuses de sortir « coiffée ».

Il travaillait aussi énormément pour le cinéma, dessinant les chapeaux de *La Folie des grandeurs* ou celui de Catherine Deneuve dans *Les Demoiselles de Rochefort*. Sophia Loren était son égérie, elle adorait les énormes capelines qui contribuaient à son look de star, elle pouvait se le permettre avec sa taille et sa silhouette de liane. Pour ma part, Jean me faisait surtout des turbans. C'était idéal pour moi qui voyageais tout le temps. Cela m'évitait le coiffeur de l'hôtel avant le dîner de gala. Et je dois dire que j'en ai gardé l'habitude. Avec les années, j'ai même appris à les faire moi-même.

Aujourd'hui, son fils Alexandre a repris le flambeau. Il dessine des robes et des chapeaux pleins de fantaisie, souvent en bois très léger, qui sont comme des sculptures et qu'il veut être le prolongement de ses vêtements.

Un joli chapeau, une robe élégante, c'est essentiel pour évoluer dans le monde, mais ce qui fait vraiment la différence, c'est un beau bijou. Et là encore, l'argent n'est pas tout. Il faut du goût, le sens de la mesure ou l'audace de la démesure. Question de personnalité. Et question de fournisseurs. Tous les joailliers ne sont pas d'or.

Dans ma vie, j'ai porté beaucoup de bijoux. Des bijoux de famille, des bagues offertes par Edmond, des parures de chez Cartier, des colliers de Van Cleef et Arpels, des broches de chez Boivin... Mais il y a deux hommes qui savaient mieux que les autres parler des pierres et vous faire étinceler les yeux.

Le premier avait une petite boutique dans la vieille ville de Genève. Avec son look de banquier suisse protestant, monsieur Lombard ne payait pas de mine mais il avait les plus beaux bijoux que j'ai jamais vus. Je lui ai acheté beaucoup de choses et surtout je lui faisais monter des pierres rapportées d'Afrique du Sud. Il avait un talent fou pour réaliser des bijoux sur mesure, ses créations ne ressemblaient à aucun autre, et l'exclusivité, comme pour la haute couture, c'est le luxe absolu.

L'exclusivité est aussi la spécialité du très mystérieux Joël Arthur Rosenthal, qu'on appelle JAR. Je crois pouvoir dire que je suis une de ses premières clientes. Lorsqu'il s'est installé à deux pas de la place Vendôme dans les années soixante-dix, j'étais déjà là, devant cette minuscule boutique qu'on ne remarque pas, et pour cause : il ne met rien en vitrine ! Culte du secret, confidentialité, discrétion, tous ces mots pourraient définir l'univers de JAR qui n'a jamais accepté aucune interview, ni aucune photo dans la presse.

Un peu star ? Non, tout le contraire. Il part du principe que ses créations parlent pour lui et que la publicité doit se faire par le bouche-à-oreille. Et ça marche ! Ses pièces sont tellement recherchées qu'à peine produites elles sont vendues. Il n'y en a pas plus d'un millier de par le monde. Il travaille principalement à la commande, ou plus exactement il choisit en fonction de la cliente s'il accepte ou non de lui réaliser quelque chose... C'est le monde à l'envers, pourrait-on se dire, mais ses bagues sont tellement uniques que les femmes tremblent à l'idée de se faire refuser l'entrée du fan-club !

Et quand il accepte, quand votre demande ou la pierre que vous lui apportez l'inspirent, il faut parfois attendre plusieurs années pour recevoir son bijou... Mais ensuite quel plaisir ! Pièce unique, la bague peut être considérée comme une véritable œuvre d'art. Car Joël est un vrai créateur, le couturier de la joaillerie. Que ce soit un gardénia pavé de diamants, un papillon d'améthyste ou une grosse émeraude cabochon, le raffinement est partout : dans la qualité de la pierre, du dessin, du sertissage, et aussi dans des détails qui ne se voient pas au premier coup d'œil. Ainsi, j'ai une bague composée de plusieurs anneaux sertis sur la tranche de diamants de la taille d'une tête d'épingle, donc quasiment invisibles au regard... Le comble du luxe !

Cette sophistication s'accompagne d'une recherche constante d'innovation, comme l'emploi de bois, de titane ou d'aluminium si cela sert sa création. La première bague que j'ai achetée chez lui était en ébène avec deux petits diamants. Mais ma préférée est celle qu'il m'a offerte un jour, une très jolie bague faite de deux anneaux d'or reliés entre eux. Comme le symbole de notre relation qui est devenue pour moi une amitié amoureuse.

Joël est un familier de Genève et vient donc souvent déjeuner à Pregny. Il aime contempler la collection de tableaux, cela lui rappelle ses études d'histoire de l'art aux États-Unis. Un jour, je lui ai offert un dessin d'Helleu. Je savais que je ne pouvais lui faire plus plaisir. Cela correspond si bien à son univers raffiné, hors du temps, proustien.

Dernièrement, il a ouvert une nouvelle boutique rue de Castiglione. Un écrin de couleur parme aux allures de boudoir, où il propose des extraits de parfums. Sept fragrances que l'on respire en ouvrant un poudrier de verre et en humant une peau de chamois où chaque matin sont déposées trois gouttes du précieux liquide... Vous avez dit sophistiqué ? JAR, c'est Swann dans *À la recherche du temps perdu* !

Parée de mousseline légère, bijoutée, parfumée, on se sent prête à affronter tous les publics, à relever tous les défis. Il manque toutefois l'arme essentielle à une conquête infaillible, à une victoire implacable : un maquillage digne de ce nom, exécuté par un maître en la matière.

La providence m'a donné la chance de connaître le plus grand des maquilleurs : Michel Deruelle. Un ami de quarante ans.

Je l'avais rencontré aux studios de Billancourt, sur le tournage de *Miss Catastrophe*, en 1956. Il traînait là, je ne sais pas très bien pourquoi, et nous commençons à parler. Il me dit qu'il a fait des études aux Arts appliqués, qu'il se destine à la carrière d'architecte mais que son rêve, c'est de travailler pour le cinéma. Il a grandi à Joinville-le-Pont, près d'autres studios, et il a toujours été fasciné par cet univers. Je lui dis qu'il pourrait alors faire des décors. Il acquiesce avant de m'avouer que son souhait le plus intime serait de maquiller les vedettes...

Qu'à cela ne tienne ! Il en a une devant lui (bon, c'était un peu prétentieux mais j'avais tout de même le second rôle). Je me propose donc comme cobaye. Nous nous sommes installés dans les toilettes, il a plongé dans ma petite trousse à maquillage, et un quart d'heure plus tard, je suis ressortie métamorphosée. Je n'ai rien dit sur le plateau mais au moment de la scène, le chef opérateur s'est écrié. Mon visage prenait la lumière comme jamais. Avais-je un nouveau fiancé pour rayonner de la sorte ? Non, j'avais un nouveau maquilleur.

Sophie Desmarets, la vedette du film, à qui je le présentai, l'adopta aussitôt. Michel Deruelle était lancé. Très vite, toutes les comédiennes le réclamèrent. Simone Signoret, Leslie Caron, Michèle Morgan, Sophia Loren. Les femmes savent qu'un homme qui sait les embellir est un précieux atout. Même les stars lui firent les yeux doux : Marlene Dietrich, Danièle Darrieux, Arletty, Liz Taylor... En très peu de temps, Michel avait réalisé son rêve. Il les tenait toutes dans le creux de sa main et au bout de son pinceau.

Car il avait une façon incroyable de sculpter le visage, de mettre en valeur ce qu'il a de beau et même de tirer avantage d'un petit défaut. Son maquillage était très fin, beaucoup plus subtil que ce qu'on faisait alors au cinéma. C'était un magicien qui maniait les couleurs avec un sens inné des nuances. Le plus incroyable, c'est qu'il n'avait fait aucune école, il apprenait chaque jour son métier, en expérimentant et en affinant toujours un peu plus sa technique.

Détail qui a aussi son importance : Michel avait le même succès auprès des hommes. J'entends professionnellement... Pierre Brasseur, Jean Gabin, Alain Delon, Jean-Claude Brialy ou Rudolf Noureev ne juraient que par lui. On raconte même que c'est grâce à lui qu'Orson Welles accepta un rôle dans un film pour lequel il n'était au départ pas très enthousiaste. En voyant la tête que lui avait faite Michel, il sentit brusquement le personnage !

La liste des films auxquels il a participé est impressionnante. Dans les années soixante-soixante-dix, il était incontournable. Ce qui m'arrangeait bien. Avec mon mariage, j'avais tiré un trait sur le monde du spectacle, mais par l'intermédiaire de Michel, je renouais avec les paillettes, les projecteurs et les ambiances de plateaux. J'allais le rejoindre sur les tournages et je fis ainsi la connaissance de quelques stars comme Romy Schneider que je rencontrai à Rome. Michel était aussi l'intime d'Yvonne Printemps, il allait la maquiller au théâtre, et il m'emmenait avec lui lorsqu'il allait lui rendre visite dans son appartement.

Nous étions très amis car non seulement il avait des doigts d'or, mais il était irrésistible de drôlerie. Incapable de tenir en place, plein de fantaisie, imprévisible et fantasque, la vie à ses côtés était un spectacle permanent. Quand il m'invitait chez lui, je me retrouvais au milieu de peintres, de musiciens, de danseurs, de travestis et de camionneurs !

Pour le réveillon du 31 décembre 1974, j'ai voulu donner une fête à Armainvilliers et surprendre Edmond. En cachette, j'ai monté un spectacle avec mes amis proches, une vraie revue avec sketchs, chansons et danses. Michel était bien sûr au centre des préparatifs. Il a maquillé toutes les femmes présentes, faux cils et œils de biche. Il y avait une douzaine de Mireille Mathieu à perruques, des danseuses de *french cancan*, des Espagnoles en volants et de plus audacieuses doublures des filles du Crazy Horse... Et en final, un extrait du film *Fernand cowboy* avec moi en serveuse de saloon et les maîtres d'hôtel en livrée bleu et or, dansant sur l'air d'*Hello Dolly* ! Ah ! On savait s'amuser en ce temps-là !

Je m'étais tellement prise d'amitié pour Michel que je l'aidai à s'installer. Je lui offris avenue Victor-Hugo un joli appartement où recevoir ses clients. C'est là que je vis Noureev, comme je l'ai raconté. Devant son succès toujours grandissant, je lui proposai, quelques années plus tard, de créer sa marque. Michel se plaignait tout le temps des produits qui étaient trop ceci, pas assez cela... Il en fabriquait de façon artisanale et Catherine Deneuve, Mylène Demongeot ou Mireille Darc en étaient de grandes consommatrices, mais cela manquait de moyens. Je lui permis donc de mettre sur pied une ligne... qui me coûta fort cher. Michel avait juste oublié de me dire qu'à court d'argent, il avait vendu sa marque à un autre !

Michel était comme ça. Panier percé, mauvais gestionnaire, tête en l'air et un rien inconséquent. Mais comment lui en tenir rigueur ? C'était un ami extraordinaire et il me donnait des conseils beauté que m'enviaient mes meilleures copines. Et ça, ça n'a pas de prix !

L'autre artisan de ma beauté, c'est bien sûr le coiffeur Alexandre qui m'a accompagnée tout au long de ma vie. Il m'a coiffée pour mon premier bal, pour mon mariage et pour toutes les grandes occasions. On se souvient que j'ai épousé Edmond enceinte de sept mois, dans ma chambre à coucher, avec le maire du XVIe arrondissement au pied de mon lit. Je n'étais pas très pimpante mais heureusement Alexandre était venu avec son assistante Line pour me donner un « coup de peigne ». Un chignon qui n'était que l'ombre des fameux chignons « historiques » qui avaient fait sa gloire à la fin des années quarante.

Originaire de Saint-Tropez, il avait été découvert après guerre par la duchesse de Windsor et la Bégum. Toutes deux résidaient alors sur la Côte d'Azur et elles s'étaient entichées du jeune coiffeur à la fine moustache et à l'accent si chantant. Alexandre avait aussi les manières qui vous permettent d'entrer dans le monde. Avec deux marraines de ce « calibre », il fut lancé en un rien de temps et en quelques années devint le coiffeur officiel des familles royales et de tout le gotha. Ainsi en 1955 était-il à Venise pour le mariage de mon amie Ira de Furstenberg. Il s'en souvient encore... Alors qu'il devait arranger la coiffure de la jeune mariée, en retard à l'église, il glissa, manqua la gondole et finit à l'eau !

Il serait fastidieux de citer toutes les têtes célèbres dont il crêpa le chignon. De la comtesse de Paris à Grace de Monaco, en passant par Liz Taylor, Ava Gardner, Greta Garbo, Michèle Morgan, Brigitte Bardot, Sophia Loren ou Romy Schneider, il les a toutes coiffées ! Sans parler des défilés de haute couture. Pas un ne se faisait sans lui. Et toutes les femmes du monde défilaient dans son salon... Sous le casque, je retrouvais la comtesse Charles de Gramont, Marie-Hélène de Rothschild. D'ailleurs, à son propos, je me souviens avoir surpris un jour, chez elle à Ferrières, Richard Burton dans un petit salon en train de se faire masser le cuir chevelu !

Dernier élève du célèbre coiffeur Antoine, Alexandre Raimon a vite perdu son nom et rendu son prénom aussi célèbre que son maître. Star des coiffeurs pendant quarante ans, il a sillonné le monde en tous sens, dès qu'un mariage, une reine, un couronnement ou des funérailles nationales l'appelaient. Pas un diadème ne pouvait être posé par d'autres mains ! Il aurait pu attraper la grosse tête, il fut toujours le plus charmant des hommes. Délicieux, attentionné et grand seigneur. C'était Alexandre le Magnifique.

J'allais régulièrement dans son salon de l'avenue Matignon. Il me disait que j'avais de très beaux cheveux mais difficiles à coiffer tant ils étaient fins. Il a essayé sur moi des chignons, des nattes, des choses assez simples. Et puis, je n'ai plus eu le courage d'attendre, de perdre tout ce temps. Et comme je déteste papoter en lisant des magazines, j'ai pris l'habitude de me coiffer toute seule, pire, je fais moi-même mes couleurs ! Pardon, Alexandre !

Pauvre Alexandre qui finit sa vie dans de tristes conditions, oublié de toutes ces femmes qui ne juraient que par lui et qui le faisaient venir à n'importe quelle heure du jour ou de la nuit pour domestiquer une mèche rebelle...

Après avoir évoqué ceux qui m'ont magnifiée, je me dois de citer ceux qui ont embelli mon intérieur et donné à chaque jour de ma vie un cadre merveilleux. Deux décorateurs ont principalement compté et je peux dire qu'ils font partie des hommes de ma vie car ils sont vraiment entrés dans mon intimité...

Il y a deux pièces dans lesquelles les femmes se tiennent principalement, même si elles ont un château de quarante pièces, c'est la salle de bain et la chambre à coucher. Dans la première, on se prélasse, on se pomponne, il faut donc qu'elle soit raffinée, avec une moquette moelleuse, de jolis rideaux, une coiffeuse de bonne taille, des placards tapissés de flanelle, une méridienne pour s'étendre. Même confort bien sûr pour la chambre car, contrairement aux hommes qui n'y remettent plus les pieds une fois levés, les femmes y passent la matinée à lire des magazines, à répondre à leur courrier et à parler pendant des heures au téléphone.

Henri Samuel savait tout de la psychologie féminine et j'eus, grâce à lui, des salles de bain et des chambres à coucher qui ressemblaient à des salons. Il faut dire que ce petit monsieur raffiné, toujours tiré à quatre épingles, avait travaillé à la restauration du château de Versailles avec Gérald Van der Kemp ; sa réputation n'était plus à faire. Il était très fort dans la reconstitution historique, avec une prédilection pour le

XVIIIe siècle et le Napoléon III. Il savait comme personne créer des atmosphères à la fois « grand genre » et chaleureuses, ce qui n'est pas évident, et il avait une parfaite connaissance des objets.

Edmond lui avait tout d'abord demandé de restaurer le château d'Armainvilliers dont il avait hérité à la mort de son père en 1957. Il n'en avait rien fait jusque-là, se contentant, lorsqu'il venait chasser, des dépendances de Mandegris, mais au début des années soixante, un peu avant notre mariage, il se décidait à entreprendre le réaménagement du château, ce qui n'était pas une mince affaire. L'étonnante demeure de style anglo-normand, en brique rouge et colombage, avait beaucoup souffert depuis sa construction. Occupée par les Allemands, puis par les Américains, elle avait perdu tout son lustre ; des trois cents pièces, il n'en restait plus qu'une vingtaine habitables. À la fin de sa vie, le baron Maurice y vivait terré dans sa chambre, volets fermés, rideaux tirés.

J'y suis allée pour la première fois en septembre 1963, quelques jours avant mon mariage religieux. Les chambres n'étaient pas terminées, mais les salons étaient fin prêts pour recevoir une grande réception. Henri Samuel avait fait d'Armainvilliers un élégant relais de chasse anglais, avec dans tout le rez-de-chaussée des trophées du père d'Edmond sur fond de tissu vert bouteille, des moquettes tissées d'après d'anciennes perses, des meubles Renaissance du baron Adolphe dans le hall, sa table signée Cressent dans le bureau, des meubles Boulle dans le grand salon, et aux murs des peintres hollandais et un magnifique Pissarro accroché aujourd'hui dans ma chambre...

Henri Samuel avait su créer une atmosphère chaleureuse, mélangeant les siècles harmonieusement. Il avait aussi le génie des tissus, coordonnant avec art les chintz, les indiennes, les toiles de Jouy, ce que les décorateurs aujourd'hui ne savent plus faire. Au fond, il avait tout compris du style Rothschild, cette subtile alliance de pièces de musée et de confort. D'ailleurs, il a été le décorateur de toute la famille. Pour Marie-Hélène et Guy, il a décoré l'hôtel particulier de la rue de Courcelles et le château de Ferrières, pour David le manoir de Reux en Normandie, pour Alain l'hôtel de la rue de Marigny, sans parler de la propriété familiale de Château-Lafite.

Après ce premier exercice réussi, Edmond lui confia la restauration de Pregny dont il avait aussi hérité. Construit vers 1870 par Paxton, l'architecte anglais qui fit aussi Ferrières, le château était devenu selon le vœu de la baronne Julie « une charmante maison de campagne ». Tout était peint en blanc. Edmond donna carte blanche à Henri Samuel pour rendre à la demeure sa splendeur d'antan. Celui-ci ne se fit pas prier et put exprimer plus encore son talent. Cette fois, le XVIIIe siècle allait être célébré en majesté.

Pour mener à bien cette tâche, le décorateur a fait appel aux ouvriers qui avaient travaillé à Versailles. Décapées, les boiseries des salons sont redorées, tout comme les colonnes de l'entrée qui retrouvent leur marbre d'origine. Satins et damas sont rebrodés à

Lyon. Les salons retrouvent leur aspect solennel et classique. Pour les meubler, Henri n'a que l'embarras du choix. Pregny est un véritable garde-meubles. Sans parler des tableaux. Le baron Maurice avait accumulé une collection impressionnante mais n'avait jamais pris la peine de la mettre en valeur. Henri trie, regroupe, organise l'accrochage au fil des pièces.

À Paris, Edmond n'avait plus l'hôtel Rothschild du faubourg Saint-Honoré. Son père l'avait vendu aux Américains après guerre, qui en ont fait la résidence de l'ambassadeur. Lors des visites officielles, je peux voir Bush de ma terrasse !

Mais à quelques centaines de mètres de là, Edmond avait toutefois hérité d'un petit hôtel particulier, l'ancienne demeure de la maîtresse anglaise de Napoléon III. Il ne s'était jamais vraiment soucié de cet endroit quasiment à l'abandon, préférant vivre dans un pavillon à côté, véritable garçonnière au fond d'une cour qui est aujourd'hui une salle à manger pour la banque.

Avec notre mariage et la naissance de Benjamin, les choses changeaient. À présent, il devait loger sa petite famille. L'installation dans l'hôtel particulier devint un nouveau chantier pour Henri Samuel qui fut aidé dans sa tâche par un autre ami d'Edmond, l'architecte Christian de Galea.

L'entreprise était d'envergure et demandait de gros travaux. La façade fut préservée mais tout l'intérieur fut repensé avec de nouvelles proportions. Une liberté qui permit d'intégrer des boiseries XVIIIe provenant de la salle à manger du grand-père d'Edmond ou de sublimes panneaux de laque dans un petit salon au rez-de-chaussée. Une nouvelle fois, Henri Samuel put donner libre cours à son goût des mises en scène : tableaux, tapisseries, porcelaines, fauteuils et commodes furent disposés harmonieusement et dans une parfaite symétrie.

Henri a aussi travaillé pour les musées... En 1969, il aménageait une superbe salle au musée d'Israël, dont je suis encore aujourd'hui présidente d'honneur. Il y disposa le salon Louis XV qu'Edmond avait dans l'hôtel particulier de la rue Pierre-Leroux. L'endroit où avait eu lieu notre première soirée avant notre mariage avait été rasé, et son contenu dispersé. Des boiseries provenant de l'hôtel particulier de Jacques Samuel-Bernard rue du Bac, des trumeaux peints par Van Loo, deux tapisseries des Gobelins, un portrait de Nattier et une suite de fauteuils s'envolèrent donc pour Jérusalem. Une donation exceptionnelle à laquelle Henri Samuel voulut s'associer. Non seulement il recréa dans le musée un salon XVIIIe d'une parfaite rigueur, mais il fit aussi cadeau de meubles et conçut, juste à côté, une salle Empire. Enfin, il mit également en scène une salle Edmond de Rothschild au Louvre, avec la commode de la Du Barry, qui était avant dans ma chambre...

Mais Henri ne fit pas toutes nos maisons. Certaines, moins solennelles, furent confiées au décorateur Alain

Demachy, un autre vieil ami d'Edmond. Ils s'étaient connus à Megève dans les années cinquante. Et d'une façon étonnante. Venu skier avec un ami, Robert de Pomereu, Alain était descendu à l'hôtel du Mont-d'Arbois. Construit du temps de la baronne Noémie, l'établissement était alors un peu vieillot et n'avait rien du palace qu'il sera ensuite. Une nuit, avant de se coucher, il ouvre sa fenêtre, ferme son radiateur et se glisse sous les couvertures. Alain est comme moi : il dort la fenêtre ouverte, même si la neige entre dans la chambre jusqu'au pied du lit. Ce qu'il ne sait pas, c'est qu'en fermant son radiateur, il a fait sauter le chauffage de l'hôtel ! Le lendemain matin, tous les clients sont dans le hall, hystériques. On désigne le responsable qui se fait littéralement insulter. Et il est réprimandé sans ménagement par le jeune propriétaire, un certain Edmond de Rothschild...

Le soir, Alain lui demande de l'excuser et lui offre un verre. De fil en aiguille, ils passent la soirée à parler, à boire et deviennent finalement amis. Si bien qu'Edmond lui propose de redécorer Mandegris que son père vient de lui donner. Alain avait alors déjà une certaine notoriété. Il était associé avec l'antiquaire Didier Aaron et avait travaillé pour Paola de Belgique et pour la grande-duchesse de Luxembourg. Il se rend donc à Mandegris et commence par faire une chambre à coucher et une salle de bain.

À ce moment-là, Edmond était célibataire. Il fait ensuite la connaissance de Lina, une sublime Bulgare qu'il épousera. Pour la cérémonie, il demande à Alain de rafraîchir l'hôtel particulier de la rue Pierre-Leroux. Il l'envoie choisir des meubles à Armainvilliers. Alain en garde un souvenir extatique : « Dans chaque pièce, c'était une accumulation d'œuvres d'art, il y avait le salon des commodes, le salon des fauteuils, le salon des appliques, c'était comme dans *Citizen Kane* d'Orson Welles, une véritable caverne d'Ali Baba ! » Il y reste quatre jours, surveillé par le vieux maître d'hôtel Victor et son épouse la lingère, un vrai dragon, une sorte de Jackie Sardou sans l'humour !

Lorsque j'arrive dans la vie d'Edmond, Alain continue à embellir Mandegris, tout en lui gardant son charme rustique : poutres apparentes, sol de tomettes, meubles hollandais du XVIIIe siècle, tableaux flamands, chaises Louis XV. Seule touche moderne, la piscine entourée de dalles d'ardoise qu'il dessine dans le parc. À Pregny aussi, Edmond demande à Alain de construire une piscine face au lac. Avec son bassin bleu, ses transats blancs et sa *pool-house*, on se croirait sur la Côte d'Azur.

Mais la grande œuvre d'Alain, c'est le lifting de l'hôtel du Mont-d'Arbois à Megève. Il repense toute la décoration dans l'esprit de Saint-Moritz, le style suisse allemand, chic et coloré, alors qu'à Megève, le style était rustique, marron et jaune, pas très gai. Alain en fait un véritable palace et son inauguration en février 1963 donne lieu à quatre jours de fête, « Les Cent Heures du Mont-d'Arbois ». Malheureusement, je n'y suis pas, je n'ai pas le droit de quitter mon lit pour mener à bien ma grossesse. Mais on me raconte :

les avions affrétés spécialement, l'arrivée d'Alain Delon, de Gunther Sachs et de Jacques Charrier dans la station ; les Agnelli qui croisent la princesse de Polignac et le duc et la duchesse de La Rochefoucauld ; les Rockefeller qui confirment trop tard leur venue, il n'y a plus de place pour les loger... Grand seigneur, Edmond achète le chalet voisin pour les héberger ! La maison avait appartenu à une Bourbon-Parme, puis aux Gervais, c'est aujourd'hui le chalet du Mont-d'Arbois.

Des dîners sont organisés tous les soirs, dans des décors réalisés par François-Xavier et Claude Lalanne, amis d'Alain Demachy. Régine est là aussi pour faire danser tout le monde. On me parle d'un feu d'artifice extraordinaire et, le dernier soir, d'une fête tahitienne restée dans toutes les mémoires. Jacqueline de Ribes surtout s'en souviendra...

Des buffets sont installés tout autour de la piscine, les invités arrivent en paréo et collier de fleurs, Gunther Sachs escorté de créatures de rêve fait sensation, puis Jacqueline fait son apparition dans un costume de sa création (elle a toujours aimé dessiner des robes et ouvrira d'ailleurs quelques années plus tard sa propre maison de couture). Merveilleuse vahiné, elle descend l'escalier de façon magistrale et produit un grand effet. Hélas, les conséquences ne sont pas celles souhaitées. Les hommes étant un peu éméchés, elle n'a pas tenu dix minutes, elle a fini dans la piscine comme tout le monde !

Le lendemain, Alain vient voir l'employé : il a perdu sa chevalière dans ce bain forcé. Il tombe sur Jacqueline qui elle aussi semble chercher quelque chose. « Elle essayait de décrire ce que c'était, mais elle était un peu confuse. C'étaient en fait deux petites pinces qu'elle cachait dans ses cheveux et qui lui faisaient ce regard de Néfertiti... »

La même année, Cary Grant et Audrey Hepburn tournent ici une scène de *Charade*. Alain dîne avec eux un soir, mais la muse d'Hubert de Givenchy ne lui fait pas grande impression : « Elle était tellement diaphane, elle faisait presque peur. On voyait ses veines sous la peau de son front, on aurait dit un ventre de souris ! » Il est beaucoup plus sensible au charme de Cary Grant : « C'est bien simple, j'aurais été homosexuel, je tombais amoureux ! Beau, bronzé, souriant, l'œil de velours qui vous regardait toujours sur le côté, c'était un charmeur incroyable. »

L'hôtel du Mont-d'Arbois a très bien marché pendant une dizaine d'années, il a contribué au développement extraordinaire de la station, tout le monde se faisait construire des chalets, mais cette façon de vivre n'a pas survécu à la crise et au choc pétrolier. Le luxe prit une autre forme, se démocratisa. Les mentalités évoluaient aussi peu à peu, les gens ne voulaient plus s'habiller le soir, le service en gants blancs n'avait plus de raison d'être. L'époque changeait et un tel palace ne pouvait pas tenir. Il fut transformé en appartements et on se replia sur le chalet acheté pour les Rockefeller, qui devint un Relais et Châteaux prestigieux. Le chalet du Mont-d'Arbois est aujourd'hui le fleuron de la station.

Si Henri Samuel avait entièrement pensé la maison de la rue de l'Élysée, Alain y apporta aussi sa touche personnelle pour la partie moderne, à savoir le sous-sol où il créa une salle de cinéma, une des premières dans une maison privée, une salle de gymnastique et un sauna. On y accédait par un escalier dérobé dès l'entrée de la maison et Edmond y recevait ses amis, en petit comité, principalement ses copains de bateau et de chasse. C'était son univers et je n'y avais pas ma place, même si j'y organisais une fois par mois des « dîners cinéma ». Quarante personnes par tables de huit, avant la projection d'un film en avant-première. Il y avait là Jean-Claude Brialy, Romy Schneider, Alain Delon, Mireille Darc, Thierry Le Luron, Claudia Cardinale, Edgar Faure...

Un autre petit escalier au mur pavé de coquillages remontait vers un endroit qui, cette fois, m'était complètement personnel. Edmond n'y a jamais mis le pied. Pourtant, c'était son idée... Lorsqu'il m'avait demandé ce que je souhaitais comme cadeau de mariage, j'avais répondu une piscine ! Il m'avait prise au mot et passait commande à Alain, devenu spécialiste en la matière. L'ancienne salle de bal de mon beau-père fut donc transformée et le résultat dépassa mes rêves les plus fous : aidé d'un certain monsieur Rose, au nom prédestiné, Alain dessina une piscine enchâssée dans une véritable forêt tropicale, avec palmiers, bananiers, frangipaniers, dans laquelle se déversait à intervalles réguliers une cascade de trois mètres de haut ! Un cadre hollywoodien pour jouer les Esther Williams ! C'était Honolulu-sur-Seine !

Au début, Alain Demachy travaillait en étroite collaboration avec Edmond, jamais avec moi. Edmond avait des idées très précises sur ce qu'il voulait, il adorait faire des plans et tout changer au dernier moment, ce qui devait être agaçant, mais on ne se brouille pas avec un tel client... Je n'avais guère mon mot à dire, d'un autre côté tout était d'un tel goût que je n'avais pas à me plaindre.

À Armainvilliers, je pus disposer çà et là quelques bibelots trouvés chez les antiquaires, puis à Mandegris, nous avons pensé ensemble au confort de la maison et j'ai participé au choix des tissus et des canapés. J'y ai aussi commencé une collection de barbotines, une autre de cristaux de Bohême et une troisième de meubles hollandais XVIIIe incrustés d'ivoire.

Edmond a pu voir que je n'avais pas trop mauvais goût et quelques années plus tard, il me laissait faire la décoration de notre chalet à Megève. « Le Bouvreuil » fut donc entièrement conçu par Alain Demachy et sa nouvelle assistante. Je voulais un chalet de montagne traditionnel mais sophistiqué. Alain, qui avait le sens des volumes, dessina de belles pièces voûtées. Il réalisa aussi, idée originale, d'élégants canapés en loden vert. Pour les meubles et les bibelots, direction Armainvilliers, où les greniers étaient encore pleins. Alain adorait mon côté méthodique, très gouvernante de grand hôtel, car j'avais mes listes à la main où tout, absolument tout ce qu'il fallait était indiqué, pièce par pièce. De la paire de fauteuils au pot à crayons.

Ce sens de l'organisation était obligatoire car pratiquement en même temps, nous commencions la construction d'un autre chalet en Autriche...

En 1964, nous avions été invités chez Élie et Liliane de Rothschild, qui avaient une chasse de chamois et de cerfs, à l'est d'Innsbruck. Edmond tomba amoureux de la région et n'eut de cesse de trouver à son tour une autre chasse. Finalement, nous avons loué près de la frontière suisse, à Ischgl, seize mille hectares de forêt.

Au milieu de ce paysage magnifique, il nous fallait une maison et nous décidions de construire une *jagdhaus*, un relais de chasse typique, à flanc de montagne. Évidemment tout en bois, le chalet était très particulier à l'intérieur. Un grand escalier central sculpté desservait les pièces décorées de meubles Renaissance et Louis XIII. Des cachemires étaient jetés sur les canapés, mon dressing-room était tapissé d'un loden ivoire brodé de fleurs de montagnes. Dans notre chambre, le tissu avec des broderies bleu et rouge venait de Tchécoslovaquie, et au sol, le tapis au petit point avait été fait par mes blanches mains !

Avec Alain, nous avions absolument tout contrôlé. Des tomettes chinées à Innsbruck aux porte-savons. Edmond n'est venu qu'à la fin, quand la maison était installée. Sans un mot, il a inspecté les pièces les unes après les autres et a simplement dit, arrivé dans la salle de bain : « Je n'aime pas beaucoup la couleur de la brosse à dents. » Je l'aurais giflé ! Mais c'était son humour pince-sans-rire. Au fond, je suis sûre qu'il était un peu vexé d'une aussi belle réalisation.

Il y eut aussi l'épisode de l'*Athma*, le yacht qu'Edmond m'avait offert pour mon anniversaire et qu'Alain décora. Il portait le même nom que le voilier de la baronne Julie, mais c'était un bateau à moteur... Fatale erreur. Nous l'avons gardé le temps d'une saison, Edmond ne supportait pas le bruit des machines ! C'est dommage car Alain avait dessiné un intérieur en bois blond, sobre et élégant comme une boîte à cigares. J'ai revu un jour avec émotion « mon » yacht dans la rade de Villefranche. Il avait changé de nom. Il ne me reste plus aujourd'hui comme souvenir qu'une paire de chaussures d'intérieur que j'avais brodées pour mon capitaine, aux couleurs Rothschild, bleu et or.

J'eus plus de chance avec Château-Clarke, le domaine d'Edmond à Bordeaux. Il en confia une nouvelle fois la réalisation à Alain Demachy et trente ans plus tard, le cadre n'a pas changé. Merveille de simplicité et de luxe discret.

En 1973, Edmond achète des terres à l'abandon à Listrac, dans le Haut-Médoc. Il veut créer son propre vignoble, à quelques kilomètres de Château-Lafite. Il plante cent trente hectares de vignes et après douze ans d'investissement et de travail, un nouveau domaine est né : Château-Clarke.

Au pied de ses vignes, Edmond décide de bâtir un hameau, plus amusant que les faux châteaux de la région. Alain part des chais existants et dessine, à côté, une maison simple en pierre pour Edmond et moi. Au rez-de-chaussée, une petite salle à manger décorée de meubles hollandais et de tableaux flamands, une cuisine bleu et jaune dans le style de Giverny, et à l'étage quatre chambres entièrement tendues de tissus fleuris Braquenié, avec des moquettes à motif coordonnées.

En face de la maison, dans un grand bâtiment qui reprend l'architecture des chais, on installe les pièces de réception, c'est-à-dire une salle à manger pouvant accueillir quarante convives, un salon et une bibliothèque. Pour les décorer, Alain récupère beaucoup d'éléments décoratifs du château d'Armainvilliers vendu en 1979 au roi du Maroc. Il n'y avait qu'un tel personnage pour faire vivre une maison de cette taille. Lors de l'achat, il avait déclaré : « Si mes fils n'ont pas envie de gérer le royaume, ils pourront toujours en faire un hôtel. »

Le salon de Château-Clarke accueille donc des boiseries Renaissance italiennes, des fauteuils en corne, des meubles Boulle, des cristaux de Bohême et quelques bronzes. Autour de la magnifique cheminée, Renaissance elle aussi, trouvée par Alain en Bourgogne, les canapés d'Armainvilliers renouent avec une nouvelle vie et retrouvent leurs plaids en fourrure. Idem dans la salle à manger, où deux niches ont été aménagées pour présenter une magnifique collection d'oiseaux en Meissen.

Aujourd'hui, Benjamin et son épouse Ariane sont les nouveaux propriétaires du domaine, mais la décoration n'a pas vraiment changé. Ma belle-fille a simplement fait construire une jolie maison d'invités dans la partie des vignobles de Peyrelebade. En revanche, elle a métamorphosé le jardin. Elle a vraiment la main verte. Le parc n'a jamais été aussi beau. De la piscine à l'étang, ce ne sont que parterres de fleurs et à partir de mai, la roseraie embaume jusque sous mes fenêtres.

Château-Clarke, Megève, Genève, Ischgl ou Paris, ce sont aujourd'hui Benjamin et Ariane qui jouissent de ces décors de rêve. Je les leur ai laissés sans un pincement de cœur. Il est naturel que la roue tourne. J'en ai de toute façon bien profité. Je me suis installée dans le parc, en face du château de Pregny, dans la maison où avant moi ma belle-mère, la baronne Noémie, s'était retirée. À Paris, j'ai conservé un étage dans l'hôtel particulier et à Bordeaux, j'y vais quand je veux. À Megève, je me suis débarrassée du Bouvreuil, beaucoup trop grand pour moi seule, et je me suis fait construire un petit chalet complètement isolé dans la montagne. Je l'ai décoré de tweed, de tissus Braquenié et de moquettes à motif... J'ai bien retenu la leçon. Merci, Alain ! Et pour les tableaux, foin de Vermeer ! J'ai acheté de charmantes toiles chez les antiquaires Nicolas Sergeeff et Régis Aernouts, rue Jacob.

Et puis, il me reste ma maison de pêcheurs à Quiberon, mes escapades dans mon petit hôtel à Trouville, la maison de Césarée en Israël. Je n'ai pas besoin d'autre chose. Ma vie a changé, je ne reçois plus autant et, lorsque je dîne avec des amis, c'est souvent dans des bistrots. Il y a longtemps que j'ai refermé mon carnet de bal.

Les amis d'aujourd'hui

« L'amour peut se passer d'estime, pas l'amitié. »

Arletty

Ils ne sont pas forcément connus du grand public, ils n'ont pas défrayé la chronique, ils n'ont pas couché avec Barbara Hutton, mais je me dois de leur rendre hommage. Car je partage aussi ma vie avec des hommes de l'ombre.

Depuis que je suis seule, il a fallu que je trouve des « épaules » pour me soutenir, des amis pour me faire rire, des partenaires dans tous les domaines où je continue à avoir des obligations. Aussi, quel que soit l'endroit où je me trouve, j'ai toujours près de moi un homme.

Un an après la mort d'Edmond en 1997, je créais un prix pour lui rendre hommage. Il m'a semblé naturel que ce prix couronne, chaque année, le meilleur livre écrit sur le vin. C'était la passion d'Edmond. Et pour le mettre sur pied, constituer le jury, organiser la sélection et les délibérations, j'ai fait appel à Nicolas de Rabaudy.

Les deux hommes étaient proches. Chroniqueur gastronomique et grand spécialiste du vin, Nicolas collaborait au Savour Club dont Edmond fut dans les années quatre-vingt et quatre-vingt-dix l'actionnaire majoritaire. Il a été le premier journaliste à visiter le terroir de Clarke à Listrac quand le vignoble était encore en pleine renaissance. À la suite d'articles sur le travail de titan accompli par Edmond, il est devenu son ami et en 1988, son conseiller en matière viticole. Il lui a appris à connaître, à aimer et à savoir parler du vin. Le domaine de Château-Clarke n'aurait pas été ce qu'il est sans lui. Ensemble, ils passèrent des années à concevoir un très beau livre sur leur passion commune. Un ouvrage qui célébrait la vigne, illustré d'œuvres d'art et d'objets réunis autour de ce thème, *Le Culte du vin* (Gallimard). Hélas, Edmond s'éteignit quelques semaines après sa parution.

Avec ses lunettes sur le front, ses papiers à la main et sa veste mal boutonnée, Nicolas me fait penser au professeur Nimbus mais, s'il a le charme des poètes, il n'en est pas moins très consciencieux dans son travail. Ensemble, nous sillonnons le monde pour faire la promotion de Château-Clarke et son organisation est sans faille. Et puis, Nicolas a un atout supplémentaire : son épouse Dominique qui est la féminité faite femme, pétillante, attentionnée et toujours de bonne humeur. Une perle !

Je ne peux évoquer Château-Clarke sans citer un autre solide allié dans mon entreprise de *public relations*. Bertrand Otto est le directeur général du domaine et c'est lui qui me fait travailler ! Il m'envoie en Argentine, au Canada, au Maroc, pour vanter les mérites de nos vignobles dont je suis devenue l'ambassadrice. Le comble, c'est que je le connais depuis qu'il a cinq ans, c'est un ami d'enfance de Benjamin. Ils ont grandi ensemble, Bertrand venait à la chasse chez nous et il est entré ensuite à la banque. Aujourd'hui, il s'occupe non seulement du développement de Château-Clarke, mais aussi du domaine du Mont-d'Arbois, avec Alexandre Faix. Grand garçon, bien ficelé, avenant et chaleureux, il fait partie de ces hommes qui m'entourent.

Pour rester à Bordeaux, je citerai mon ami Alain de Condé qui, à sa manière, m'a aussi beaucoup aidée dans mon entreprise de relations publiques. Grâce à lui, j'ai pu connaître les grandes familles de la région, ce qui n'est pas une mince affaire, car n'entre pas qui veut dans ce monde des domaines, même si on s'appelle Rothschild ! Il faut un sésame, et le baron de Condé avec son amie, la marquise Monique du Vivier, m'a grandement facilité la tâche.

Né à Bordeaux, Alain est arrivé à l'âge de dix-sept ans à Paris pour devenir peintre. C'est l'époque de Saint-Germain-des-Prés et il se lie d'amitié avec Françoise Sagan, Frédéric Botton, Jacques Chazot, Régine... Il fait une première année à Camondo et commence à gagner de l'argent en réalisant des couronnes mortuaires ! Puis il a son atelier rue de Washington, mais au départ se consacre essentiellement à la restauration de tableaux, avec une spécialité : Gauguin et l'école de Pont-Aven. Il travaille pour les grands marchands comme la galerie Durand-Ruel. En 1969, il expose ses propres œuvres chez Hagnauer et c'est le succès. Les expositions se succèdent à travers le monde et, au Japon, Alain devient l'un des peintres français qui comptent, avec Bernard Buffet et André Brasilier.

Je le rencontre à Paris où il a été longtemps le président du comité de soutien contre la sclérose en plaques. Tous les ans, il organise un gala avec un concours de peinture pour les malades. Un jour, il m'a demandé d'apporter mon aide. Je n'étais pas mal entourée. Il y avait là Annie Duperey, Thierry Lhermitte, Marie Dubois, Primerose Bordier et, comme présidente d'honneur, la comtesse de Paris. Je retrouvais également notre grande amie commune, Catherine Aga Khan qu'Alain avait connue, avec Saddrudin, en week-end chez Maurice Druon.

Aujourd'hui, il a passé la main mais son dévouement, son amour des gens n'ont pas faibli. Ainsi, il répond la nuit au téléphone, une sorte de SOS amitié pour les malades et les gens dépressifs... Il sait écouter, compatir, soulager, faire rire. Sans doute tire-t-il cet altruisme des deux heures de méditation et de prières qu'il fait tous les soirs. Et d'une vraie générosité. Alain a tout simplement un cœur. Lorsque sa mère a eu de graves problèmes de santé, il s'est occupé d'elle et n'a pas hésité à quitter Paris. Il l'a prise avec lui dans sa magnifique maison de campagne de Perrotin, dans le Bordelais, et lui a consacré dès lors tout son temps.

Cette bâtisse XVIIIe de style palladien était merveilleusement décorée, car Alain a un grand goût pour les objets et il a le sens de la mise en scène. D'ailleurs, il a failli être décorateur mais ne supportait pas l'idée de se plier aux caprices de clients ; il voulait rester libre, ne faire que ce que bon lui semblait. Il a donc gardé pour lui son talent comme celui de faire naître des jardins extraordinaires. J'ai découvert chez lui des arbres que je n'avais jamais vus ailleurs et Monique du Vivier n'est pas mécontente d'avoir suivi ses conseils. Il lui a refait son jardin créé par... Russell Page !

Aujourd'hui, comme moi, Alain a réduit son univers ; la propriété de Perrotin a laissé la place à un grand appartement dans Bordeaux, mais le raffinement n'en est pas moins présent. Parfait maître de maison, il y reçoit toujours avec élégance. Chez lui, ce n'est jamais à la bonne franquette ! Au fil des pièces, on retrouve sa collection de bronzes, ses livres rares, ses tableaux du XVIIIe et ses œuvres personnelles. Une grande terrasse fleurie lui permet de continuer à se consacrer à sa passion, il y passe deux heures à tailler ses arbres en compagnie de ses amies... les coccinelles !

Alain de Condé n'est pas mon seul ami peintre. J'ai fait la connaissance d'un autre artiste, tout aussi brillant, par l'intermédiaire de ma collaboratrice pour le golf, Chantal Jeannelle. Il y a une dizaine d'années, elle m'a présenté son beau-père Roger Muhl et nous avons tout de suite sympathisé. Très bel homme, grand et massif, souriant et les yeux bleus comme ses tableaux, il vit à Mougins, dans l'ancienne poste, avec son épouse Line, autre personnage haut en couleur... C'est la femme de peintre type, avec beaucoup de personnalité, elle me fait penser à la Gala de Dalí.

Roger a commencé par m'offrir un petit tableau, puis je lui en ai acheté pour toutes mes maisons. Ses tableaux représentent des paysages lumineux, colorés, à la limite de l'abstraction, un peu Nicolas de Staël. Il peint les pins parasol et les soleils couchants du Midi, les toits de Grasse, les maisons de Bretagne. Il vend énormément aux États-Unis, à Los Angeles, à Palm Beach et aux Bahamas. Il faut dire que ses toiles sont idéales pour les maisons de bord de mer, c'est la gaieté même.

Avec les années, il est devenu un ami et Line étant une très bonne hôtesse, je suis maintenant une habituée de leur propriété de Mougins, j'aime y aller me reposer. Il n'y a rien de plus déstressant qu'une maison de peintre où le temps, la vie, semblent s'écouler au rythme des touches du pinceau sur la toile...

Mais si Roger Muhl a une prédilection pour les paysages, il fait aussi des natures mortes et des portraits. Ainsi, dans sa cuisine, on trouve accrochées sur les murs les têtes de Paul Haeberlin, Paul Bocuse, Roger Verger, Pierre Troisgros, Louis Outhier, Alain Chapel... Il les a peints à l'occasion d'une exposition consacrée à la cuisine. Il a gardé une version et leur a offert l'autre.

Roger a toujours eu un attachement pour les grands chefs. Il connaît Paul Haeberlin depuis l'adolescence : d'origine alsacienne, il étudiait à l'École des arts décoratifs de Strasbourg en compagnie de Jean-Pierre, le frère de Paul. Puis, épicurien comme moi, il est tombé dans la marmite... Quand on commence à fréquenter des cuisiniers, on ne peut plus vivre sans.

J'ai connu plus récemment la famille Haeberlin et leur extraordinaire auberge de l'Ill. L'endroit a plus de cent cinquante ans. À l'époque, c'était la grand-mère de Paul et Jean-Pierre qui était aux fourneaux. Elle transmettra ensuite son tablier à leur tante Henriette qui installera une solide réputation de cuisine du terroir, simple et goûteuse. On y vient de toute la région pour de grands repas de chasse savoureux.

En 1945, l'auberge est bombardée. On la reconstruit et les deux frères en prennent les commandes. Paul et Jean-Pierre transforment le lieu en un temple de la gastronomie : une, deux, puis trois étoiles au Guide Michelin. En 1976, Marc rejoint son père et son oncle. Il perpétue l'esprit d'excellence de la maison, la rigueur et la perfection qui y président, sans rien perdre de sa modestie : « La cuisine est un fabuleux métier qui demande une remise en question quotidienne. Le talent seul ne suffit pas ; il faut savoir écouter les critiques, garder la tête froide, rester lucide, humble : nous ne sommes que de bons artisans, comme les menuisiers, les forgerons ou les maçons. Même si la presse, à l'occasion, fait de nous des stars... »

Et c'est vrai qu'il est aujourd'hui une star ! On vient des États-Unis, du Japon, de Belgique, pour goûter sa cuisine. On peut même rester dormir après le dîner, puisque, depuis 1992, ils ont construit un hôtel, tenu par le séduisant Marco. Quant à moi, j'y organise chaque année un dîner, où j'invite les personnalités locales pour la présentation de mes vins.

Marc est d'une grande gentillesse, mais mon préféré, c'est Jean-Pierre Haeberlin, tout petit, tellement amusant que j'ai décidé que nous étions fiancés, et j'attends toujours ma demande en mariage...

Évidemment, on ne peut pas parler des grands chefs sans évoquer Paul Bocuse que j'ai, bien sûr aussi très bien connu. Il avait un restaurant à Megève, la Gérentière, et il a travaillé à l'hôtel du Mont-d'Arbois, il a aussi participé à la création du Savour Club avec Edmond.

Fils, petit-fils et arrière-petit-fils de cuisinier, formé chez la mère Brazier et Fernand Point, il est devenu à force d'énergie et de combativité l'ambassadeur de la cuisine française à travers le monde, le porte-parole de la profession, le fer de lance de la tradition et du terroir. Doué d'un sens de la communication extraordinaire, il a redonné du panache aux chefs et les a fait sortir de leur cuisine. C'est grâce à lui qu'ils sont devenus des stars.

Il règne sur un empire d'une dizaine de restaurants, dont le plus fameux est bien sûr la maison familiale, le restaurant gastronomique de Collonges où il est né, d'ailleurs il dort toujours dans la même chambre ! Une institution, trois étoiles depuis 1965, cinquante employés. Mais il y a aussi ses cinq brasseries lyonnaises à thème, l'une proposant des plats méditerranéens, l'autre des plats des îles, sans parler du Pavillon de France, un complexe qu'il a ouvert en 1982 à Disneyworld, en Floride, avec Roger Vergé et Gaston Lenôtre. La cuisine française au pays de Mickey ! Mille cinq cents couverts par jour !

On lui reproche souvent ce goût des affaires et des médias, ce côté mégalomane et grande gueule, mais il est aussi tout le contraire, amoureux de la nature, de la chasse, et ne trouvant pas de plus grand plaisir que de se ressourcer en solitaire avec ses chiens, dans son repaire de Montellier, au cœur de la Dombes, où il possède une cabane et un étang.

Et s'il est vrai que ses bons mots et ses formules à l'emporte-pièce font le bonheur des journalistes, il est comme ça : aimant les plaisanteries et les farces bon enfant. Ainsi, je me souviens qu'il avait commandé à Bernard Pivot un petit texte pour un dîner d'anniversaire du guide Michelin. Le texte devait être imprimé sur le menu. Lorsque Bernard est arrivé à sa table, il n'a pas manqué de jeter un œil dessus... et a poussé un cri ! Paul y avait glissé quelques fautes d'orthographe !

Quand Valéry Giscard d'Estaing l'a décoré de la Légion d'honneur en 1975, une première pour un chef, Paul a voulu le remercier de cet hommage et a créé la soupe VGE ! Un délice aux truffes et au foie gras ! C'est aujourd'hui un des *musts* de sa carte.

C'est un homme comme je les aime : charpenté, dégageant une indéniable autorité, ambitieux et talentueux, mais aussi proche de la terre, de ses produits, de ses plaisirs simples, avec un bon sens paysan, de l'humour et... macho ! Paul n'a pas peur de le dire. Il a quand même aimé trois femmes en même temps ! Raymonde qu'il a épousée en 1946 et qui lui a donné une fille, puis Raymone qui, elle, a eu un fils, et enfin Patricia... Boulimique de saveurs, il l'est aussi côté cœur. Il y a du Picasso chez cet homme-là ! Mais comment lui en vouloir ? Tel un monarque, il peut tout se permettre, il est le roi des cuisines !

À quatre-vingt-un ans, il est inégalé, imbattable, hors concours ! Sa cuisine a traversé toutes les modes, à coups de crème, de beurre, de sauces... Son maître mot ? Authenticité ! « Dans ma cuisine, il y a des os et des arêtes ! » Son talent, c'est de réaliser à la perfection les plats les plus simples, comme son autre *best-seller*, la canette de Bresse rôtie à la broche. Comme disait le critique gastronomique James de Coquet, « Paul Bocuse, c'est l'Empereur des Gueules » !

Enfin, un dernier mot sur les chefs avec Michel Rostand qui est mon voisin à Megève. Coïncidence, son plat préféré est le poulet de Bresse rôti à la broche ! Mais qui n'aime pas ?

Comme tous les autres, Michel poursuit la tradition familiale où l'on est cuisinier de père en fils, depuis cinq générations. Au départ, du côté de Grenoble, puis son père a ouvert La Bonne Auberge à Antibes où il a décroché trois étoiles. À vingt-cinq ans, Michel est parti tenter sa chance tout seul à Paris. Aujourd'hui, il a cinq établissements parisiens, dont trois « bistrots » un rien sophistiqués. Il a été l'un des premiers chefs à ouvrir ce type de restaurant inspiré des bouchons lyonnais. Ambiance festive autour d'une cuisine irréprochable.

Michel est le plus convivial des hommes. Ah ! S'il n'y avait pas sa femme Marie-Claude... Nous avons créé ensemble, il y a six ans, au golf de Megève, « la Coupe des chefs », une compétition qui réunit, le premier week-end de septembre, des cuisiniers étoilés, avec à côté de chaque trou un buffet où l'on prépare leurs spécialités ! C'est follement drôle !

Comme il s'est fait construire un chalet à Megève, nous nous croisons souvent au moment des vacances. Et j'aime tout autant la pétillante Marie-Claude, qui l'aide énormément, et leur fille qui a épousé le fils de mon ami Robert Hossein. Je vais aussi quelquefois dans son restaurant gastronomique du XVIIe arrondissement où il propose une cuisine traditionnelle modernisée. La version *light* de Bocuse !

C'est terrible, mais j'ai toujours aimé bien manger. Et aujourd'hui, privilège de l'âge, c'est un plaisir que je peux m'offrir sans la moindre mauvaise conscience... Déguster un bon repas vaut bien d'autres réjouissances et en plus, on peut le renouveler trois fois par jour !

Durant des années, j'ai eu des chefs à la maison. Nous en avions un à Paris, un autre à Genève, et ils nous suivaient dans nos déplacements. C'était un grand luxe, à cette nuance près que les menus étaient décidés par Edmond... Je n'avais comme rôle que de dire le lendemain du dîner ce qui allait et ce qui n'allait pas. Mais j'ai des souvenirs merveilleux de soufflés tomates-épinards, de gigots de sept heures avec des purées d'oignons et des pommes mousseline bien avant Robuchon, de tartes tatin à se damner ! Je me souviens avoir envoyé le chef de la rue de l'Élysée à cinq reprises chez Maxim's pour qu'il comprenne ce que j'attendais de lui !

Aujourd'hui, je n'ai plus de telles exigences, mais lorsque je suis à Trouville, dans mon petit hôtel Saint-James, je retrouve un peu cette ambiance. J'y suis reçue par Christian Fleury et c'est comme si je rentrais à la maison.

Il me rappelle Albert, un ancien de mes maîtres d'hôtel qui fut avec moi pendant plus de trente ans. Il était d'un grand raffinement, adorant la décoration, les fleurs, les nappes brodées, la vaisselle, l'argenterie, très soigneux avec les objets, toujours disponible, jamais débordé, le dernier couché, le premier levé, capable de recevoir cent personnes lors d'un week-end de chasse, sans se départir de son flegme.

Christian a toutes ces qualités, gentillesse, disponibilité, discrétion, et surtout il sait cuisiner. Il me mitonne des petits plats, coquilles saint-jacques merveilleusement préparées au vin blanc et aux échalotes, sole au beurre citronné, côte de veau au porto, bœuf bourguignon moelleux à souhait, fromage blanc avec gelée de pommes qu'il fait lui-même... Je peux enfin manger autre chose que ces tomates farcies qu'Edmond a commandées pendant trente-quatre ans et que je détestais !

Quelle bonne idée j'ai eue lorsque, par hasard, j'ai poussé la porte de cet hôtel, il y a huit ans, attirée par l'ambiance du salon que je devinais derrière la vitre et par le feu de cheminée qui crépitait. Je cherchais alors un pied à terre à Trouville et j'avais écumé toutes les agences immobilières de la région avec mon ami Éric Jansen. Je n'ai eu, dès lors, plus envie d'aucune autre adresse. La chambre numéro un avec son balcon est devenue *ma* chambre et j'y séjourne régulièrement. J'aime venir me ressourcer dans le crachin de la côte normande et j'ai pris l'habitude de finir ici tous mes livres. Avec les années, j'avoue avoir pris un peu d'autorité sur Christian et j'ai tendance à diriger sa vie, prodiguant conseils et remarques. Je crois pouvoir dire qu'il ne m'en tient pas rigueur, au contraire. Notre relation est teintée d'une grande affection. Au fond, si je devais choisir un homme pour s'occuper de moi, il serait idéal, car avec lui je serais comme un coq en pâte.

Ah ! J'oubliais. Si vous passez par le Saint-James,

demandez de ma part un 44... Ce digestif normand, fait d'un litre de calvados, dans lequel a macéré une orange percée de 44 coups de couteau et piquée de 44 grains de café, avec 44 morceaux de sucre, pendant 44 jours... Christian en est le grand spécialiste.

Je l'emporterais bien dans mes bagages, lorsque je rentre à Pregny... Heureusement, j'ai ma fidèle Carmen qui m'accueille avec toujours le même sourire. Et puis à Genève, j'ai d'autres hommes sur lesquels je peux compter. Peut-être pas pour me faire la cuisine, mais pour sortir dîner ou me faire rire devant la télévision, un plateau-repas posé à côté de moi...

Ainsi, je ne manquerais pour rien au monde l'émission de mon ami Darius Rochebin, le journaliste vedette de la télé suisse romande. C'est notre PPDA, en beaucoup plus impertinent... Si, en semaine, il présente le journal télévisé avec toute la réserve qui convient, dans son émission du dimanche il se permet une plus grande liberté de ton avec ses invités. Le titre annonce la couleur : *Pardonnez-moi...* Je ne suis pas certaine que toutes les personnes reçues en aient eu l'envie, après leur prestation ! Nombreuses sont celles qui sont reparties furieuses.

C'est que Darius, derrière son élégance de gendre idéal et son sourire à la Patrick Sabatier, cache une irrévérence qui, lorsqu'elle s'exprime, fait des ravages. Après une conversation à bâtons rompus, presque mondaine, il lâche avec le plus grand naturel une question sur le salaire ou la vie privée de l'invité... qui en reste souvent sans voix !

Lorsque je suis venue dans son émission, il n'a pas hésité à me demander si, du temps où j'étais comédienne, il était vrai que j'avais une poitrine parfaite, à savoir vingt et un centimètres entre mes deux mamelons ! Le choc passé, j'ai éclaté de rire, je ne pouvais pas me fâcher, je l'avais effectivement écrit dans un de mes livres ! Mais on n'imagine pas le scandale que cela a déclenché en Suisse ! On y parle, il est vrai, assez rarement « mamelons » ! Loin d'en être gênée, cela m'a plutôt servie : j'avais écrit une dizaine de livres sans qu'on réalise que j'existais à Genève. Après ce passage dans l'émission de Darius, tout le pays m'avait adoptée !

On pourrait le croire impudique, il est tout le contraire. Bien sûr, il a un certain goût pour la provocation, mais il s'y abandonne sans vulgarité et en mesurant les effets. Au fond, il ne perd jamais de vue qu'il est journaliste et qu'il a en face de lui une personne rompue à l'art de l'interview. À lui donc de la déstabiliser pour qu'elle se livre un peu.

S'il a quelques ennemis, Darius a aussi beaucoup d'amis car c'est un incorrigible charmeur, sans doute ses origines iraniennes expliquent-elles cela, et il cherchera toujours à se réconcilier avec quelqu'un qui lui en veut d'avoir été malmené. « Pardonnez-moi »... Il n'a guère de mal à parvenir à ses fins. Loin des caméras, il est le plus drôle et le plus adorable des hommes. On se retrouve quelquefois dans des galas et c'est toujours l'occasion de grands éclats de rire. Les gens s'étonnent de notre complicité. Ils ne savent pas combien ces vingt et un centimètres nous ont rapprochés !

L'autre jour, j'ai été plus que comblée : non seulement Darius était invité à la même soirée que moi, mais elle était animée par Stéphane Bern qui n'est pas sans lui ressembler un peu : sa gentillesse peut cacher une petite pique bien affûtée ! Ah ! ces gens de la télé ! Incorrigibles. Mais j'ai une tendresse particulière pour Stéphane, je le connais depuis si longtemps. Il me dit toujours que je suis comme sa mère, que je lui ai tout appris de l'art de vivre en société et des mondanités. Je pense en fait qu'il avait ça dans le sang ; adolescent il devait plutôt lire *Point de vue* que *L'Équipe*, mais c'est vrai que nous avons des points communs : nous avons la même gaieté, la même volonté et le même optimisme. Et le sens du travail. Je suis absolument admirative devant sa capacité à enchaîner radio, télévision, animation de galas, livres... Le dernier s'appelle *Un si joli monde* et il y dépeint avec férocité les mœurs du Tout-Paris. Un roman à clés dans lequel je ne me suis pas retrouvée... Ouf !

J'aime aussi son humilité. Malgré son succès, sa notoriété, il est resté lui-même, et sa fréquentation du show-business ne l'a pas fait renier ses premières amours pour les têtes couronnées. Il a toujours assumé son côté midinette, rêvant de la grande-duchesse de Luxembourg quand d'autres préféreraient rencontrer Sharon Stone... Et même s'il s'est « décoincé », cheveux en bataille et vestes audacieuses, il est toujours ce jeune homme BCBG, parfaitement bien élevé, toujours prêt à fondre dans un baise-main. Au fond, il a réussi ce pari impossible, ce grand écart improbable :

faire le lien entre un idéal aristocratique, un monde pétri de codes et de bonnes manières, avec notre époque moderne. Il est effectivement comme mon fils, mon élève, mon ambassadeur. Nous défendons la même cause : celle du savoir-vivre en toutes circonstances.

Les « Faisons un rêve »

Et si je raisonnais comme les play-boys parlant de leurs conquêtes ? Finalement, les hommes qui ont le plus compté pour moi sont ceux que je n'ai pas eus : qui y aurait-il dans ma sélection idéale ? Réfléchissons... Difficile d'oublier Tyrone Power qui occupait une grande place dans mes fantasmes de jeune comédienne. Lors de mon bref passage à Hollywood où j'étais allée faire des essais, il tournait juste à côté et cette proximité m'avait laissée pantelante. Luis Dominguín ? Pas contre l'idée d'une estocade. Warren Beatty ? S'il a eu tellement de succès, c'est qu'il y a quelque chose... Envie d'aller voir. Dans un autre genre plus intellectuel, Joseph Kessel ou Ernest Hemingway me faisaient aussi beaucoup d'effet.

Mais projetons-nous dans le présent, rajeunissons les cadres et faisons un rêve... Une journée parfaite, aujourd'hui, ce serait :

À huit heures, petit déjeuner avec Hugh Grant, *breakfast tea, of course*. Avec son physique de *college boy*, il n'invite pas forcément à la sensualité, mais ce n'est pas le propos. J'aime les bonnes manières au réveil et rien de mieux que de commencer la journée avec un Anglais : vous ouvrez l'œil, il est déjà rasé de frais, il sent bon l'eau de Cologne Yardley, il vous sourit en vous tendant un *scone*. Un peu de lait, *darling* ? Son corps nu ? Vous ne vous souvenez même plus à quoi il ressemble. Les Anglais, d'ailleurs, ont-ils un corps ?

À 10 heures, jogging avec Jean-Claude Killy. Depuis ses trois médailles d'or décrochées en 1968 aux Jeux olympiques de Grenoble, il tient une petite place dans mon cœur. Ah ! le charme des skieurs professionnels ! Et des sportifs en général. Ce qui est extraordinaire avec lui, c'est qu'il ne s'en rend pas compte, ce qui ajoute à son pouvoir de séduction. Évidemment, le jogging n'est qu'un prétexte. Très vite, on se retrouve à boire un vin chaud, comme à Genève lorsque nous faisions ensemble la quête autour de la marmite pour l'Armée du Salut.

À 11 heures, petit jeu cruel : shopping avec Julio Iglesias, avec obligation de porter mes paquets et de chanter dans la voiture : « Vous, les femmes... » pendant que je conduis ! De quoi rattraper notre rendez-vous manqué, lors de mon émission chez Drucker où le bel hidalgo, ne pouvant venir, avait enregistré sa chanson la veille...

À 13 heures, déjeuner avec Bill Gates, juste histoire de garder le contact avec les milliardaires... D'ailleurs, il fait à présent dans l'humanitaire, nous pouvons donc joindre nos forces.

À 15 heures, visite du Louvre avec Marc Lévy, après

un rendez-vous romanesque devant la Vénus de Milo ou l'esclave de Michel-Ange. Marc me ferait des commentaires pleins d'érudition que je n'écouterais pas, fascinée par son regard, sa voix douce et sa barbe de trois jours si parfaitement entretenue. Et si c'était vrai ? J'oublierais alors toutes ces jeunes filles que je vois au Salon du livre attendre en file indienne qu'il leur signe un livre. Je n'ai pas le même succès avec mes lecteurs.

À 17 heures, thé avec... Hugh Grant ! Oui, je sais, c'est la deuxième fois dans la journée, et alors ? C'est moi qui décide, non ?

À 19 heures, apéritif avec Olivier de Kersauson. Cette fois, c'est le charme des baroudeurs ! Un visage tanné par le vent et le sel, un œil bleu et vif, une crinière indomptée et un caractère de granit. Sa devise : « Avoir une vie qui a de la gueule ! » J'aime ça. Il barrait quelquefois nos bateaux, les *Gitana*, mais Edmond m'empêchait de le voir : il le trouvait trop dangereux... Je n'ai plus rien à craindre à présent, j'ai appris à naviguer en eaux troubles. Je me laisse tenter par l'aventure et prends la Route du rhum en sa compagnie. Et un *ti punch* ! Un !

À 20 h 30, dîner avec... Il y a un trou dans mon agenda, si cela peut intéresser quelqu'un...

À 23 heures, en piste avec Yannick Noah, pour danser toute la nuit. Il a une sensualité incroyable, plus féminine que masculine d'ailleurs, il n'y a chez lui aucune agressivité, mais au contraire une douceur, une poésie qui m'évoquent tout le charme de l'Afrique. Saga Africa ! Attention les secousses !

3 heures du matin, je rentre en essayant de faire le moins de bruit possible. Il ne faut pas que je réveille mon compagnon qui s'est endormi dans mon lit… Son nom ? Bonheur ! C'est mon shitzu.

Épilogue

« Le plus grand bonheur après que d'aimer, c'est de confesser son amour. »

André Gide

J'aurais voulu une plus grande famille, cela ne s'est pas fait, à trois reprises j'y ai cru, mais le destin en a décidé autrement. Je me suis d'autant plus consacrée à Edmond et Benjamin, les seuls vrais hommes de ma vie.

On sait que je n'ai poursuivi qu'une seule ambition : être digne d'Edmond et de son amour. J'ai toujours été attentive à ses désirs, disponible vingt-quatre heures sur vingt-quatre, prête à le suivre au bout du monde, à faire une valise en un quart d'heure pour un aller-retour à New York, à se lever tôt pour la chasse, à se coucher tard après une virée en discothèque... Je lui ai consacré ma vie, mais sans avoir le sentiment de me sacrifier. Au fond, c'était ma vocation, plaire à mon mari et vivre dans son ombre. J'avais connu la pleine lumière de la scène, elle ne me manquait pas.

Aimer tout ce qu'il aime, ne pas rechigner, ne pas se plaindre, les hommes détestent les soupirs et les jérémiades, avoir toujours l'enthousiasme des premiers jours, être optimiste, légère, disponible et souriante.

Avoir du caractère, mais pas l'ombre d'un mauvais caractère ! Maîtriser ses mouvements d'humeur, pratiquer l'art des concessions, rester flegmatique, prendre du recul, il faut toujours relativiser les problèmes. Jamais une question embarrassante, et bien sûr jamais une scène !

Au fond, la recette d'un couple tient en peu de mots : être facile à vivre et ne pas parler à tort et à travers. Edmond aurait rêvé que toutes les femmes soient des stars du muet ! « Cela nous permettrait de rêver un peu. »

Pour Benjamin, je n'avais pas moins d'ambition et de dévouement. Mais les attentes d'un enfant sont plus difficiles à déchiffrer et lui témoigner son amour n'est pas chose aisée. C'est bien connu, les mères sont maladroites et les fils pudiques.

Benjamin a tout de son père, et rien de moi, à part le sens de l'humour... Lors de ma première visite à ma belle-mère, elle avait eu ce commentaire laconique : « Il a les pieds d'Edmond », elle ne voulait surtout pas montrer son émotion, mais elle était très heureuse d'avoir un petit-fils.

Benjamin n'a pas qu'une ressemblance physique avec son père. Très jeune, il a fait preuve, comme lui, d'une grande indépendance, épris de liberté, volontaire, impulsif, parfois autoritaire. Une détermination qui s'est exprimée tout d'abord dans le sport. À trois ans il l'accompagnait à la chasse, à quatre ans il montait à cheval, à sept ans il faisait de la plongée sous-marine, enfin il se prit aussi de passion pour la voile et aujourd'hui, le dernier des *Gitana* a remporté la Route du rhum !

Edmond peut être fier de lui. Et il en est de même pour la banque. Depuis que son fils en a pris la tête, la croissance a été spectaculaire.

Peut-être n'ai-je pas passé assez de temps auprès de lui, mais ce n'était pas toujours très facile avec toutes ces obligations. Je crois toutefois qu'il n'a jamais manqué d'amour et qu'il a grandi dans de bonnes conditions. Fils unique, il n'était pas trop « enfant gâté » et, à part quelques crises, il a appris le goût de l'effort, compris le besoin de se surpasser, fait sien l'héritage familial.

Mais on ne parle jamais bien des gens qu'on aime vraiment. Alors plutôt que de grands discours, j'aimerais finir avec un poème et une chanson...

« Edmond, tu as été mon maître,
Je t'ai servi sous tous les cieux,
Si je pouvais deux fois naître,
Comme je te servirais mieux... »

Je suis sûre que Clément Marot m'autorise cette petite interprétation. Quant à Benjamin, je lui adresse ces paroles tirées d'une chanson de Régine :

« À chaque fois que je dis que je t'aime,
J'ai l'impression que ça te gêne.
Je pense à toi tous les jours,
Tu es mon bel, mon grand amour.

À chaque fois que tu m'appelles,
Je suis aussi fière que la tour Eiffel.
À chaque fois qu'on te fait souffrir,
J'ai envie de les voir mourir.
Tu sais, ces neuf mois passés avec toi,
Quarante ans après, ça ne s'oublie pas.
Tu sais, mon fils, que ça te plaise ou pas,
Une mère, c'est fait comme ça. »

Bibliographie

Geneviève Beauvarlet, *Boris Vian*, Hachette, 1982.

Marcel Bleustein-Blanchet, *C'est arrivé à Publicis*, Publicis, 1976.

Philippe Bouvard, *Un amour impossible*, Le Cherche Midi, 2006.

Patrick Buisson, *Sacha Guitry et les femmes*, Albin Michel, 1996.

Jacques Chazot, *Jacques Chazot*, Stock, 1975.

Jacques Chazot, *À nous deux les femmes*, Olivier Orban, 1978.

Patrick Dupond, *Étoile*, Fayard, 2000.

Alain Faujas, *Trigano : l'aventure du Club Med*, Flammarion, 2001.

Pierre Grimblat, *Autodidarque*, Éditions Léo Scheer, 2006.

Jean-Claude Lamy, *Pierre Lazareff, À la une*, Stock, 1975.

David Rockefeller, *Mémoires*, Éditions de Fallois, 2006.

Jean-Marc Thibault, *Champagne tiède et biscuits mous*, Michel Lafon, 2006.

Gilbert et Serge Trigano, *La Saga du Club*, Grasset, 1998.

Roger Vadim, *Le Goût du bonheur*, Fixot, 1993.

Filmographie

1949 : *Au royaume des cieux*, de Julien Duvivier.
Manèges, d'Yves Allégret, scène coupée.
1950 : *Boniface somnambule*, de Maurice Labro.
1951 : *Le Passage de Vénus*, de Maurice Gleize.
Nez de cuir, d'Yves Allégret.
1952 : *Coiffeur pour dames*, de Jean Boyer.
Ouvert contre X, de Richard Pottier.
1953 : *Ma petite folie*, de Maurice Labro.
Femmes de Paris, de Jean Boyer.
Les Enfants de l'amour, de Léonide Moguy.
Les hommes ne pensent qu'à ça, d'Yves Robert.
Une vie de garçon, de Jean Boyer.
1954 : *Madame du Barry*, de Christian-Jaque.
1955 : *Vous pigez ?* de Pierre Chevalier.
Chantage, de Guy Lefranc.
1956 : *Ce soir, les jupons volent*, de Dimitri Kirsanoff.
Cinq millions comptant, d'André Berthomieu.

En effeuillant la marguerite, de Marc Allégret.
Fernand cow-boy, de Guy Lefranc.
Folies-Bergère, d'Henri Decoin.
L'Homme et l'Enfant, de Raoul André.
Le Long des trottoirs, de Léonide Moguy.
Miss Catastrophe, de Dimitri Kirsanoff.

1957 : *Donnez-moi ma chance*, de Léonide Moguy.
Comme un cheveu sur la soupe, de Maurice Regamey.

1958 : *Cigarettes, whisky et p'tites pépées*, de Maurice Regamey.
En bordée, de Pierre Chevalier.
Les Grandes Familles, de Denys de La Patellière.
Visa pour l'enfer, d'Alfred Rode.
Girls at Sea (Filles à la Mer), de Gilbert Gunn.

1959 : *2e Bureau contre terroristes*, de Jean Stelli.
Larry agent secret, d'Alvin Rakoff.
Rue de la peur, de Jean-Charles Thorry.

Remerciements

Je souhaiterais tout d'abord adresser tous mes remerciements et ma gratitude à M. Jean-Louis Tabaste, qui a mis à ma disposition sa documentation. En m'ouvrant ses archives, il m'a permis de renouer avec mes souvenirs et mes folles années de comédienne.

Et d'une façon générale, j'aimerais dire merci à tous ces hommes que je viens d'évoquer. Par leur présence, leur attention, leur gaieté et leurs conseils, ils ont illuminé ma vie et l'ont rendue légère.

Table

DU MÊME AUTEUR

La baronne rentre à cinq heures
Jean-Claude Lattès, 1984

Heureuse et pas fâchée de l'être
Jean-Claude Lattès, 1987

Parlez-moi d'amour
Fixot, 1989

Le bonheur de séduire, l'art de réussir
Fixot, 1991 ; Robert Laffont, 2001

Natara
Fixot, 1994

Femme un jour, femme toujours
Fixot, 1997

L'amour est affaire de femmes
Robert Laffont, 2001

Jours heureux à Quiberon
Michel Lafon, 2002

Sur les chemins de l'amour
Robert Laffont, 2003

Megève, un roman d'amour
Albin Michel, 2004

Composition Nord Compo
Impression Bussière, mars 2007
Editions Albin Michel
22, rue Huyghens, 75014 Paris
www.albin-michel.fr

ISBN 978-2-226-17613-4
N° d'édition : 25113. – N° d'impression : 071102/4.
Dépôt légal : avril 2007.
Imprimé en France.